作家榜®经典名著

读经典名著，认准作家榜

万叶集

まんようしゅう

[日]大伴家持 辑
金伟 吴彦 译

中信出版集团｜北京

日本国宝

《万叶集》蓝纸本残卷

编校说明

一、译本说明

《万叶集》和歌的日语原文,通俗质朴,情感真挚。

前人多用旧体诗形式翻译,语言古奥,受限于格律。

作家榜版《万叶集》以自由简洁的白话诗形式翻译,尊重原文,准确再现原作歌意。

二、体例说明

1. 此译本根据日本岩波书店《日本古典文学大系·万叶集》原文译出。

2. 正文内容组成为:题词、歌名、旁注、和歌、左注、译者注、译者说明。

题词:位于歌名前,为《万叶集》编纂者或后人添加。

歌名:歌名用绿色大号字体标出,便于阅读。

旁注:译本中括号"( )"里的文字为旁注,是《万叶集》编纂者所加注释。

左注:位于和歌正文后,是对和歌内容的补充说明,为《万叶集》编纂者或后人添加。为符合中国读者阅读习惯,将左注中的"右"字更改为"此歌","右×首"更改为"此×首"。用区别于和歌的另一种字体标出。

译者注:页面下方标明序号的文字是译者加的注释。

译者说明:译者注后用圆圈"◎"标出的文字,是译者写的补充说明文字。

3. 译文中的歌号依照日本和歌索引书《国歌大观》,为便于阅读查找,皆用红色字体标出。

4.《万叶集》中有少量不是和歌的汉文诗及书牍文。这些作品没有标注歌号,但标题仍以绿色标出,正文用不同字体以示与和歌的区别。

序

和歌是日本独特的定型诗歌形式，也是日本古典文学中极具代表性的诗歌形式之一。和歌的主要形式——短歌，只有短短的三十一个音节，而歌人们却用如此短小精悍的诗歌形式赞花羡鸟、哀雾悲露，传递爱慕之情，表达哀伤之感，向我们展示了古代日本人丰富的情感世界。

将三十一个音节所描述的内容翻译成汉语，将蕴含在其中的情感和意境传达给我国读者，并令我国读者感受到和歌的美妙之处，是一件十分困难的事情。因此，笔者曾经甚至认为和歌是不可被翻译的。但我国几代学者一直都在为和歌翻译做着不懈的努力并成果斐然，这也是不争的事实。

《万叶集》作为现存最古老的和歌集，是最早被介绍到我国、同时也是译本最多的和歌集。笔者管见所及，目前在我国出版的《万叶集》汉译本除金伟、吴彦译本以外，还有两种全译本和三种选译本。这些译本或用《诗经》古风，或用五言七言，各有千秋，精彩纷呈。这些译文虽古雅，但读起来晦涩难解，很难从中获得阅读的快感。也有不拘于定型诗形式的译文，如赵乐甡译本便是如此。

翻译的终极目的是让读者不必猜测、不必犯难，便能明白作品的内容。因此，用当代语言、以自由奔放的现代诗形式翻译而成的这部汉译《万叶集》，于笔者而言，宛若一股清流，读来清新赏心。

一、歌体——自由奔放的现代诗形式

和歌虽短小，却有着歌体、歌意及歌境。这部译作的第一个特点是对歌体的翻译处理。

歌体即诗歌形式，于和歌而言，就是"五七五七七"的短歌形式或其他歌体。和歌翻译研究中讨论最多的就是歌体问题，即用什么形式将和歌翻译成汉语。

在过往研究中，用传统定型诗的形式来翻译的主张似乎成为主流。不少学者认为，把和歌翻译成传统的定型诗才能体现和歌的诗歌性。但是，诗歌的形式并不只有定型诗，如五言七言，还有更符合我们当代人文化素养和阅读习惯的现代诗。

而本书译者正是做了用现代诗翻译《万叶集》的尝试。没有了字数、和仄押韵的限制，能够更加自由地翻译，从而达到正确翻译歌意的目的。

二、歌意——忠实再现和歌原意

这部译作的第二个特点便是歌意的翻译。

歌意即和歌的内容,这部译作的译文十分贴近歌意。日语需要两个以上的音节才能构成一个词、表达一个意思。而汉语则是一个音节对应一个汉字并构成一个意思,尤其是在定型诗中。因此,五言绝句的二十个汉字也就只有二十个音节,但其所传递的信息量远远大于和歌的三十一个音节。如果用五言绝句甚至七言绝句来翻译和歌,那么,为了凑字数,为了押韵,难免出现添枝加叶甚至偏离原意的弊端,实际上此类例子比比皆是。

但由于本译作的译者采用了现代诗的形式来翻译,不必拘泥于字数,也无须考虑和仄押韵,因此,在翻译中便避免了无意中添加内容的现象出现。如卷三·334:

把忘忧草系在
我的衣纽上
是为了忘记
香具山下的故乡

这样的译文没有多余的词语,忠实再现了原作的"歌意"。或许有人会说,《万叶集》里都是一千多年以前的作品,这种翻译没有古意。但我想说的是,《万叶集》不是《诗经》、唐诗,而是外国的诗歌集。《诗经》、唐诗确有古意,但今人有多少是可以读懂《诗经》原文的？我们读自己的《诗经》尚且需要将其翻译成现代汉语，又为何要将日本的《万叶集》翻译成令人费解的有古意的译文呢？何况《万叶集》原作语言质朴，在当时并不古奥难解。

三、歌境——准确传达和歌意境

歌境是歌体与歌意所表达的歌人的情感和艺术境界，相当于我们所说的意境。歌体是和歌的形式，歌意是内容，那么意境便是和歌的灵魂。

如何能让我国读者也体会到原作的意境，是和歌翻译中最难的一点，也是和歌翻译的最高境界，同时也是目前和歌翻译研究中欠缺的部分。是否能将意境传达给读者需要一个前提，那就是歌意翻译的准确性。在准确的翻译之上精心于遣词造句，才可能将原作的意境呈现给读者。

本译作追求译文准确，在这方面无疑有着得天独厚的条件，这便是本译作的第三个特点。如卷一·82：

心中充满孤寂

望长空秋雨蒙蒙

虽然只有两句，但"孤寂"和"雨蒙蒙"向我们展示了作者忧伤的心情和原作朦胧的歌境。

借此机会，笔者还想论述一个观点，那就是词义在和歌翻译中尤其是传达意境中的重要性。比如日语中的"霞"（kasumi），虽与汉语的"霞"用了同一汉字，但词义却不相同。日语的"霞"是"雾"或"霭"的意思，如果用诗歌语言表达的话可译为"烟霞"。在和歌创作当中有"春霞秋雾"一说，即"霞"（kasumi）指春雾。《万叶集》中"霞"（kasumi）所表现的是春雾缭绕、朦朦胧胧的歌境。如只因为用了同一个字就将日语的"霞"（kasumi）翻译成汉字"霞"，那么我国读者首先想到的会是天边的朝霞或晚霞。这样就会使读者所体会到的意境与原作的意境之间产生断裂，从而无法体会到原作的真正意境。虽然本译作第一版在这方面也有遗憾之处，但在再版中得到了改进，显示了作者对原作的尊重和对读者负责的态度。

四、精彩的《译者序》

这部译作的精彩之处不仅在于译文，还在于译者序。

《译者序》在第一版《译序》的基础上，加入了译者新近的研究成果。《万叶集》书名"万叶"的含义自古以来就没有定论，学者们各持己见，"万言说""万世说"各有其理。而本书译者将研究触角伸向商钟的铭文，"依据钟鼎铭文中'万叶无疆'一词，结合《万叶集》成书时代的祥瑞文化背景以及日本民族固有的言灵信仰等因素"（引自《译者序》），认为"万世说""承载了更加丰富的内涵，更具有时代精神的色彩"。这一论述为"万世说"提供了有力的新论据，可以说是《万叶集》研究的一个重要成果。

而此次再版新收录的《关于汉译〈万叶集〉》则可以说是一部完整的《万叶集》汉译史，也是一篇《万叶集》汉译的研究论文。它不仅向读者介绍了《万叶集》在我国的传播过程，同时对研究《万叶集》乃至和歌翻译研究的学者来说，也有一定的参考价值。

　总之，这部译作不仅是一部翻译作品，同时还是两位学者的研究成果，体现了译者作为学者的宽阔视野与扎实功底，译作中的注释又体现了译者的严谨态度。希望读者在欣赏译作的同时，也可以体会到这一点，并期待二位译者的新成果问世。

刘小俊[1]

2020年梅雨季节于日本京都

---

1. 刘小俊，京都女子大学文学部教授，国际交流中心主任。著有学术专著《古典和歌中的钟的研究——中日比较文化视点的考察》（日本风间书房）、《无常的钟声——日本古典和歌歌语研究》（青岛出版社）等。译著有《晚菊》（复旦大学出版社2000年版）、《不毛之地》（青岛出版社2014年版）等。

译者序：《万叶集》的世界

《万叶集》是日本现存最早、规模最大的和歌集。这部收载了四世纪初至八世纪中叶四千五百余首歌的庞大歌集，不仅为后人记录了色彩纷呈的和歌作品，还提供了有关那个历史时期日本社会、政治、文化、风俗等方面的情况与信息。

更为重要的是，从文学史的角度看，它具有承前启后的意义。从古代歌谣口头咏唱和集团创作的模式中逐渐分离出来的和歌，在汉文化的强烈影响下不断成长与发展，其表现形式和咏唱题材等多方面出现了飞跃性的突破，最终形成了万叶和歌特有的艺术风格与审美特征，为以后的和歌创作树立了典范。

一、《万叶集》的书名含义、编纂者与成书时间

（一）《万叶集》的书名含义——"万世说"

《万叶集》的书名含义，即"万叶"一词的意思，自古以来日

本学者众说不一。

最早对"万叶"之意作出解释的是日本镰仓时代的学问僧仙觉，他认为"万叶"即万言之叶，意指歌数众多。赞成这一说法的有下河边长流、荷田春满及贺茂真渊等人。而以北村季吟和契冲为代表的研究者则认为"万叶"即"万世"之意。此外，另有上田秋成"集歌林之万叶"的"歌数说"和武田祐吉的"纸页说"等，可谓莫衷一是。

译者透过商钟铭文中出现的"万叶"一词的用例，注意到它出现的特殊场合和用法，结合《万叶集》成书时代的祥瑞思想背景和日本固有的言灵信仰等因素，来重新审视"万叶"即"万世"一说的合理性，以期为《万叶集》书名含义的理解提供些微参考。

在进入正式话题之前，有必要先对"万叶集"这个题目的读法作个简单的了解。

犬养孝在1967年2月24日的《每日新闻》上撰文指出：

> "まんようしゅう"（Man-yo-u-syu-u）或者"まんにょうしゅう"（Man-ni-yo-u-syu-u）都不能说是"万叶集"的正确读法，真实情况是，现在不知道正确的读法。对于学者们来说，古代的发音仍不明了，只能认为是"マニエフス"（Ma-ni-e-fu-su）或者"マヌエフシフ"（Ma-nu-e-fu-si-fu）。如果不知道正确读法的话，那么今天的读法或是按照文字的发音读作"まんようしゅう"（Ma-n-yo-u-syu-u），或是根据中世纪以来的连读现象读作"マンネフ

（まんにょう）"（Man-ne-fu〔Ma-n-nyo-u〕），只有这两种可能性。已故佐佐木信纲先生读作"マンヨウ"（Man-yo-u），英译本《万叶集》出版时，委员们商议的结果是以"マンヨーシュー"（Man-yō-shū）的罗马字音标作为标题。泽泻久孝先生读作"マンニョウ"（Man-nyo-u），故武田祐吉博士则主张"按今天的普通方式读"マンヨウシュウ"（Man-yo-u-syu-u）。

山本健吉氏认为应读作"まんにょう"（Man-nyo-u），很大程度上是顾念恩师之情吧。在正确读音不明的今天，只能按个人的喜好来选择了。[1]

大森亮尚等人合编的《万叶指南》归纳了"万叶集"三字读法的变迁：

1. 奈良—平安时期

（1）マニエフシフ（mani'eΦusiΦu）

（2）マンエフシフ（man'eΦusiΦu）

2. 平安—镰仓时期

マンエウシウ（mani'euʃiu）

3. 室町—

（1）マンヨウシュウ（man'jo:ʃu:）

---

1. 犬养孝《与万叶同在》上，大和出版社1984年版，第500页。

（2）マンニョウシュウ（manɲoːʃuː）[1]

尽管对"万叶集"的确切读音不甚明了，但至少可以说上述读法都属于音读形，也就是说，当时的日本人是按照这个汉语词汇的本来发音来读的。

在日本，自古以来对"万叶"一词的解释众说不一。

镰仓中期的学问僧仙觉认为"万叶"即"万言之叶"，在《万叶集注释》（1269年）中，他引用了《古今和歌集》假名序中的"和歌可喻为以人心为种子而生出的万千枚言语的叶子"，作为对"万叶"之意的诠释。后代万叶研究者中与仙觉持相同看法的人也不在少数，如下河边长流、荷田春满及贺茂真渊等人。

以北村季吟和契冲为代表的研究者则认为"万叶"即"万世"之意。北村季吟在《万叶拾穗抄》（1686年）中论道："愚案，所谓万叶二字，《文选》颜延年《三月三日曲水诗序》中有'招世贻统固万叶'。济注云，叶代也……如此，万叶集即流传万世之集的意思。"契冲在《万叶代匠记》（初稿本，1687年；精撰本，1690年）也同样引用了毛诗传及颜延年《三月三日曲水诗序》中的用语，并总结说《万叶集》这一书名含有预祝此歌集传至万世之意。与"万世说"相关的还有折口信夫的观点，但是他所说的流传万世并非指歌集，而是指天皇的治世。与折口信夫的说法相比，前者的观点更为稳妥，也是当今最为学界普遍接受的观点之一。

---

1. 大森亮尚、坂本信幸等编《万叶指南》，和泉书院1982年版，第4页。

关于"万叶"名义的第三种说法是上田秋成提出的。他认为"叶"是树叶的意思,以"万叶"比喻众多和歌,"万叶集"即为集歌林之万叶的意思。他又指出,忆良有"歌林"(指山上忆良编纂的《类聚歌林》),家持有"万叶",命名的相配非属偶然。在汉典籍中有许多将诗文喻为枝叶的例子。他的这一观点,实际上与仙觉的"万言之叶说"有紧密的关系。所谓"万言",可以引申为万首歌的意思。

最后,是以武田祐吉为代表的观点,他将"叶"解为纸页,理由是大伴家持在其文中著有"敬写叶端,式拟乱曰"一言,"纸端"之意,却用了"叶端"二字。

尽管各家所言理通据实,但目前在日本"万叶"研究学界,契冲等人的"万世说"及上田秋成的"歌林之万叶说"更普遍为人接受。

涉谷虎雄在《万叶集入门》中,将《万叶集》"名义说"归纳为以下五种:

1. "万言之叶说"(仙觉、真渊)
2. "万世说"(契冲、雅澄、山田孝雄)
3. "树木之叶说"(冈田正之)
4. "纸页说"(武田祐吉)
5. "歌数说"(铃木虎雄、星川清孝)[1]

坂本信幸、毛利正守的《万叶事始》将《万叶指南》的相关内容略加补充,将《万叶集》"名义说"归纳为以下四种:

---

1. 涉谷虎雄《万叶集入门》,樱枫社1983年改订版,第1页。

1. "万言之叶说"（仙觉、下河边长流、荷田春满、贺茂真渊）

2. "万世说"

2.1. 祝愿歌集流传万世（北村季吟、契冲、鹿持雅澄、山田孝雄、井上通泰、小岛宪之、安田喜代门）

2.2. 祝愿天子、皇居万世不衰（折口信夫）

3. "树木之叶说""歌数说"（上田秋成、冈田正之、铃木虎雄、星川清孝）

4. "纸页说"（武田祐吉）

现在，日本学界大多支持《万叶事始》中所归纳的2.1及3的学说。[1]

虽然长久以来上述诸说已为人熟知，但对"万叶"的解释始终没有停止。大谷雅夫在岩波书店《新编日本古典文学大系·万叶集》的前言中援引大量中日古代经典的用例，试图说明文学作品尤其是诗歌与植物间的比喻关系，他认为仙觉"万言之叶"这一古说确得肯綮之妙。他还根据《玉篇》对"万"字的解释，即"万"为正字，"萬"为俗字，由此推断仙觉极有可能在非常明确的意识下避开正字，故意选用了俗字，将题名写作"萬葉集"。他觉得仙觉"万言之叶"的解释，肯定与他有意识地认为使用草字头的"萬"字更相适宜有关。[2]

小岛宪之在小学馆《新编日本古典文学·万叶集》的解说中

---

1. 坂本信幸、毛利正守编《万叶事始》，和泉书院2004年初版第七次，第7页。
2. 佐竹昭广等校注《新日本古典文学大系·万叶集》（一），岩波书店1999年版，第11页。

认为,"万叶"一词,"从中国本土来看,除见于早先的《梁书·武帝纪》之外,《文选》及《文馆词林》等也有用例"。[1]

就译者所见,"万叶"一词出现于更早的年代,在商钟的铭文里可以见到多处用例,与"万年""万世"同义。宋代薛尚功撰《历代钟鼎彝器款识法帖》中收录了四器商钟铭文,前三器商钟铭文中皆有"万叶"的用例,第四器商钟铭文中有"万年"一词。出现"万叶"一词的三器商钟铭文如下:

商钟一,出维扬石本:

亥既望

分召纯

惟正月王　厘择乃

---

1. 小岛宪之等校注《万叶集》(一),小学馆2003年第一版第二次,第384页。

　　　　　春吉日丁　吉金自
　　　　　　　　　　欣和其
　　　　　　　　　　安以乐
　　　　　　　　　　鼓之夙
　　　　　喜而　　　暮不忘
　　　宾客其怡　　　焉余子
　　　　　　　　　　子孙孙
　　　　　　　　　　万叶无
　　　　　　　　　　疆用之
　　　　　　　　　　协相

商钟二，出古器物铭，音同前。

商钟三，出《博古录》：

惟正月王

春吉日丁

亥既望分

召纯厘择

乃吉金自

欣和其安

以乐

喜而宾客

其怡鼓之

夙暮不忘

乌余子孙

万叶无疆

用之协相

以上钟铭，识音并同，皆钿紫金为篆。《博古录》云：

惟正月仲春吉日者，盖正月之吉，适得仲春之节，鼓谨其时而言之，犹汉麟凤铭言，秋十月也。然以愚孝之，当是王春，不必读作仲。[1]

另外，明代梅鼎祚《皇霸文纪》卷四收录了与上述三器商钟相同的五十二字铭文，他将"以乐"后面的二字解读为"娱奉"，将"凤暮"改为"凤慕"，所录铭文如下：

惟正月，王春吉日，丁亥既望。分召纯厘，择乃吉金。自欣和其，安以乐娱，奉喜而宾客，其怡鼓之，凤慕不忘，乌余子孙，万叶无疆，用之协相。

其大意如下：

惟王（丁亥）二十四年，春之吉日，正月十六，分化炼铜，择最好的吉金（做钟），钟所发出的声音和节拍，可以自乐，也可以娱乐宾客。敲打钟声，使人怡悦，日夜不忘，借之余音相协，可余荫子孙，万世无疆。

梅鼎祚否定了薛尚功的"商器之说"，推断这是周代的钟铭。他认为这五十二字"字极古间，作鸾鹄蛟螭之形"，并因此命名为"蛟篆"。

---

1. [宋]薛尚功撰《历代钟鼎彝器款识法帖》，中华书局1986年第一版，第1页。

值得注意的是,《皇霸文纪》收录的"周器铭"中,除了"蛟篆"钟铭一例是"万叶无疆"之外,其他三十余处用例皆为"万年""万寿"。由此看来,将"蛟篆"钟铭看作"周器铭"的说法仍存疑问,但篇幅有限,在此不作赘述。

从上述铭文可以看到,钟鼎铭文的内容关涉国家大事,多是对祭祀、诏命、征战、围猎、盟约等活动或事件的记录。铭文的写成有一定的规范,语言庄重简洁。结尾部分的"乌余子孙,万叶无疆,用之协相",是祝祷常用的套话,其中"万叶"一词常出现于后世的史书及典籍中,如《魏书》中的"以光万叶""垂之万叶""轨仪万叶",或是唐代类书《艺文类聚》《初学记》中的"千代万叶""道贯万叶""垂之万叶"等。此外,《全后魏文》《全后周文》《全北齐文》《全梁文》《全隋文》《全唐文》等书中的用例更是不胜枚举。

说到这里,再来审视《万叶集》中"万叶"一词的意思时,断不能忽视"万叶"一词在汉典籍中的固定用法。前文曾提到,无论古代日语中的"万叶集"如何发音,都没有脱离音读的形式,可以说古代日本人接受的就是这个外来语的原型。《说文解字》对"葉"的解释是:"艸木之葉也。从艸枼聲。"这是该字的本义,后以草木之叶的荣枯表示时间更迭、年来岁往。另外,"葉"字在金文中也写作"枼",常见"万枼亡疆""永枼毋忘""万枼之后"等表达,胡澱咸认为:"'枼'即是'世'字。字又作'枻''葉''世',同义就由于是一个字。"[1]

---

1. 胡澱咸《甲骨文金文释林》,安徽人民出版社2005年版,第348页。

以契冲、北村季吟为代表的"万世说",是基于"万叶"一词的语源形态而提出的,通过他们所举的"万叶"用例,可以明确地断定"万叶"一词已是具有固定形态和含义的词。

与"万世说"相比,其他诸说则侧重对"叶"字的释义,从"树叶""纸页"等字义延伸出去,针对歌集的规模特点加以解释。仙觉以《古今和歌集》假名序的歌论为依据,将"万叶"阐释为"万言之叶",比喻歌数众多;上田秋成的"树叶说"以汉典籍多将诗文喻为枝叶作依据,又从山上忆良《类聚歌林》的"歌林"推测出"集歌林之万叶"的说法,亦是形容歌数众多;最后,武田祐吉从大伴家持文中的"敬写叶端"一言推想出"纸页说",同样指向歌集的规模特点。

与"万世说"相比,后者的阐释不仅没有顾及"万叶"一词的固定形态和含义,也忽略了这个词承载的文化内涵。从钟鼎铭文、史书、典籍中的用例可以清晰地看到,"万叶"一词最早作为祥瑞用语出现在祭典仪式以及钟鼎铭文的记录中,包含着强烈的祝福祈愿之意。祥瑞用语,属于祥瑞文化的一部分。祥瑞思想,源自古人对自然现象的崇拜,进而附会于具体之物,这与中国古代"天人合一"的思想密切相关。

祥瑞文化可分为物体祥瑞、行为祥瑞、语言祥瑞、文字祥瑞和数字祥瑞等多个方面。在古代国家,各种祥瑞之象都受到极度重视,比如物体祥瑞之兆。一旦出现了某个奇异之物,便会被看作吉兆,甚至会被当作国祚兴盛、政平人和的征兆。

唐代有位叫孤独及[1]的官员，与大伴宿弥家持都生活在八世纪二十至八十年代前后，他曾作《代文武百官贺芝草表》，为的是"舍晖殿及白华亭院内并芝草生"一事。[2]文章最后有"灵根硕茂，万叶无疆，神应炳然，天意如答"的祈祝之语，这是典型的植物祥瑞的例子。

《万叶集》成立的时间正值中国古代盛唐时期，祥瑞思想随同汉文化传入日本，在许多方面影响了当时的日本，有关这一问题，日本学者的研究非常深入，译者在此不作赘述。

总之，像"万叶无疆"之类的祥瑞用语，在万叶时代并不是生僻字词。除了中国祥瑞思想的影响之外，日本自古便有言灵信仰，人们相信语言中宿有神灵，说出的话语会依神力变成现实，因此具有实际的效力。作为《万叶集》编纂者的大伴家持，若以"万叶"祈祝这部耗尽其毕生心血编成的歌集能够流传万世，可谓顺理成章之举。

---

1. 独孤及（725—777），唐代散文家，字至之，河南洛阳人。幼年丧父，得母长孙氏教导，七岁诵《孝经》，后遍读五经，重大义而不为章句之学，有"立身行道，扬名于后世"的志向。年二十余，游汴州（今河南开封）、宋州（今河南商丘）间，与贾至、高适辈交往。天宝十三载（754年），举洞晓玄经科，授华阴尉。房管许为非常之才，李华、苏源明许为词宗。安史之乱起，避难江南。唐代宗时，召为左拾遗，历任礼部、吏部员外郎，出为濠、舒两州刺史，有善政，加检校司封郎中，徙常州刺史。逝世于常州刺史任上，谥曰宪。著有《毗陵集》。
2. 《旧唐书·代宗纪》记载，永泰二年"秋七月（中略）癸未，太庙二室芝草生"。《旧唐书》卷十一，中华书局1975年版，第283页。

这部最早的和歌总集虽然只是部私家集，但从它收载的作品来看，可谓涵盖了上至天皇贵胄，下至平民百姓，即整个民族的歌咏。在这样的规模之上，编纂者又匠心独具地将这些歌按时间、种类、季节、题材等加以分类编排，使歌集色彩纷呈。在被汉文化浸染的奈良时代，这部收载了近四百年间和歌的总集，有如之后的《古今和歌集》《千载和歌集》一样，都是衷心祈愿这些饱含了大和民族灵魂之音的和歌能够穿越时光，千秋万代永远流传下去。

译者依据钟鼎铭文中的"万叶无疆"一词，结合《万叶集》成书时代的祥瑞文化背景以及日本民族固有的言灵信仰等因素，对"万叶"一词的意思再加审视。

译者认为，与其他诸种解释相比，"万世说"承载了更加丰富的内涵，更具有时代精神的色彩。或者可以说，身为歌人的大伴家持以毕生精力，将四百年间的和歌汇总成集，不正是希望这些歌能得以保存并流传后世吗？目前的日本万叶研究学界，契冲等人的"万世说"及上田秋成的"歌林之万叶说"更普遍为人接受，但仍无定论。译者旨在追溯"万叶"一词更早的用法，为诸种解释《万叶集》书名含义的学说提供些微参考，抛砖引玉，还望方家不吝赐教。

（二）《万叶集》的编纂者——大伴家持

《万叶集》的编纂者大伴宿祢家持是奈良时代的歌人，通常称为大伴家持，其出生年代有诸种说法。《公卿补任》记载，宝龟十二年（781年），大伴家持六十四岁。《群书类从》所收的《大伴系图》中记载，延历四年（785年），大伴家持去世，享年六十八岁。根据上述文献，大伴家持出生于养老二年（718年），这一说法最为有力。另外，还有"灵龟二年（716年）说""养老元年（717年）说""养老四年（720年）说"以及"养老六年（722年）说"等。

大伴氏族是四世纪大和朝廷成立以来的武将世家，大伴家持的祖父大伴宿祢安麻吕（？—714年）是右大臣大伴长德的第六个儿子，官至正三位大纳言、赠从二位，号佐保大纳言。672年壬申之乱时，大伴宿祢安麻吕站在大海人皇子（天武天皇）一边，他也是歌人，《万叶集》收录了三首安麻吕的歌（卷二·101、卷三·299、卷四·517）。

大伴家持的父亲大伴旅人（665—731年）是大伴氏族的嫡传，因此仕途比较顺利，养老二年（718年）成为中纳言，此后被任命为征隼人持节大将军，出任大宰帅，天平二年（730年）成为大纳言。大伴旅人是位嗜酒的歌人，《万叶集》中有他的《赞酒歌》及其他歌作七十余首。

八世纪的日本律令政府，为了维护上层贵族自身的特权，模仿唐代制度制定了荫位制，成为官吏选用法之一。荫位制是依父祖的官阶品位，子孙到了二十一岁时，不问贤愚，皆叙以一定的位阶和任以相应的官职，五位以上者荫子，三位以上者荫子及孙。

大伴家持依照荫位制被授予正六下的官位。天平十二年（740年），因为"藤原广嗣之乱"加叙一级官位（参考卷六·1029歌名）。天平十七年（745年）官至从五位下，翌年三月，任宫内少辅,同年六月,转任越中守,天平感宝元年(749年),官至从五上。天平胜宝三年(751年)秋,作为少纳言归京(参考卷十七·4248歌名)。天平胜宝六年(754年)任兵部少辅,前往难波,担任负责防人的检校,同时收集了大量防人歌。天平宝字元年(757年),任兵部大辅,同年任右中弁(参考卷二十·4490左注)。翌天平宝字二年(758年),左迁为因幡守,这是因为与大伴家持关系密切的橘奈良麻吕、同族古麻吕、歌友池主等人参与变乱被处杖死,他难免不受此事影响。翌天平宝字三年(759年)元旦,大伴家持在因幡写下最后一首和歌(参考卷二十·4516),这首歌也是《万叶集》的终焉歌。

万叶以后,大伴家持沉浮宦海。天平宝字六年(762年),大伴家持作为信部大辅归京,因为企图颠覆藤原仲麻吕的政权被逮捕。天平宝字八年(764年),家持任萨摩守。藤原仲麻吕倒台后的神护景云四年(770年),他作为民部少辅再次归京。同年,觊觎皇位的法相宗僧侣弓削道镜(?—772年)下台后,大伴家持升任为左中弁兼中务大辅,时隔二十一年,升叙为正五下,此后官位迅速提升。天应元年(781年),官位升至从三位。延历三年(784年),负责征讨东国的虾夷。延历四年(785年)家持去世时的官职是中纳言从三位春宫大夫兼陆奥按察使持节征东将军。他去世后不久的同年九月,因为参与藤原种继暗杀事件,被剥夺官位,不许安葬,大伴家持的儿子大伴永主被流放,大伴氏族的嫡传由此断绝。约二十年后的延历二十五年(806年),在桓武天皇去世之日,蒙受恩敕恢复了大伴家持被剥夺的官位。

《万叶集》中最早与大伴家持有关的记载是天平二年（730年），在为前往大宰府探望大伴旅人的大伴宿祢稻公等人饯行时（参考卷四·567左注），大伴家持在父亲的身边。父亲在大宰府举行的咏梅花歌宴上，没有留下大伴家持的和歌作品，对少年大伴家持来说，父亲大伴旅人、山上忆良等人，无疑是他崇拜的对象，理所当然会给他带来极大的影响。《万叶集》中收录了四百七十三首大伴家持创作的和歌，占总歌数的一成以上，其和歌创作通常分为三个时期，即越中赴任以前、越中时代和归京以后。

1. 越中赴任以前是大伴家持和歌创作的第一时期，共创作了一百五十八首和歌

他的处女作是《初月歌》（参考卷六·994），从配置上来看，创作时间应该是天平五年（733年）左右。这首处女作是在其姑母大伴坂上郎女（约700—750年后）的指导下完成的。此时就已经呈现出大伴家持的创作特点，这首歌预示了此后在沿袭前人表现手法的基础上开拓其自己独特表现形式的倾向，在这一点上，与同一时期的《亡妾悲伤歌》（卷三·462—474）和《安积皇子挽歌》（卷三·475—480）是相同的。另外，《初月歌》的题咏特点，在卷八的季节歌中也有体现。这个时期有很多与女性交往的相闻歌，例如，与坂上大娘"离绝数年，复会相闻往来"的歌（参考卷四·727旁注）。这些相闻恋歌中，有的借鉴了唐代张鷟所著传奇小说《游仙窟》中的诗歌表现手法。

2. 越中时代是大伴家持和歌创作的第二时期，共创作了二百二十三首和歌

大伴家持任越中守五年多的时间里，创作的和歌中自然而然地流露出强烈的官员意识，歌中充满士大夫文学的气息。天平十九年（747年）三月五日，大伴家持卧病之际，与其下属大伴宿祢池主有赠答歌（卷十七·3973—3977），双方作品中都有汉文序以及七言汉诗一首，这是追寻大伴旅人和山下忆良的足迹，将汉诗文与和歌世界进行融合的新尝试，这给大伴家持的和歌创作带来了转机。大伴家持开始尝试叙事式的长歌，诞生了《越中三赋》（卷十七·3985—3986、3991—3992、4000—4002）和《花鸟讽咏长歌》（卷十八·4089、4111、4113等）这种新风格的和歌。在短歌的创作上，也受到汉诗的影响，歌风更为洗练，如卷十九开头的一组短歌（卷十九·4139—4153），有意识地采用根据特定感觉选取景色的抒情方法。

3. 第三时期是归京以后，政权由橘诸兄转移到藤原仲麻吕，这是大伴家持不得志的时期，共创作了九十二首和歌

这个时期的创作延续了越中时代培养起来的风格，在天平胜宝五年（753年）春天，创作出充满孤独与忧愁的《绝唱三首》（卷十九·4290—4292）。卷二十中这一时期的一系列宴歌，在越中时代天平感宝元年（749年）五月九日宴会上那首充满孤独感的短歌

（卷十八·4086）的基础上，又添加了浓厚的忧郁及怀古色彩。天平胜宝八年（756年），在大伴古慈斐（695—777年）解任之际，创作了训喻大伴族人的《喻族歌》（卷二十·4465—4467），同时还创作了《卧病悲无常欲修道作歌二首》（卷二十·4468—4469）和《愿寿作歌一首》（卷二十·4470）。这些歌反映出大伴家持思想上的动摇，预示出在翌年的"橘奈良麻吕之变"中，他始终保持旁观者的态度。

（三）《万叶集》的成书时间

关于《万叶集》的成书时间，目前日本学界比较一致地认为是八世纪中期以后，因为《万叶集》最后的歌作于天平宝字三年（759年）。

但是，是谁为何编纂了这部歌集始终是个未解之谜。有人猜测是奈良时代的某位天皇，也有"孝谦天皇敕纂说""圣武天皇敕纂说"或"平城天皇敕纂说"等各种推测。最终赢得大多数人赞同的是契冲的观点。他在《万叶代匠记》（精撰本，1690年）中提出了"大伴家持私纂说"。契冲认为，大伴家持自年轻时起便将平时听到看到的歌记录下来。卷十六以前的部分是家持在二十七八岁左右时编纂而成的，时间大致是天平十六七年（744、745年）前后。卷十七中天平十六年四月五日以前部分的歌是补遗部分。从天平十八年（746年）正月的歌到卷二十为大伴家持的歌日记。契冲的推断至今仍为有力的观点，并且对《万叶集》成立论的研究影响甚大。

近代以后，品田太吉提出，《万叶集》的各卷书写体例不同，绝非一人编纂而成。最整然有序的是卷一、二，标题明示某某天皇代，题词和左注的书写形式皆相同，而且杂歌、相闻和挽歌三种俱备，因此他认为很可能是橘诸兄编成了卷一、二。而折口信夫坚信《万叶集》是大伴家持的私纂集。家持死后，深受桓武天皇信赖的藤原种继被杀，大伴氏和佐伯氏受牵连。大伴家持私产被抄封，这部私纂集很可能被发现并收缴入了官库。到了平城天皇时代，在大伴私纂集的基础上，又汇入其他系统的歌作，由当时朝廷委派的某位官人主持，最终编成了《万叶集》。

在这一论说的基础上，现代杰出的万叶学者伊藤博提出了"万叶五阶段成立说"，即持统万叶（一卷本）——元明万叶（二卷本）——元正万叶（十五卷本）——延历万叶（二十卷本）——平城万叶（平城天皇睿览认证本）。此外，山田孝雄提出了"宝龟二年（771年）以后成立说"。德田净依据歌中人名的卑称与敬称断定，卑敬称的使用区分是大伴家持以自己的官阶为标准而设立的。就这样，各种研究结果越来越多地倾向于"大伴家持纂成说"。

可以肯定，在大伴家持编纂的基础上，这部歌集后又经多人之手才得以成形。《万叶集》的编纂者依据《古事记》《日本书纪》以及其他歌集最终编纂成了《万叶集》。根据各种资料显示主要有《古歌集》《柿本朝臣人麻吕歌集》《类聚歌林》《笠金村朝臣歌集》《高桥连虫麻吕歌集》《田边福麻吕歌集》等六部歌集。

二、《万叶集》各时期的歌风与主要歌人

对这部歌集多少有些了解的人都知道，即使最终有证据可以证明原万叶歌集的编纂者是大伴家持，对于弄清歌集自体构成的复杂性来说似乎也并无帮助。从各个歌群来看，相互间的差异是不容忽视的。即使译成了别种语言，细心的读者仍会发觉万叶和歌前期的集团性特征和后期的个人抒情性特征之间的差别。如果按照歌集记载的时间来看，最早的歌是仁德天皇（四世纪前半期）的皇后磐姬的歌，最新的是天平宝字三年（759年）正月一日大伴家持的歌。前后跨度近四百年。虽然说是仁德天皇时代的歌，但是不能轻易地相信这一记载，因为从歌风上，看它似乎并非古歌。与其相比，有些年代不明的歌，传说为雄略天皇御制歌或轻太子的歌，比起舒明朝部分的歌都更显得充满古色。

透过万叶和歌中绵亘的四个世纪，后人可以看到时代变迁的印记与世态人情的风貌。日本的"万叶学"研究成果表明，《万叶集》在漫长的形成过程中经历了几个时期。译者根据泽泻久孝和森本治吉的观点，以四个时期划分的方法（也有"三期说""五期说"和"六期说"）来略览一下万叶和歌各时期的情况。

（一）第一时期：壬申之乱（672年）以前的歌作

在第一时期之前，和歌经历了漫长的萌芽阶段，这段时间又可以称为歌谣阶段。

今天能够看到的大部分歌谣保留在《古事记》和《日本书纪》中，被称作记纪歌谣。[1]磐姬皇后、轻太子、轻大郎女、雄略天皇和圣德太子都属于歌谣时代的作者。《古事记》和《日本书纪》中虽然引用了他们的歌，但可信度较低，像磐姬皇后的歌，其实是后人的附会之作。记纪歌谣的歌伴随故事和传说出现，传诵歌的色彩浓厚，内容多是关于传说人物的。在咏唱形式上明显呈现口头咏唱的各种特征。其中，推古时代圣德太子的歌与万叶第一时期的歌相比，歌风较为接近。

所谓万叶第一期大概始于何时，从时间上很难清晰划分。当歌数逐渐增多，年代上的风格差异逐渐消失，出现了连续的歌的流脉时，和歌迎来了它的诞生期。《日本书纪》中齐明天皇的歌已经超出了歌谣的界域并开始转向和歌创作的方向。高木市之助认为，在和歌发展的进程中，这是一个非常重要的时期。新生的和歌充满清新的气息和清爽丰润的音调，呈现出甚至在柿本人麻吕的作品中也未曾有的古代美。

第一时期的万叶和歌仍与歌谣有着千丝万缕的联系，许多歌谣的创作手法还用在和歌中。但是它不再像歌谣那样给人以粗糙混沌的感觉，而是具有更加紧密集中的表现效果。从形式上看，长歌末尾的"五七七"形式尚未统一，仍有"五三七""五七七七""六五七""五七五五"等句式出现。不过最常出现的仍是"五三七"和"五七七"句式。这说明，和歌正

---

1. 金伟、吴彦译《日本古代歌谣集》，春风文艺出版社2001年版。

处于从歌谣向定型的长歌形式转变的过程中。

从和歌所唱的内容来看，反映集团生活与感情内容（国家的重要事件或人物，例如祭祀、战事、婚娶、行幸等）的歌作仍占很大比重，不过有人开始对自然予以关注。额田王的歌作就是最有代表性的。她那首判定春山与秋山孰优孰劣的歌作，朴素而又充满风趣，堪称第一时期万叶和歌中的佳作。

纵观第一时期的歌作者可以明显发现，其中皇族和贵族占多数。多位天皇、皇子与皇女等都留下了自己的歌，另外，还有像藤原镰足、额田王、久米禅师等当时的重要人物所作的歌。这些人物接受了大陆文化的刺激，代表了当时日本文化的最高水准，因此创作出质量较高的作品并非偶然。

（二）第二时期：奈良迁都（710年）以前的歌作

壬申之乱以后，万叶和歌的创作进入第二时期。国家在天武天皇的强力统治下，建立起天皇的绝对权威和新的律令体制。在这一充满活力的历史时代中，首先是治史大业得以完成，其次是歌与歌人的数量都明显增加。从表面形式上看，天武时代的歌仍留有歌谣的痕迹，但到了持统时代，比如在柿本人麻吕的歌中已消隐殆尽。换句话说，歌谣的表现手法被内化使用，并为达到凝练的效果而起着作用。柿本人麻吕在作歌时纵横驱使各种修辞手法，如枕词、序词、对句、重复等来丰富歌的表现效果，使人能体会到一种物象与自我浑然一体的原始心境。

说到枕词和序词，细心的读者会发现，第二时期以后，这两种修辞手法越来越多地用在歌中。不过它们并不是从这一时期才出现的。日本古代歌谣中的许多歌运用挂词（或称悬词）的修辞方法。所谓挂词，即利用同音异义使一词含有两种以上意义的方法，类似于汉语中的双关。这个时期的万叶和歌较多使用枕词和序词。枕词即用在特定语前起修饰作用或调整音节的语句，一般不超过五个音节。序词的修辞作用与枕词基本相同，不过序词由两句或四句歌构成。

以柿本人麻吕的歌作为界，万叶和歌可分为前后两个阶段，他是咏唱古代精神与情感的最后一位歌人。在他的皇室赞歌和挽歌中，我们时常会看到"御统天下的大君""日神之子的天皇"之类的赞誉之辞，表现出他对当时天皇的绝对权威的真实感情，而并不只是出于礼仪惯例的需要。在柿本人麻吕以后，这一表达方式不再出现。

这一时期还出现了许多咏唱自然的和歌，像持统天皇的咏香具山歌、高市黑人和山部赤人的歌作等。尤其是高市黑人，被看作是叙景歌人之祖，他的歌作在主观抒情方面与柿本人麻吕的歌作有相通之处。

第二时期的长歌凭借柿本人麻吕的创作而达到成熟状态。与前期相比结尾处的不整音（多字或缺字）逐渐减少，基本统一为"五七七"形式。原有的由几个短歌段落组成的歌式变成一首连绵完整的长歌歌式，句数明显增多。《万叶集》中最长的长歌正是人麻吕在这一时期作成的。另外，长歌后面配有短歌的形式也是从这一时期开始的，并延至第三时期。从歌风上看，在继承第一时期自然咏唱传统的同时，也开始显露向形象化塑造方面努力的端倪。不仅如此，与第一时期明亮清冽的色调相比，第二时期的歌为寂寥而沉郁的氛围笼罩。虽然在情感表现方面还不够纤细，却揭示了人心灵深处的真实。

除了上面提到的几位歌人外，这一时期的皇室歌人，如大津皇子、大伯皇女、志贵皇子、穗积皇子、但马皇女、高市皇子、弓削皇子、长皇子、藤原夫人、石川郎女、春日老等人的歌作，在质与量上仍占有优势地位。

（三）第三时期：天平五年（733年）以前的歌作

从历史和政治的角度看，天平五年（733年）并非特殊的一年，但涉及万叶的研究，它却是重要的界限。这一年山上忆良离世，笠金村最后记明年代的歌也作于这一年。此外，大伴旅人于天平三年（731年）离世，高桥虫麻吕最后记明年代的长短歌作于天平四年（732年）。可以说，这一时期中最为活跃的歌人们的创作大致在天平五年（733年）前后结束。同时，大伴家持开始了他的创作。

壬申之乱后，天皇绝对权威的建立以及各种国家体制的革新，为社会生产力的发展提供了稳固的基础与良好的社会环境。有利于农业发展的政策刺激了农民，国家财富不断积累，社会进入和平稳定的发展时期。

这一时期的和歌创作明显呈现出前所未有的洗练与张扬的

个性色彩。社会的开化与对自我价值的重视，使得人麻吕歌中的古代情怀自然消失。歌风变得更为纤巧，但又不失张力。笠金村和山部赤人依然守着宫廷歌人的传统，并仍在有意识地模仿人麻吕的咏唱风格。与山部赤人对自然的执着相比，笠金村则看重歌的才情和韵律。在赤人的歌中，我们可以重温前期万叶和歌的清新质朴，他的叙景歌在和歌史上占据着重要的地位。此外，这一时期还出现了一群主张以曲折而智巧的手法作歌的歌人，这种在美学上的追求一直延续到《古今和歌集》时代。大伴旅人、山上忆良等具有良好汉文化素养的歌人们有意识地将汉诗文中的典故与表现技巧揉进和歌。旅人擅长以短歌咏人事，带有淡淡的忧伤；忆良则工于长歌，并将人间的贫穷痛苦吐露于歌中。他所吐露的并非个人苦恼，而是广大社会底层人民的心声。他的歌所涉及的社会内容与主题在中古以后的日本古典文学中没再出现。

值得注意的是，从这个时期开始，在有素养的皇族、贵族和官僚中间，作歌开始被当作一种风流之举。特别是大伴旅人，频繁地在宴会上披露个人作品，当时以他为中心形成了"筑紫歌坛"。这种行动刺激了和歌的创作，并促进了天平时期文化的繁荣。与"筑紫歌坛"的歌人们不同，高桥虫麻吕则偏爱以旅行和传说等题材来作歌。尤其是他的传说歌，在精细的事件叙述与人物刻画方面远远超越了其他歌人的作品。

与第二时期相比，这一时期的歌数略有减少，不过文学价值明显提高。除了上述几位歌人的创作外，值得一提的还有元正天皇、长田王、长屋王等人的创作，但皇室歌人歌作的质量有所下降。

（四）第四时期：天平宝字三年（759年）正月以前的歌作

这一时期大致与史学上的奈良中期相对应。经历了长期相对稳定安逸的生活后，人的感性更为丰富和敏锐，直接影响了这一时期歌的风格。充满都市生活色彩的歌作浓艳而细腻，汤原王、市原王及大伴家持的部分歌作都带有这种倾向。作为万叶后期最重要的歌人大伴家持，其歌作数量远远超过其他人。卷十七至卷二十是大伴家持的歌日记，通过这些歌可以看出，家持的创作意识更加明确，接近后代的职业作家，而不是像他的父亲大伴旅人及其同时代歌人们那样，将作歌当作宣泄自我情感的风雅之举，或单纯是官仕阶层必备的修养。

大伴家持从少年时代开始作歌，经历了漫长的练习和积累时间。早期作有叙景歌，比起山部赤人客观咏唱的方法，家持擅长使自然之景与作者的抒情相互映照，尤其是将他常有的淡淡的忧郁微妙地融合在风景之中，无人能与他相比。

由于大伴家持编纂歌集时的便利条件，除了他个人的歌大量收入歌集外，他还将遣新罗使的歌、防人歌、狭野茅上娘子与中臣宅守的相闻歌、笠女郎赠家持的相闻歌等几个歌群编入《万叶集》中，这些歌群中不乏出色的作品。

大伴坂上郎女的歌作跨了两个时期，从她的歌数、种类及技巧来看，可以断定她不愧为第三时期和第四时期的重要女性歌人之一。此外，还可以想象作为家持的姑母，她在作歌方面也不乏对他言传身教。

第四时期的长歌数量依然居多，大伴家持作有许多长短不一的长歌，还有大伴池主的应和之作。但总体上看，长歌的时代即将结束。田边福麻吕模仿人麻吕的对句形式创作长歌，但是缺乏内在的张力与浑然天成的气势。除了上面的歌人外，这一时期还有圣武天皇、孝谦天皇、山口女王、橘诸兄、大伴田村大娘、大伴坂上大娘、纪女郎、藤原八束、大伴三中、海犬养冈麻吕等歌人。

防人歌基本在第四时期完成，但在具体考察其歌风变迁时，有必要结合各个时期的主流歌风及新歌风来加以判断。这些歌的作者基本是生活在中央地区的中流以上的官吏。一般来说，民间咏唱的歌若按时间来划分，其变化轨迹未必清晰。防人歌也好，东歌也好，甚至在中央地区流行的民谣等多是以比较稳定的姿态来传达庶民的情感与心声的。其中防人歌的特点较为突出，因为，一方面它是在集团的氛围中作成的，另一方面，毕竟它还是个人的作品，与东歌或民谣相比有明显的差别。

三、《万叶集》的歌体与部类

在《万叶集》编纂过程中，编纂者将四千五百余首歌大致分作三类来组织，即杂歌、相闻和挽歌。这种分类及分类的命名直接受《文选》的影响。

挽歌，原指埋葬亡者时挽柩人所唱的歌。《万叶集》中的挽歌大多是为追思悼念亡者或慰藉亡灵而作的歌，其中也包含即将辞世之人的哀伤之作。

相闻，原意指互通消息和音讯，但在《万叶集》中未必只指相互赠答之作，也包含述怀之作，其中既有对咏，也有独咏，以男女间的恋歌为多。此外，也包括一些兄弟姊妹、朋友知己之间的述怀赠答之作。

不属于挽歌和相闻的各种歌被收进杂歌部，包括有关行幸、游宴、旅行等各种内容的和歌，其中仪礼歌居多。杂歌被置于其他两部类之前，并且地位远远高于后代歌集中杂歌的分类。有时，相闻歌按修辞手法又分为正述心绪、寄物陈思和譬喻歌三类，相当于明喻、隐喻和寓喻。不过，有时各种分类里也混入非同类的歌。

在万叶以后，四季是歌集分类立部最重要的基准，而在《万叶集》中这种分类方法尚未被重视。例外的是在卷八和卷十中，四季被置于杂歌和相闻之前，可以看作是后代四季分类方法的先声。除以上这些大项分类外，还有问答、悲别、羁旅发思等小的分类以及地方性的歌类，如东歌、防人歌等。

不过，《万叶集》全二十卷并非始终严格地执行三大部类分类法。其中如卷十五、卷十七、卷十八、卷十九和卷二十甚至没有分类，这一现象显示《万叶集》的编纂在当时没有最后完成。但不论是分类的卷，还是未分类的卷，歌的排列顺序主要以年代时间为基准。那些创作年代不明的歌则按照咏唱的内容来分类，或者完全按照

《万叶集》编纂当时所用资料的顺序来配置。

《万叶集》的歌体主要分为长歌和短歌，其次是旋头歌。其他的如佛足石歌体与连歌形式为数甚少。第二时期以后，长歌基本固定为"五七七五七七"的形式，同时也保留着"五七五七……五七"或"五七五七……五三七"等古歌形式。第二时期以后，长歌跟随反歌的形式定型，《万叶集》中的反歌除了一首是旋头歌外，其余都是短歌。长歌的长度从七句到一百四十九句不等。比起记纪歌谣的长歌，万叶长歌真正获得了文学样式的价值，柿本人麻吕的创作起了不可忽视的作用。同样，在反歌形式的定型方面，人麻吕的作用也十分明显。拥有大量优秀长歌作品可谓《万叶集》的一个特点，此后长歌形式便衰退了。除了柿本人麻吕的长歌创作外，笠金村、山部赤人、山上忆良、大伴家持、田边福麻吕及高桥虫麻吕等人在长歌创作方面都取得了不同程度的成就。

旋头歌的咏唱形式"五七七五七七"常见于民谣，前半部和后半部是以问答的形式相对应的，后来演变为独立形式。记纪歌谣中保留了一些旋头歌，到了万叶时代，有的歌作者尝试着以这种歌体创作，但始终未能兴盛起来。短歌自古以来就是最有力的歌体形式，在记纪歌谣中大量可见。短歌的形式为"五七五七七"，与长歌和旋头歌不同的是，短歌的创作在万叶时代以后依然兴盛不衰。所谓和歌，其实专指短歌，它至今仍然是日本文学重要的韵文形式之一。《万叶集》中的佛足石歌只有一首，形式为"五七五七七七"。此外，还有被称为最早的连歌体的一首歌，歌式为"五七五……七七"，由两位不同的歌作者共同完成。

《万叶集》是和歌集，但其中也收载了汉诗文，主要集中出现在大伴旅人、山上忆良、大伴家持及同族大伴池主的创作中。对旅人、家持和池主来说，汉诗文的创作是他们抒发风雅之情的方式，也是他们精神生活的重要组成部分。山上忆良的汉诗文质量上乘，同他的和歌一样，这些汉诗文也充满了他的苦恼与忧郁。

与《万叶集》编纂目的相关的是，为何编纂者将汉诗文也同时收入和歌集，这一问题始终没有确切的结论。在很大程度上研究者只能根据推测认为，在当时热心吸收中国文化的年代里，《文选》等汉典籍被用作官吏采用测试的必读书类。编纂者在把玩汉诗文的同时突发奇想，尝试将一些汉诗文汇集成册也并非怪事。况且，从题词与左注的汉文体表达看，虽然"和习"（和式的汉文表达方式）的痕迹随处可见，但可以推想当时的知识阶层对汉诗文的偏爱程度以及熟练的驾驭能力。更值得注意的是，当时汉文体在编纂史书、诗文集和学问书时不可动摇的优势地位。也是出于这个缘故，译者保留了《万叶集》中题词与左注的原文风貌，没有将其删除或译成现代汉语。

四、《万叶集》各卷简介

《万叶集》的卷一和卷二构成一个整体，其中，第一卷只收载了杂歌，第二卷按内容分为相闻和挽歌两部分。这两卷被看作是古歌卷，收入的是奈良初期以前，朝廷正式场合中的歌。在这两卷的三大部类中都有"××宫御宇天皇代"的标题，歌大致按年代顺序排列，编纂方法明显有别于其他卷。卷一的杂歌多是对王德、皇宫的赞美，也有反映当时政情的内容，此外还包括一些有关宴游和旅行的歌。歌作者或歌的传诵者几乎都是天皇、皇子女及诸王臣。

有些情况下，歌的题词标注了作者，比如"××天皇御作歌"，但实际上歌作者另有其人，这种情况被称为代作歌。一般代作歌的作者要能十分理解体谅天皇的心情，然后站在天皇的立场上作歌。例如，卷一·7是额田王的歌，但旁注又注明"未详"，说明编纂者怀疑此歌的真实作者。《万叶集》中所收的十二首额田王的歌中，有数首被看作是齐明天皇、天智天皇的歌作（又称异传歌）。事实上，万叶初期，和歌的创作在很大程度上仍保存着集团创作和享受的特征。像额田王这样有才能的人时常在齐明天皇身边，或是经常在皇族贵族聚集的场合露面，因此有机会代替天皇或是皇族贵族们咏唱。万叶初期像额田王这样的宫廷歌人不止一位，后来又出现了柿本人麻吕。

卷二的前半部分是相闻，后半部是挽歌，所有的歌包括传诵歌与创作歌混在一起排列，并援引《古事记》和《日本书纪》的记载来说明作歌的缘由。编纂者试图告诉人们，这些歌作的缘由与动机都是真实可信的。卷二的作者仍然是皇族和王臣们，其中夹有以有间皇子和大津皇子谋反事件为背景的歌，还有草壁皇子和高市皇子的挽歌。最出色的要数柿本人麻吕的一系列作品，在唱出那些悲壮挽歌的同时，他还以低回的调子唱出别妻的孤寂和丧妻的哀伤，以及临终时自怜的独唱。显然，在卷一、卷二中，我们还看不到大伴氏私纂集的痕迹，相反却能看出敕纂集的许多特点。

将卷一和卷二的拾遗分成两部分，如此形成了卷三和卷四。这两卷继续保留了杂歌、相闻、挽歌三大部类，而且在歌的数量上也尽可能按相同比例分配。由于卷四中的相闻歌数量过多，因此将明显运用比喻手法的一部分歌移到了卷三中，并命名为"譬喻歌"。从卷三、卷四开始，各卷中不再标注"××天皇御代"，对古歌的作歌背景也较少说明，例如，卷三卷首歌的歌名"天皇御游雷岳之时，柿本朝臣人麻吕作歌一首"中，哪位天皇在何时御游雷岳，没有任何明确的说明。不过，比起前两卷的皇族作歌者来，卷三、卷四中的作歌者大多是朝廷官人，除了柿本人麻吕和山部赤人外，大伴氏及其周边关联者的作品开始增多，其中包括许多大伴家持与其姑母大伴坂上郎女之间的赠答歌。在家持与坂上大娘成婚之前，他与笠女郎和纪女郎及多位女性之间都有应酬赠答。这些歌在某种意义上说，是歌人对自己过往情史的记录。

在《万叶集》中，卷五是汉文最多最集中的一卷，卷首的分类标题是"杂歌"，显示卷五全部的歌都是杂歌。前半部主要是大伴旅人作为太宰府长官在任时的赠答歌，后半部是山上忆良的作品。在考察这二位官吏歌人的歌时，尤其要注意的是，他们在何种程度上受到汉文化的影响。除了对歌予以关注外，也不能忽视左注等汉文表达段落的存在。卷六全卷也是由杂歌构成的，在这一卷中新旧歌风交汇在一起，明显可以从遣词用句中分辨出来。从卷首的第一首歌（养老七年笠金村作）至天平十六年（744年）正月大伴家持的歌，其间二十二年的歌按照年代顺序排列，最后是田边福麻吕歌集中的二十一首歌。

卷七与卷三相同，将全卷分成杂歌、譬喻歌和挽歌三大部类。关于作歌时间与作者的情况，除了藤原卿作的七首以及出自《柿本朝臣人麻吕集》或出自《古歌集》等简单的标注外，几乎都是作者不明的歌。集中除二十六首旋头歌外全部是短歌。且不论单首歌的质量如何，卷七的编纂质量明显不及前几卷。各种不同风格、不同主题的歌混杂在一起，好像一部杂纂。但这一缺点也带来利处，对读者来说，欣赏这些作者及作歌背景不明的歌时，更容易自由理解与想象。从歌的内容可以判断，此卷的作者既有生活在大和地区的官人们，也有从事农耕渔猎的庶民，他们的歌构成了一首雅俗混杂的交响乐。

与卷七相比，卷八以春夏秋冬的顺序整然排列，每个季节的歌又按杂歌和相闻的类别分开，歌的前后顺序则根据作歌者的新老以及注明的时间排列。其中咏唱的时节和场面尽管相同，但无季语（表明季节的标志性用语）的歌被列入卷三、卷四和卷六中。年代越靠后的歌分类越清晰，作歌时间的记载也越明确。大伴家持的歌明显占据了中心，此外还有大伴旅人及坂上郎女等人的歌。需要指出的是，大伴家持在注明自己及同族同辈人的歌时，常会省去"大伴"而只写名字。这说明卷八是家持编纂的，并且成立时间比较晚。此外，卷八·1635是《万叶集》中唯一一首由两人完成的歌，被看作是连歌的嚆矢。

卷九中的三部类几乎以等量分配，这在《万叶集》中是唯一的一卷。不过虽然歌作者的名字都有记载，但不能完全相信。能够确定的是，此集中大部分的歌转载自《柿本朝臣人麻吕集》《古歌集》《高桥虫麻吕歌集》和《田边福麻吕歌集》。一般来说，出自笠金村、高桥虫麻吕和田边福麻吕歌集的作品是这几位第三时期歌人的自作歌，特别是几位歌人的长歌，与同时代的其他歌人相比，在素材和手法上都明显不同。高桥虫麻吕以传说为素材作歌，通过简洁的叙事生动地勾勒出传说人物的形象。

读卷十的歌自然会联想到卷八，两卷很相似，只是卷十是作者不明的一卷。两卷中收有许多类似的歌或几乎完全相同的歌，前者称作类歌，后者称作重出歌。例如，卷十·2254与卷八·1608完全相同，不过卷八·1608传为弓削皇子所作，不知是否可信。读者若是将两卷对照着来读的话，会有许多有趣的发现。从整体上看，卷十中的歌纤细而富有情趣，技巧成熟，表达流畅，带有都市审美倾向。

卷十一与卷十二相同的特点是作者不详，所有的相闻歌都没有使用季语。编纂者以歌体和表现手法的异同将歌分成几类，不过"古今相闻往来歌类"的标题是后人添加的。这些相闻歌的内容虽然宽泛，但混乱不整。比起卷十一，卷十二中的歌相对比较新，而且有的歌与平安时期歌物语中的歌相近。

卷十三以长歌为中心，这些长歌基本上都有反歌，有的长歌数首相接，相互问答，在最后作为总括注有"此××首"的说明。不过这些长歌大多是作者不明的歌，除了部分歌作外，多数歌不清楚是在何时何种情境中作成的。因此，对读者来说，这既是自由理解歌意的便宜之处，也是无法确切把握歌境的不便之处。贺茂真渊将这一卷看作是继卷一卷二之后的另一部古撰，但他也不否认其中有些歌的年代较新。其中杂歌第六组中卷十三·3230"奈良出发到穗积……眼看将进入吉野/让人想起往昔"，无疑是奈良迁都（710年）以后的歌。挽歌的第三组卷十三·3327是悼念橘诸兄之父三野王（或表记为美努王）的歌。三野王于和铜元年（708年）亡故，这首歌应在此前后作成。相反，问答部的第二组则出自《古歌集》。

卷十四是著名的东歌卷。所谓东歌即日本古时对大和以东地区的称呼。卷十四中的东歌中有相当一部分异传歌及内容相近的歌，后者又称小异歌。这些歌充满了浓厚的东国地方色彩，与创作歌不同，这些由目不识丁的人们作成的歌往往始于某个人的口头创作，听者在将这首歌传给第三者时，或在隐约记忆的一部分内容中加入适当的东西，使其天衣无缝；或迎合听者的爱好，故意改变部分歌的内容。此外，历来有这样的看法，即东歌中大胆表现性爱的内容较多，例如卷十四·3550等。在此卷中有许多咏唱男女之间为爱苦恼的歌。这些歌在表现的率直与大胆方面完全不同于前几卷中的相闻，反映了当时日本地域文化间的差异性。关于这二百几十首东歌究竟是通过什么方式和途径收集起来的，至今仍是一个谜。另外，围绕东歌究竟是不是民谣这一问题，历来争论不休，至今尚无有力的结论。

卷十五由两部集录组合而成，从目录可以看到，前半部的一组是天平八年遣使新罗国之时使人等咏成的一百四十五首歌，其中长歌五首，旋头歌三首，短歌一百三十七首。后半部的一组是中臣宅守和狭野茅上娘子间的唱和赠答，共六十三首，全部是短歌。前半部的作者中，大使阿倍继麻吕、副使大伴三中、大判官壬生宇太麻吕、小判官大藏忌寸麻吕等十余人的歌作有记名，其他的九十六首歌都未记名。山田孝雄氏认为，当时大使阿倍继麻吕在归途殁于对马，可能是副使大伴三中将那些无署名的作品带回了朝廷，其中三中的歌应不在少数。卷十五的后半部是中臣宅守和狭野茅上娘子的赠答歌，大概作于天平二十年（748年）前后。与此前的歌不同的是，这些歌没有分类，这一点又和卷十七以后的各卷相同。

在《万叶集》中，论及联想与表现的多样化时，首先应该考察的是卷十六。卷中的许多歌出语奇异，表现手法脱俗。有些看似卑俗的歌实际上是为了获得谐谑的效果而故意为之。这一风格的代表者是柿本人麻吕的同时代人长意吉麻吕。在和歌史上，他的戏笑歌曾被看作是异端而一直受到排斥。

卷十六的卷首处是"有由缘杂歌"，"由缘"，即作歌的背景或缘由。其中有数首与中古歌物语相关的歌，内容大多是涉及男女爱情的。值得注意的是有关竹取翁的歌，情节生动而幽默，可谓万叶和歌中的珍品。

卷十七至卷二十被看作是构成《万叶集》的第二部分。前十六卷的歌是在天平十八年（746年）收集起来的现存歌。卷十七以后的四卷同卷十六一样，没有对歌进行分类，而是按照时间顺序将大伴家持及其周围人的歌收集记录下来，因此，最后的四卷又被称作家持的歌日记。卷十七的歌涉及两件重要事件，一是卷首处天平十八年（746年）正月，橘诸兄率诸王臣上殿祝贺新年时，诸臣应诏作歌。当时家持二十九岁，一年前进京官叙从五位下。他列位南细殿应诏作歌。二是家持于同年七月任越中国国守，他在越中国的经历对其创作来说意义重大。家持在越中国作了大量的歌，其中既有独吟之咏，也有唱和之作。卷中的长歌被记作"赋"，短歌被记作"一绝""二绝"，歌中又夹杂书牍文和汉诗，汉文学的影响明显可见。全卷一百二十四首歌中，家持个人的歌作竟有八十二首。

卷十八收录了天平二十年（748年）三月至天平胜宝二年（750年）两年间的歌。在越中赴任的数年间，家持渐渐习惯了远离都城的生活，出于公私两方面的原因，他时常接待来访的要人和朋友，频繁的宴饮和广泛的交际刺激了他作歌的欲望。此外，他同大伴池主、大伴坂上郎女及大伴坂上大娘之间的唱和赠答也成为他作歌的机缘。全卷一百零七首歌中，家持的歌占了六十九首。

卷十九收录了天平胜宝二年至五年（750—753年）期间的歌。以胜宝三年（751年）七月家持回京为界限，将此卷分为前半部和后半部，前半部的歌数较多，占百分之八十。归京后的家持本以为会得到宫中的邀请，他甚至为应诏写成了预作歌，但都不得机会奏上。在这一卷中可以看到家持的多首未奏歌。在冷遇和失意中度过了两年，天平胜宝五年他作成了卷十九·4290，细腻的表现唱出了歌人内心的感伤，渲染出一片幽寂的歌境，被看作是后代《新古今和歌集》的先声。

在卷二十中，大伴家持记录了天平胜宝五年至宝字三年（753—759年）约六年间的歌。值得一提的是胜宝七年（755年），为检查防人事务他前往难波，很可能是因为家持抱着完成编纂歌集的强烈愿望，于是通过防人部领使收集到防人及其家人等作的歌共一百七十六首，然后从中选出了八十四首，这些防人歌朴素而新鲜，内容多涉及亲人间的离别之苦。

随着圣武太上天皇及橘诸兄的相继离世，大伴氏在藤原仲麻吕的权势下失威。《万叶集》中的最后一首歌正是家持被左迁为因幡国守后，于宝字三年（759年）正月一日所作的歌："新年伊始之际／初春的今日降雪／更是吉事重重。"

五、关于译本的体例

1. 此译本根据日本岩波书店出版的《日本古典文学大系·万叶集》原文译出，同时参阅了多种版本和注释书（参阅附录的《主要参考文献》）。

2. 因受汉文化影响很深，《万叶集》除4516首和歌外，也收载了少量汉诗文和书牍文，主要集中出现在大伴旅人、山上忆良、大伴家持及同族大伴池主的创作中。

3. 为了能使读者在最大程度上了解《万叶集》的风貌，译者保留了原文中用汉文写成的题词、左注、旁注等部分，在汉文和习（日式汉文）痕迹较明显之处添加注解予以说明。

4.译文中的歌号依照日本和歌索引书《国歌大观》。

5.译本中带括号"（）"的文字是旁注，是编纂者为说明而加的注释。

6.原则上出现过的人名、地名与物名只注释一次，随后出现时不再重注，只标明原始出处。

7.《万叶集》中原本无歌名的歌，按惯例以《国歌大观》的歌号为准，不另行取名。

感谢已故万叶学者犬养孝先生和清原和义先生，十八年前把我们带入了万叶和歌的世界。感谢中西进先生对我们翻译工作所给予的帮助。感谢小川一乘先生、村上学先生、石桥义秀先生和赤濑知子先生。感谢北海道大学的身崎寿先生和京都大学的大谷雅夫先生。感谢日本国际交流基金的援助。感谢我们的家人和朋友们。

金伟　吴彦

2020年10月

目 录

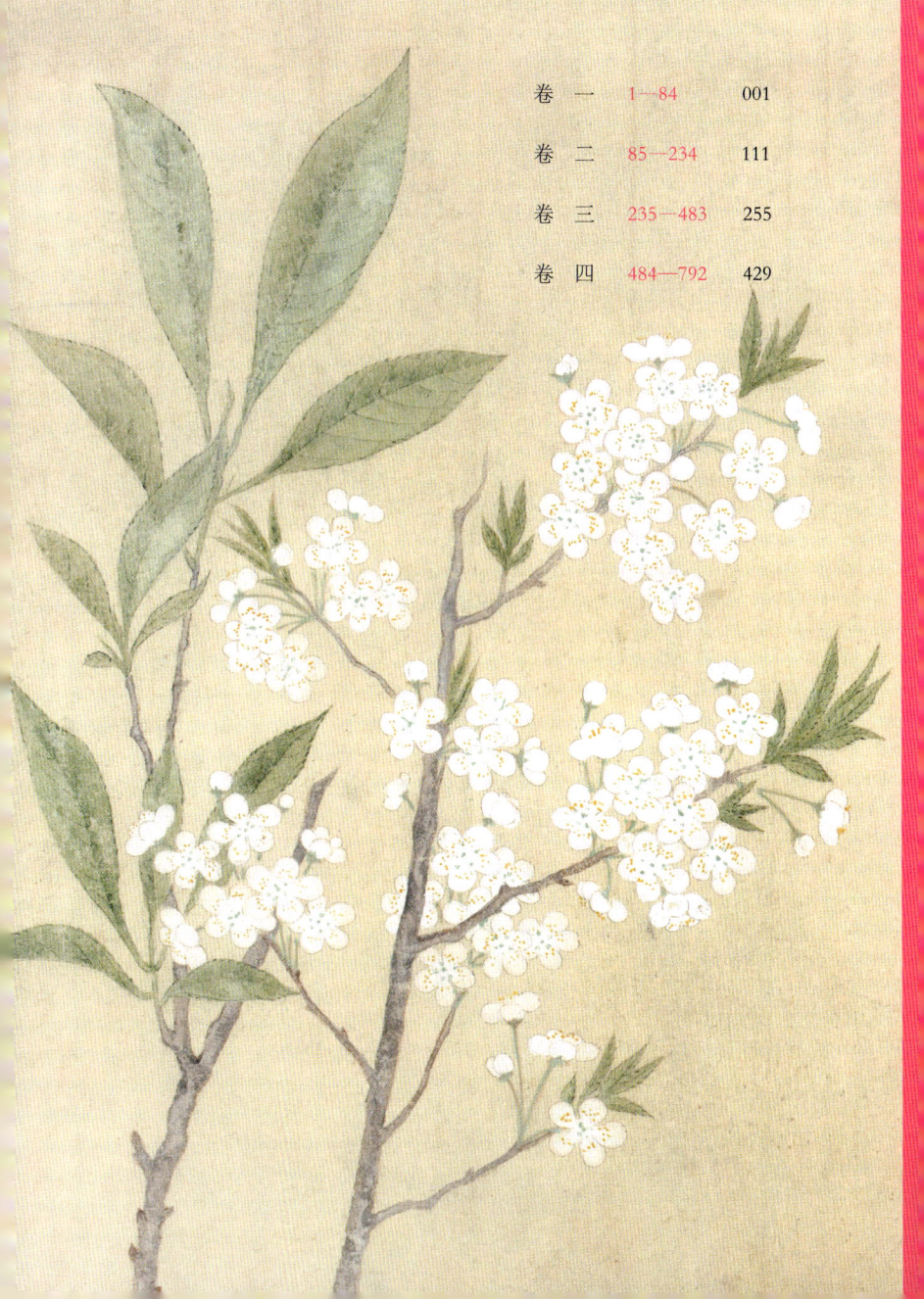

卷 一　1—84　　001
卷 二　85—234　 111
卷 三　235—483　255
卷 四　484—792　429

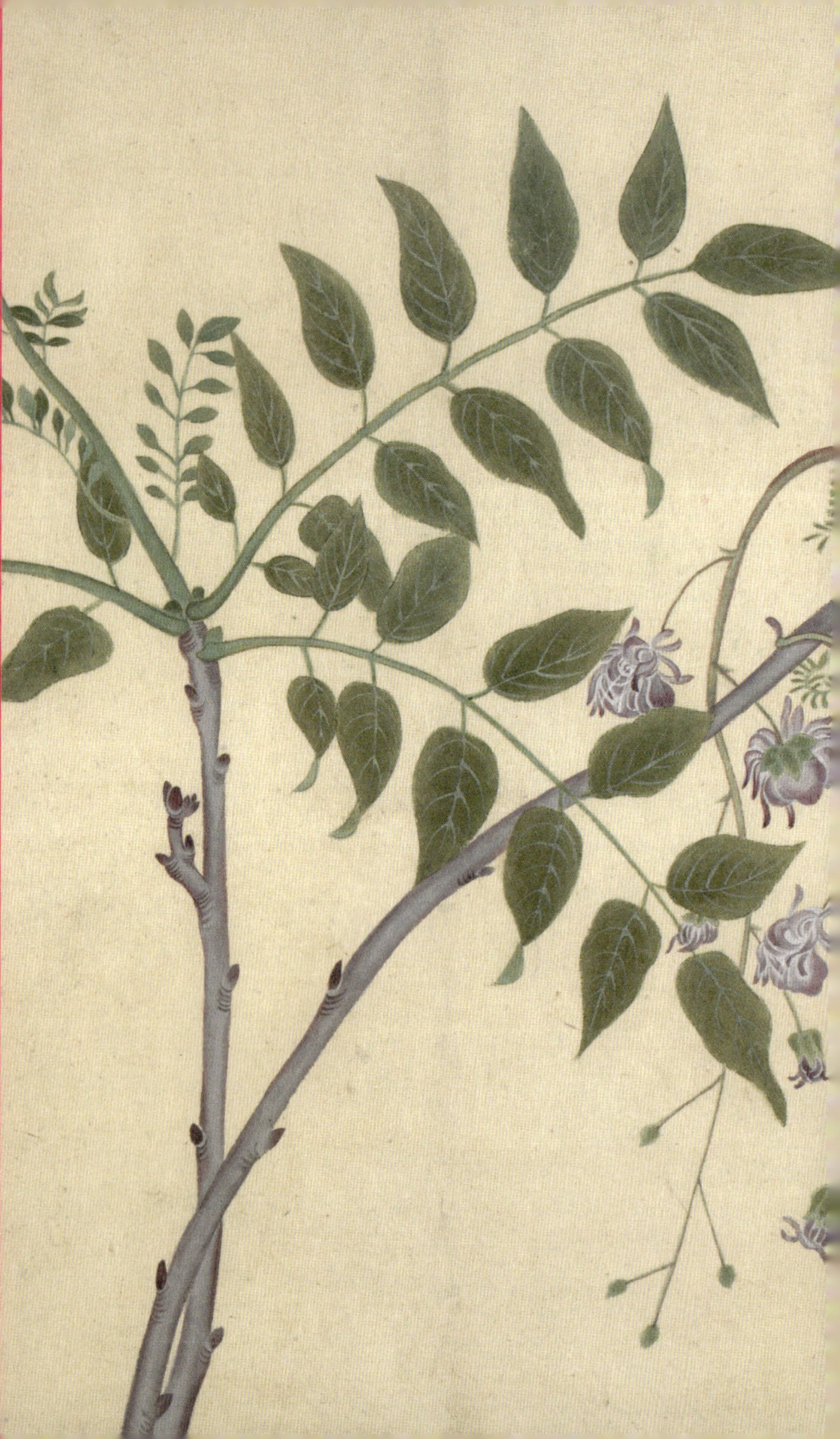

卷 一

鶴　神坂雪佳

杂 歌[1]

1. 杂歌：与相闻和挽歌组成《万叶集》的三大部类，收录了行幸、游宴、旅行等各种内容的和歌，其中仪礼歌居多。"杂歌"这一称谓来自汉诗的分类名。元历校本（平安中期校本）和纪州本（又称神田本，镰仓及室町末期校本）中未见标注，很可能是后人添加的。

泊濑朝仓宫[1] 御宇[2] 天皇代

（大泊濑稚武天皇[3]。）

天皇御制歌[4]

1 篮子哟

手持精美的篮子

钎子哟

手持灵巧的钎子

在这座山岗上

采野菜的姑娘

你的家在何方

请说出你的名字

青空下的大和国

一切归我所有

一切由我支配

还是让我来告诉你

我的家和名字[5]

1. 泊濑朝仓宫：雄略天皇的皇居，在今奈良县樱井市黑崎附近。
2. 御宇：御，掌御、御统。宇，天下。
3. 大泊濑稚武天皇：日本历史上第二十一代雄略天皇的谥号，五世纪后期统治日本全国。此处括号中的文字为《万叶集》编纂者所加旁注。在《万叶集》全卷中，译者为此类旁注都加上了括号，下文中不再重复解释。
4. 天皇御制歌：歌名模仿隋代萧琮诗题的写法，将天皇所作的歌称为御制歌，皇子或皇女所作的歌称作御歌。
5. "还是让我来告诉你"二句：日本古代，男子将自己的名字告诉女子意味着向她求婚。

待月　上村松园

◎ 这首歌既是第一卷的卷头歌，也是《万叶集》全二十卷的卷头歌。因此，它在整个《万叶集》中的位置尤显重要。歌中的主人公雄略天皇作为王者与当地的女性结合，一方面表明那块土地上的人们对王者的臣服，另一方面也包含着预祝王者御统的国土五谷丰登的寓意。万叶学者中西进认为这是一首春野游乐时咏诵的歌，但其中"青空下的大和国／一切归我所有／一切由我支配"的句子是后来添加的。参见讲谈社版中西进《万叶集全译注》。

高市冈本宫[1] 御宇天皇代

（息长足日广额天皇[2]。）

天皇登香具山[3] 望国之时御制歌

2　大和[4] 群山连绵
　　最美要数香具山
　　登上山顶眺望
　　原野上炊烟袅袅
　　水面上鸥鸟飞翔
　　美丽的国家啊
　　蜻蛉岛大和国[5]

1. 高市冈本宫：舒明天皇的皇居，又称飞鸟冈本宫，在今奈良县高市郡明日香村冈寺附近。
2. 息长足日广额天皇：第三十四代舒明天皇的谥号。舒明天皇是天智天皇和天武天皇的父亲，在位时间为629年至641年。
3. 香具山：位于奈良县矶城郡香久山村的西南，与亩傍山和耳成山一起被称作"大和三山"。
4. 大和：指今奈良县区域，包括矶城、高市、南北葛城诸郡。
5. 蜻蛉岛大和国：对丰饶国土的赞美之辞。"蜻蛉岛"是"大和"一词的枕词。蜻蛉，即蜻蜓，被古代日本人看作是谷物的精灵。

◎ 这是一首国见歌，即登高展望山河国土时咏诵的歌，最初产生于农耕礼仪。

云壑　下村观山

天皇游猎内野[1]之时，
中皇命[2]使间人连老[3]献歌

3
御统天下的大君

清晨用手抚弄

夜晚安置身边

他那心爱的梓弓[4]

能听到弓弦的鸣响

现在出发去晨猎

现在出发去夕猎

能听到心爱的梓弓

弓弦发出的鸣响

1. 内野：也记作"宇智野"，二词在日语中发音相同，指奈良县五条市宇治的猩猩原野。舒明天皇在位期间何时到此地游猎记载不明。《日本书纪·舒明纪》中记载了舒明三年（631年）九月和舒明十年十月到摄津的有间行幸以及舒明十一年十二月到伊予温泉的行幸。
2. 中皇命：舒明天皇之女、天智天皇的姐姐间人皇女。
3. 间人连老：《日本书纪·孝德纪》白稚五年（654年）一条中记载了遣唐使判官中臣间人连老的名字，由此可知，抚养间人皇女的间人氏是中臣氏的一支，主要担任祭祀的职责。连，日本古代姓氏之一，用于天武朝赐姓以前的时代。
4. 梓弓：用梓木制成的弓。梓，属桦木科，落叶高木，是制弓的良材。

暹罗猫和蜘蛛　东皋

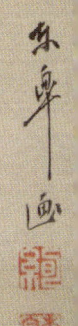

反 歌[1]

4 在宇智的旷野上
   清晨并马踏青
   那草深的荒野啊

---

1. 反歌：反歌的名称来自汉文学中的"反辞"，这首反歌是《万叶集》最初的一首。在《万叶集》中长歌后面添附反歌的形式有两种情况：一是重复长歌中重要的词句以总括歌的大意，二是将长歌的内容延伸扩展。反歌以短歌居多，只有一首是旋头歌（卷十三·3233）。《古事记》歌谣中的唱和形式以及《万叶集》中卷一·18、37、39等歌中都能看到这一古仪（参见金伟、吴彦译《日本古代歌谣集》古事记歌谣·10。春风文艺出版社，2001年6月）。此外，间人连老曾做过遣唐使的判官，他凭借汉文学的修养将和歌中的长歌与短歌更为贴切地组合在一起，显示了特有的文学独创性。

幸赞歧国安益郡[1]之时，军王[2]见山作歌

云雾笼罩的春日

不觉垂下了暮色

心中涌起哀伤

像鹈鸟在心底哭泣

哪怕能用语言倾诉

也会感到欣慰

圣明的大君[3]行幸

越过山岭的风

在我独自一人时

拂动着我的衣袖

朝夕催我还乡

身为大丈夫

在以草为枕的旅途

无法排遣乡愁

如网浦的渔家女们

烧盐[4]般的煎熬

我那焦灼的心啊

---

1. 赞歧国安益郡：赞歧国，指今香川县境域。安益郡，在今香川县绫歌郡东部。日本史书中没有对此次行幸的记载。
2. 军王：当时随天皇行幸的朝臣，所传不详。
3. 大君：即舒明天皇。
4. 烧盐：当时的制盐法是将在海水中浸泡的海藻放在火上烤，然后获取结晶的盐末。

反　歌

6　山风不断吹过山岭
　　夜夜思念家中的阿妹

此歌，捡[1]《日本书纪》，无幸于赞歧国。亦军王未详也。但，山上忆良[2]大夫《类聚歌林》[3]曰：《纪》[4]曰：天皇十一年[5]己亥冬十二月，己巳朔壬午[6]，幸于伊与温汤宫[7]云云。一书，是时，宫前在二树木。此之二树，斑鸠比米[8]二鸟大集。时敕，多挂稻穗而养之。乃作歌云云。若疑从此便幸之欤。[9]

五色原　吉田博

1.捡：即检，考察、查证。

2.山上忆良：《万叶集》中的重要歌人。大宝二年（702年），作为遣唐录事入唐。庆云四年（707年）前后归国。官至从五位下，曾任伯耆国守、东宫侍讲、筑前国守等职。学识渊博，所作的歌反映当时日本的现实生活，真切率直。

3.《类聚歌林》：山上忆良编纂的歌集，已失传。

4.《纪》：指的是《日本书纪·舒明纪》。《日本书纪》是日本历史上第一部敕撰史书。舍人亲王奉敕命，与太安万吕等于720年撰成。共三十卷，以编年体的形式编成。

5.天皇十一年：舒明十一年（639年）。

6.己巳朔壬午：一月的第一天从己巳开始，壬午日便是第十四日。阴历十二月十四日就是阳历翌年一月十五日。关于本集中的旧历时间，不再逐处标注，请参阅附录中的时间方位干支表。

7.伊与温汤宫：伊与，地名，又写作伊予。温汤，即温泉，古时多位天皇行幸伊与温泉，那里曾有过行宫。

8.比米：万叶假名，"鹎"的发音标记（读音为 hime）。小学馆《新编日本古典文学全集·万叶集》卷一第27页的注释说，鹎比斑鸠略小，体形相近，喜食树木的果实，冬季群栖。此外，《说文解字》："鹎，瞑鹎也。"《广韵》："小青雀也。"《汉语大字典》按："疑即黑尾蜡嘴鸟。"

9.这段文字被称作"左注"，日文原文为竖排版，"左注"即写在歌左侧的文字。左注多以和式汉文体写成，内容大多是对歌的补充说明，具体包括歌句与歌数、作者或作者异传（例如"此一首，长屋王"）、出典、作歌的时间与背景等。此外，左注还显示出明显的考证态度，引用《日本书纪》和《类聚歌林》等检证与作歌有关的记载，甚至提出质疑。与其他歌集相比，《万叶集》中的左注最多，但是，与题词一样，这些左注究竟是作歌时的原始资料，还是万叶编纂者所作，或是后人的添加，已不可知。译者保留了左注的原文体，并适当加注解说明。

明日香川原宫[1] 御宇天皇代

（天丰财重日足姬天皇[2]。）

额田王[3] 歌（未详[4]。）

7　割来秋野上的草

　　结成茅庐泊宿

　　想起宇治都城

　　临时搭建的茅庐

此歌，捡山上忆良大夫《类聚歌林》曰：一书，戊申年[5]，幸比良宫[6]大御歌。但《纪》[7]曰：五年春正月，己卯朔辛巳，天皇至自纪温汤。三月戊寅朔，天皇幸吉野宫而肆宴焉。庚辰日，天皇幸近江之平浦[8]。

风景　吉田博

1. 明日香川原宫：齐明元年（655 年），飞鸟板盖宫大火后，明日香（今奈良县明日香村一带）川原宫成为暂时的皇宫。
2. 天丰财重日足姬天皇：第三十五代皇极天皇，让位给同母弟孝德天皇。655 年，孝德天皇驾崩后，皇极天皇作为齐明天皇重新即位，成为日本历史上第三十七代天皇。
3. 额田王：万叶初期歌人，镜王之女，与天武天皇生下十市皇女。生卒年月不详。《万叶集》中收有其十二首歌，她经常站在天皇的角度，揣度天皇的心情作歌，被称为宫廷歌人。她有着很高的汉诗文修养，注重作歌技巧，是最早咏唱个人情感的歌人之一。
4. 未详：《万叶集》编纂者对真实的歌作者表示怀疑，因此用旁注标明。《万叶集》中所收的十二首额田王的歌中有数首被看作是齐明天皇、天智天皇的歌作（又称异传歌）。事实上，万叶初期时代，和歌的创作在很大程度上仍保存着集团创作和享受的特征。像额田王这样有才能的人时常在齐明天皇身边，或是经常在皇族贵族聚集的场合露面，因此有机会代替天皇或是皇族贵族们咏唱。万叶初期像额田王这样的宫廷歌人不止一位，后来又出现了柿本人麻吕。
5. 戊申年：即大化四年（648 年）。
6. 比良宫：位于今滋贺县滋贺郡。西边为比良山，东有琵琶湖。
7. 《纪》：指《日本书纪·齐明纪》。
8. 平浦：在滋贺县滋贺郡比良宫附近。

后冈本宫[1] 御宇天皇代

（天丰财重日足姬天皇，让位后即后冈本宫[2]。）

额田王歌[3]

8　在熟田津[4] 乘船待发
直到月满潮涨
现在快划出去啊

此歌，捡山上忆良大夫《类聚歌林》曰：飞鸟冈本宫御宇天皇，元年己丑九年丁酉十二月己巳朔壬午，天皇大后幸于伊予汤宫。后冈本宫御宇天皇，七年辛酉春正月丁酉朔壬寅，御船西征，始就于海路。庚戌，御船泊于伊予熟田津石汤行宫。天皇御览昔日犹存之物，当时忽起感爱之情，所以因制歌咏，为之哀伤也。即此歌者天皇御制焉。但，额田王歌者，别有四首。[5]

越谷之雪　川濑巴水

1. 后冈本宫：齐明天皇的皇居。
2. "天丰财重日足姬天皇"二句：此句话想说明，齐明天皇在后冈本宫即位，因为舒明天皇的皇居在高市的冈本宫，为区分之便，齐明天皇的冈本宫被称作后冈本宫。
3. 额田王歌：这首歌的真实作者究竟为何人至今有诸种争议。其中，以泽泻久孝为代表的研究者认为，从歌的语气看，此歌并非臣属之作。另一种是以田边幸雄为代表的观点，他认为这首气势堂堂的歌不可能出自六十八岁老龄的女帝之手，倒更接近三十岁左右的额田王的风格。伊藤博则认为，作为奉旨作歌的歌人，额田王极有可能作为齐明天皇的代言者作了这首歌。《万叶集》中有四首歌的作者除天皇外另有一人，其中三首与额田王有关。
4. 熟田津：位于今松山市和气町、堀江町附近，古时为有名的港口。
5. 左注中记载，齐明天皇七年（660年）正月六日，天皇乘船从海路向筑紫出发。十四日船停泊在依予熟田津石汤离宫。但据《日本书纪》记载："三月二十五日船返回娜大津（博多港）。"其间的行程费时两个月。伊藤博推测，最初可能没有停靠熟田津的计划，这期间出于特殊的情况，齐明天皇改变了行程方向。当时年迈的女帝（六十八岁）很可能因船旅辛劳、身体不适，于是临时改变行程，绕道来到伊予温泉疗养。加之那里又是齐明帝同夫君一同行幸过的地方，歌中流露出月满潮涨、万事俱备的夜晚，宫人们迫不及待等待出航的激动欢快的心情。四个月后，齐明天皇辞世。左注称女帝因伤感作歌，但读上去并非伤感之作，此处存在矛盾。"额田王的歌另有四首"云云，是指在《类聚歌林》中收录她的另外四首歌。

幸于纪温泉之时[1]，额田王作歌

9　夜晚浪静出航[2]
　　我心爱的人[3]
　　曾经伫立在
　　神圣的橿树下

1. 幸于纪温泉之时：齐明天皇四年（658年）冬十月十五日在纪温泉行幸，翌年正月三日行幸归来，这期间发生了有间皇子的谋反事件。
2. 夜晚浪静出航：此处底本原文的万叶假名是"𥁊円隣之大相七兄爪谒気"，其训读方法和意思至今不明。此处译者采用间宫厚司《万叶难训歌的研究》的训读方法译出。
3. 我心爱的人：此处原文为"我が背子"。"背子"或"背"，是女性对自己亲近的男性的称呼，在这里，齐明女帝称之为"我が背子"的人究竟是谁，始终没有定论。自贺茂真渊在《万叶考》中提出"背子"可能是大海人皇子后，一般将"背子"看作是大海人皇子或额田王之夫的论说较为普遍。伊藤博在《万叶集全注》和《万叶集释注》中提出"我が背子"很有可能是有间皇子。对齐明天皇来说，薄幸的有间皇子是自己同母弟孝德天皇的皇子。伊藤博认为，这首歌包含着不寻常的隐秘情感。在中大兄皇子（后来的天智天皇）掌握实权的当时，齐明女帝通过这首歌表现了对弟弟和外甥的复杂情感。据《日本书纪》记载，齐明四年十一月三日到十一日，发生了有间皇子谋反事件。有间皇子被捕后被押送到纪伊温泉，后在押送回大和的途中，于纪伊的藤白坂被绞杀。从纪伊温泉到藤白坂，沿途长着橿树。这首歌既有慰藉怨灵的含义，同时也反映出女帝为自己平安还幸而祈祷的愿望。此外，还有一种推测，即"我が背子"指的是齐明天皇之夫舒明天皇。但是，由于史料中没有关于舒明天皇赴纪伊温泉行幸的记载，因此无法断定。

女儿　北野恒富

中皇命往于纪温泉之时御歌

10　支配你[1]的生命
　　也支配我的生命
　　磐代[2]山上的茅草
　　快去缠结[3]上吧

1. 你：指中大兄皇子，即后来的天智天皇。
2. 磐代：又表记为"岩代"，二者都读作 iwashiro，和歌山县日高郡南部町岩代，接近牟娄郡地域，从日高郡翻越山岗即可远眺大海，是通向熊野的交通要道。路经此地的行人大多在此缠结树枝和草，祈求旅途平安。
3. 缠结：古日语中出现的用语。将树枝、草叶或衣纽等缠结起来，有为了记忆、做标识或盟约的作用。在这首歌中，指通过缠结茅草以获得神灵的庇护和保佑。

我心爱的人　　11
正在搭结茅庐[1]
如果茅草不够
就到小松树[2]下
再去割些来吧

1. 搭结茅庐：在旅途中临时搭建草屋。茅庐，原文中的假名是"借庐"，即假庐之意，指临时搭建的小草屋。
2. 松树：在古代日本被看作是生命长久的神圣树木。用松下的茅草结庐，被看作是具有神圣感和灵威的做法。

◎ 古代日本人在旅途中时常需要行一些祭礼。这首歌反映的是，主人公在旅途中需要在隐蔽的草屋中做些仪式的情景。卷一·10—12的作者同为中皇命，因此，后两首未另设歌名。《万叶集》中，除了与上述相同的情况，还有原本无歌名的歌，后文出现类似情况时，不另赘述。按惯例以《国歌大观》的歌号为准。

旅愁　三岸好太郎

虽然我看见了 12

向往已久的野岛[1]

可是没有采到

阿胡根海底的珍珠

此歌,捡山上忆良《类聚歌林》曰:天皇[2]御制歌云云。

1. 野岛:和歌山县御坊市南部的海岛。日本各地都有这样的地名,野岛多指向海中伸出的陆地,一般都是很好的观望位置,并且多被当作祈祷航海安全的重要场所。
2. 天皇:指第三十七代齐明天皇。

◎ 卷一·10—12 三首歌是一组短歌连作。以连续的短歌咏唱形式诉说情怀的作歌方法始于记纪歌谣(参见金伟、吴彦译《日本古代歌谣集》,春风文艺出版社,2001年6月)。卷一·12 是《万叶集》中四首异传歌(同一首歌重复出现,并且作者不同)中的一首,另外三首传为额田王之作。

中大兄[1]（近江宫御宇天皇[2]。）三山[3]歌一首

13　香具山爱恋
　　伟岸的亩傍山
　　耳梨山来相争
　　自神代时开始
　　从远古到今日
　　总是为女人相争

1. 中大兄：舒明天皇的皇子，原名葛城皇子，第三十八代天智天皇。据《日本书纪》记载，中大兄生于推古三十四年（626年），大化元年（645年）六月，孝德天皇即位时被立为太子。他是大化革新的推行者。齐明天皇七年随齐明帝远征新罗，天皇病故于筑紫，军队在白村江战役中大败。后来他以皇太子的身份称制。近江迁都后，天智七年（668年）正月即位，天智十年十二月崩御，享年四十六岁（一说五十八岁）。
2. 近江宫御宇天皇：括号中的文字明显是后代添加的，时间大概在天平十七年（746年）。近江宫，即天智天皇的近江大津宫，667年从飞鸟迁都至此，672年壬申之乱时被烧毁。位于今滋贺县大津市。
3. 三山：指"大和三山"，包括香具山（代表女性）、亩傍山和耳成山（代表男性）。关于此三山的传说见于《播磨国风土记》。

反　歌

香具山和耳梨山相争　　　14
阿菩大神[1]见状起身
来到印南国[2]的原野

1.阿菩大神：据《播磨国风土记》记载："出云国的阿菩大神闻听大倭国的亩火（亩傍的另一种表记）、香山（即香具山）、耳梨三山相争时，为谏止而到此地。"
2.印南国：指明石到加谷川一带地域，那里有明石港。

光之海 吉田博

海面上的暧霭
落日映照生辉
但愿今天夜里
月光清澄明亮

15

此一首歌，今案不似反歌也。但，旧本以此歌载于反歌。故今犹载此次。亦《纪》曰：天丰财重日足姬天皇先四年乙巳[1]，立天皇[2]为皇太子。

1. 天皇先四年乙巳：皇极天皇四年（645年）。
2. 天皇：指天智天皇，皇极天皇四年被立为皇太子。

◎ 卷一·15 是卷一·13、14 的自然延长。在充满神力的自然景观中，歌作者将希望的预言唱出，为航路的安全祈祷。左注中明确指出，卷一·15 并非反歌，而是另一个人的唱和之作。此人很有可能是额田王。

近江大津宫御宇天皇代

（天命开别天皇，谥曰天智天皇。）

天皇诏内大臣藤原朝臣[1]，
竞怜春山万花之艳、秋山千叶之彩时，
额田王以歌判之歌

16　冬去春来临
　　沉寂的鸟儿鸣叫
　　凋谢的花儿开放
　　山中林密花难采
　　草丛深深难寻觅
　　秋天登山赏秋色
　　手持红叶细观赏
　　虽感叹绿色消退
　　我更爱秋天的山色

1. 内大臣藤原朝臣：指的是藤原镰足，藤原氏之祖，初为中臣氏。他协助中大兄皇子铲除了苏我氏的势力，成功地进行了大化革新。又被称作中臣镰足。

◎ 这是一首春秋优劣判定歌。从歌名可看出，天智天皇命令内大臣藤原镰足在宫中以"春山秋山何者更妙"为题举行竞赛时，额田王以和歌判定。伊藤博推测，很可能是在此之前经历了一番激烈的汉诗竞争，但未能分出高下。最后，只能由额田王以和歌来判定。

龍田川　狩野常信

额田王下近江国时作歌，井户王[1]即和歌[2]

17　美酒飘香的三轮山[3]
　　隐没在奈良山[4]后
　　蜿蜒曲折的道路
　　多想一路能看到
　　多想不断眺望
　　可是无情的云啊
　　为什么要遮挡

1. 井户王：所传不详。关于这首歌的作者有三种说法：即天智天皇，天武天皇，井户王。
2. 和歌：即为唱和而作歌。和，用作动词。
3. 三轮山：位于奈良县矶城郡大三轮町一带，山体被当作大神神社的神体而供奉。这是一首望乡歌。原文中"三轮山"之前用了枕词"味酒"，古日语"酒"读作 miwa，"三轮"也读作 miwa。万叶和歌常用枕词的形式，第一句是提示，紧跟的下一句是固定的词句（人名、地名、季节等）。前后两句相关联，有前句必有后句。
4. 奈良山：奈良北方的山。越过此山经山城可至近江。

反　歌

为何要这样　　18
遮挡住三轮山
只盼云能体谅
怎能如此遮挡

此二首歌，山上忆良大夫《类聚歌林》曰：迁都近江国时，御览三轮山御歌焉。《日本书纪》曰：六年[1]丙寅春三月，辛酉朔己卯，迁都于近江。

---

1. 六年：指天智六年（667年），其实当时是以中大兄皇子的身份治世。

19　　综麻形[1]的山林前
　　　榛树[2]染成的衣裳
　　　心上人映入眼帘

此一首歌，今案，不似和歌。但旧本载于此次，故以犹载焉。

1. 综麻形：三轮山的异名，源自三轮山的传说。《古事记·中卷》记载：有名为意富多多泥古者，实为神之子。他容貌英俊，每天夜里到陶津耳命的女儿活玉依毘卖的家里过夜，二人相亲相爱。不久，活玉依毘卖怀了身孕。她的父母深感怪异，便问女儿发生了什么事。女儿说有一位英俊的男子，每夜到自己的房中过夜，这以后怀了身孕，但不知那男子是何人。于是，父母让女儿在床前撒了些红色的土，并将系着麻线的针插在男子的身上。女儿按照父母的指教做了。第二天早上发现，麻线从门锁眼穿出去了，屋里只剩下三卷麻线。他们这才明白男子是从锁眼出去的。顺着麻线一路寻找，最后来到三轮山神社前，方知那男子是神之子。因为屋里剩下了三卷麻线，所以得地名三轮。
2. 榛树：果实和皮可用来染布。"榛"与"针"的发音都为 hari，且都和衣服有关联。可以想象歌作者在咏唱时脑海中有多重形象重叠。

天皇游猎蒲生野[1]时，额田王作歌

来到长满紫草[2]的原野　　20
潜入结着标识的领地
守望者会看见的啊
你忘情地舞动衣袖[3]

1. 蒲生野：今滋贺县蒲生郡的原野。
2. 紫草：多年生草本植物，夏季开白色五瓣儿小花，根可作紫色染料。是日本古代时重要的染料。
3. 舞动衣袖：在古代日本，舞动衣袖是示爱行为。

晩秋　上村松園

皇太子[1] 答御歌

（明日香宫[2] 御宇天皇，谥曰天武天皇。）

紫草般芬芳的你[3]

让人心生怨恨

已经身为人妻

我还是这样思恋

《纪》曰：天皇七年[4] 丁卯夏五月五日，纵猎于蒲生野。于时大皇弟[5] 诸王内臣及群臣，皆悉从焉。

---

1. 皇太子：指大海人皇子，天智天皇的弟弟，后来的天武天皇。在天智驾崩前拒绝了天智的让位诏书，退隐于吉野。672年，天智驾崩后，天武起兵与天智之子（弘文天皇）决战，史称壬申之乱。胜利后的大海人皇子返回大和，于673年即位。
2. 明日香宫：即飞鸟净御原宫（或写作清御原宫），是天武、持统两代天皇的皇居。天武天皇于672年营造而成。694年，持统天皇将皇居从此地迁至藤原宫。宫址位于今奈良县高市郡明日香村。
3. 你：指额田王。
4. 天皇七年：天智天皇七年（668年）。
5. 大皇弟：大海人皇子。

明日香清御原宫天皇代

(天渟中原瀛真人[1]天皇,谥曰天武天皇。)

十市皇女[2]参赴于伊势神宫时,见波多[3]横山[4]岩,吹芡[5]刀自[6]作歌

22　河边的岩石间
　　没有滋生青草
　　愿你一直不变
　　永远是清纯少女

吹芡刀自未详也。但,《纪》曰:天皇四年[7]乙亥春二月乙亥朔丁亥,十市皇女阿闭皇女[8]参赴于伊势神宫。

1. 天渟中原瀛真人:天武天皇的别称。
2. 十市皇女:天武天皇和额田王所生的女儿,嫁给弘文天皇,生下葛野王。《日本书纪》天武七年(678年)一条中记载,十市皇女在天皇为祭祀神祇行幸前急病而死,行幸因此停止。
3. 波多:地名,在三重县一志郡一志町与嬉野町之间流过的云出川、波濑川沿岸。
4. 横山:不详,也可能指横卧的山体。
5. 吹芡:所传不详,可能是皇女身边的女官。
6. 刀自:对主妇的称谓,转而变为对女性的敬称。
7. 天皇四年:即天武天皇四年(675年)。
8. 阿闭皇女:天智天皇的皇女,后来的元明天皇。母亲为苏我山田石川麻吕的女儿宗我嫄。阿闭皇女后成为草壁皇子妃,生下文武天皇,文武驾崩后即位,成为第四十三代天皇。养老五年(721年)十二月七日崩,享年六十一岁。

夜空 北野恒富

麻续王流于伊势国伊良虞岛[1]之时，人哀伤作歌

23 麻续王是渔夫吗
在伊良虞岛采海藻

---

1. 伊良虞岛：爱知县渥美郡伊良湖岬，位于渥美半岛的顶端。

麻续王闻之伤感和歌

珍惜现世的生命　　　24
不顾被海浪打湿
在伊良虞岛上
采摘海藻充饥

此歌，案《日本纪》曰：天皇四年[1]乙亥夏四月，戊戌朔乙卯，三位麻续王有罪流于因幡[2]，一子流伊豆岛，一子流血鹿岛[3]也。是云配于伊势国伊良虞岛者，若疑后人缘歌辞而误记乎。

1. 天皇四年：即天武天皇四年（675年）。
2. 因幡：鸟取县鸟取市岩美郡、八头郡、气高郡之间的一带。另有人认为是三重县一志郡（伊势国）久居町。
3. 血鹿岛：长崎县的五岛列岛及平户岛（今南北松浦郡）。现在，北松浦郡有小值贺岛的地名残存（"值贺"与"血鹿"的读音同为chika）。

天皇[1] 御制歌

25　吉野的耳我山[2]

　　一会儿下雪

　　一会儿下雨

　　雪花不时飘落

　　雨水不时倾注

　　崎岖的山路上

　　我思绪万千

　　沿着山路走来

1. 天皇：指天武天皇。
2. 耳我山：所在不明。这首歌的类歌（卷十三·3293）中有"御金高"的山名出现，怀疑此山是金峰山，也可能是吉野较高的山峰。

◎ 关于这首歌的作歌时间有诸种说法：一是天皇放弃皇太子位赴吉野时所作的歌，二是天武八年（679年）行幸时的作品，三是天武天皇在清御原宫的某日的歌作。从内容上看，应该是在大海人皇子即位后，回想当时失意时退隐吉野时的情景和心情之际所作的歌。

或本歌[1]

吉野的耳我山

说是一会儿下雪

说是一会儿下雨

雪花不时飘落

雨水不时倾注

崎岖的山路上

我思绪万千

沿着山路走来

此歌，句句相换，因此重载焉。

---

1. 或本歌：此种标注在《万叶集》多见，一般情况是除了此歌外，在集中他处还可见内容和表达方式相同或相近的歌。据泽泻久孝的研究，卷一·25 可能是一首古民谣，在天武时代已经流传甚广，天武天皇可能在民谣的基础上作成卷一·25。卷一·26 是卷一·25 的异传歌，卷十三·3260 和卷十三·3293 是类歌（两首歌的类型和内容相同或相近）。

天皇[1] 幸于吉野宫时御制歌

27 好人[2] 站在好地方
说能好好看到好风光
好好看看吉野吧
好人要好好观赏

《纪》曰：八年乙卯五月庚辰朔甲申，幸于吉野宫。[3]

---

1. 天皇：指天武天皇。
2. 好人：原文中用的是"淑人"和"良人"，意为贤德之人。
3. 左注说，《日本书纪》记载了天武八年（679年）吉野行幸的详细情况。五月五日到达吉野，六日举行了六皇子盟誓，七日返京。天武天皇在吉野行宫主持这次六皇子盟誓的目的，就是希望自己的皇子们（其中包括天智天皇的两位皇子川岛和志贵）千年和好，不要发生兄弟间相互残杀的悲剧。这首歌表面看是一首文字游戏歌，歌中反复出现的"好"字（原文中出现了"淑""良""好""吉""芳""四来"等八处，这些字在日语中都发 yoshi、yoki 或 yoku），既构成了朗朗上口的节奏感，也包含着寓意深刻的内涵。

吉野山　狩野常信

莲池白鹭　山本梅逸

藤原宫[1] 御宇天皇代

（高天原广野姬天皇[2]，元年丁亥，

十一年让位轻皇子[3]，尊号曰太上天皇。）

天皇御制歌

春天已过去　　28
夏日正来临
碧绿的香具山下
晾晒洁白的衣裳

1. 藤原宫：持统和文武两代天皇的皇居，位于香具山西面，即今奈良县橿原市高殿町附近。
2. 高天原广野姬天皇：第四十一代持统天皇，天智天皇的皇女，母亲是苏我山田石川麻吕的女儿越智娘。于齐明天皇三年（657年）成为天武天皇之妃，生下草壁皇子。天武二年（674年）立后，天武驾崩后称制。皇太子草壁崩后的第二年（690年）即位，697年让位。大宝二年（702年）崩，相传享年五十八岁。持统天皇是日本历史上少见的具有气量的女皇，治世繁荣，国泰民安，《万叶集》中收有其多首歌。
3. 轻皇子：第四十二代文武天皇，草壁皇子和阿闭皇女（后来的第四十三代元明天皇）所生的皇子。

过近江荒都[1]时,柿本朝臣人麻吕[2]作歌

29 亩火山下的橿原[3]
自圣代被定为都城
像常青的橪树[4]
代代在此治世
离开了大和
翻越奈良山
是出于何种考虑
迁都到荒僻的地方
在淡海乐浪[5]的大津[6]
建宫殿治理天下
相传雄伟的皇宫
就建造在此处
这里曾经是大殿
如今却春草繁茂
烟霞升起的春日
四处云雾迷蒙
目睹大殿遗址
不禁悲从中来

1. 近江荒都：近江大津宫废址。在今滋贺县大津市。天智六年（667年），从大和迁都至大津。它成为天智、弘文两代天皇的宫都，壬申之乱后被废弃。
2. 柿本朝臣人麻吕：柿本人麻吕，天智、文武年间的歌人，生卒年月不详。有研究者认为他是奈良初期的歌人，官阶在六位以下，似乎任过国司和舍人。在持统和文武时期创作了大量歌作，擅长用具有气势的表现手法，语言深沉厚重。是万叶歌人群中最重要的歌人之一。《万叶集》中收入他的歌作八十四首，其中长歌十八首，短歌六十六首。可以断定是他创作的歌有：持统天皇吉野行幸时所献的歌（卷一·36—39）；持统天皇六年（692年），天皇行幸伊势时留京的人麻吕所作的歌（卷一·40—42）；持统天皇三年，在草壁皇子殡宫所作的歌（卷二·167—170）；持统天皇五年，献给泊濑部皇女及忍坂部皇子的歌（卷二·194—195）；文武天皇四年（700年），在明日香皇女殡宫时所作的歌（卷二·196—198）；持统天皇十年，在高市皇子殡宫时所作的歌（卷二·199—202）。可见他主要的创作活动集中在持统朝至文武朝期间，并且以宫廷的正式场合为中心进行创作。《柿本朝臣人麻吕歌集》通过被称作"非略体歌"的歌群确立了个性化的抒情歌咏的短歌形式。他以长歌构成这部歌集（其中的短歌多是反歌）。《万叶集》从这部歌集中选出三百六十四首入集，其中还可以看到他尝试创作了以相闻为主题的长歌（卷二·131—139）。这些长歌，加上行幸从驾歌、仪式上的赞歌、以皇子皇女为对象的挽歌等长歌构成了人麻吕创作的中核，他尝试以强大的构想力与洗练的措辞，为和歌创作寻找更丰富的表达形式，并影响了后代歌人。
3. 榧原：位于亩火山（又称亩傍山）的东南麓，在今奈良县榧原市南傍町一带，据传是初代神武天皇都城所在地。
4. 樛树：松科常绿高木。《诗经·周南·樛木》中有"南有樛木，葛藟累之"，疑典出于此句。此木常为蔓生植物缠缚，使人联想到藤蔓连绵不断的意象。歌人借此祈愿天皇的治世永久不变。
5. 淡海乐浪：即近江国。乐浪是琵琶湖中南部沿岸地区的古名。
6. 大津：今滋贺县大津市，位于琵琶湖西南岸，自古为交通要道。

反 歌

30 在乐浪的志贺[1]
    辛崎[2]依然如故
    无论等到何时
    也不见宫里的人
    驾着船儿驶来

31 乐浪志贺的港湾
    湖水清澈依旧
    还能相遇古人吗

1. 志贺：古地名，今在滋贺里或南滋贺等地名中可见遗风。
2. 辛崎：或作唐崎，位于今滋贺县大津市下坂本町。

琵琶湖的星星　庄田耕峰

高市古人[1]感伤近江旧堵[2]作歌

（或书云，高市连黑人。）

32　　我莫非是古人
　　　为何见旧京遗址
　　　不禁悲从中来

33　　乐浪的土地神[3]
　　　如今衰败不振
　　　眼望荒凉的都城
　　　心中无限悲伤

1. 高市古人：所传不详。持统、文武时代的歌人。卷一·32 的开头有"古人"二字，有可能被误作人名。歌的旁注"或书云，高市连黑人"中的名字应为正确的称呼。高市的作品多涉及行幸和旅行，歌调高扬，形象鲜明，被称作山部赤人的先驱。
2. 近江旧堵：即旧都大津宫。堵，同"都"。
3. 土地神：原文为国神（国つ神），与天神相对应，指护佑国土的神祇。古代日本人认为，国土繁荣得自昌盛有力的土地神。

幸于纪伊国[1]时，川岛皇子[2]御作歌

（或云，山上臣忆良作[3]。）

　　白浪滔滔的岸边　　　　34

　　松枝上的币帛[4]

　　经历了多少年代

《日本纪》曰：朱鸟四年[5]庚寅秋九月，天皇幸纪伊国也。

1. 纪伊国：旧国名，或称纪州，古时属南海道，范围相当于今和歌山全县及三重县南部。森林资源丰富。因此也被称作"木国"（kinokuni）。
2. 川岛皇子：天智天皇的第二皇子，天武天皇的皇女泊濑部皇女之夫。天武八年（679年）五月"吉野六皇子盟约"中的一员。天皇十年（681年），同忍壁皇子一起开始编撰帝纪和上古诸事（《日本书纪》编撰的开始）。《怀风藻》中收有五言诗《山斋》一首，并附有传记。传记记载，川岛皇子同大津皇子亲交甚密，但当大津皇子计划谋反时，川岛向朝廷告了密。
3. 山上臣忆良作：卷九·1716与此歌相似，因此编纂者作注怀疑是山上忆良代川岛皇子而作的歌。随后，川岛皇子将原作的结尾改动，很可能在旅途中的斋宴上作了吟诵，但至今没有定论。
4. 币帛：歌原文为"手向草"。手向，日本古代的一种风习，旅行者向神供奉币帛以祈求旅途平安的仪式。草，指所供奉的物品，主要有布、木棉、线绳、纸等。常见的做法是将布、木棉等系在松枝上。古代日本人认为，树（松或杉等）是神降临宿留的地方。与此歌有关联的是卷二·141和卷二·142。后人推测说，川岛皇子虽然向朝廷告了密，但事后却对大津皇子的死感到内疚。他对有间皇子的怀念中包含着对大津的思念。
5. 朱鸟四年：根据今《日本书纪》，朱鸟这个年号是天武朝的最后一年（686年）。但是在《万叶集》和《日本灵异记》中，这个年号一直持续用到持统朝。当时，川岛皇子三十四岁，山上忆良三十一岁。在此前一年，草壁皇子离世。朱鸟四年正月，鸬野皇后即位，成为持统天皇。

越势能山[1]时，阿闭皇女[2]御作歌

35　这就是在大和时
　　我心中向往的山吗
　　这就是纪伊路上
　　有名的背山吗

1. 势能山：即背山，位于和歌山县伊都郡伊都町纪川北岸，南岸有妹山（卷七·1193）。"背山"或记作"兄山"，日语中"背"与"兄"的发音相同（se）。阿闭皇女吟诵此歌时三十岁，正值夫草壁皇子崩御后的第二年。"背山"或"兄山"之称的背后寄托了皇女对他界中夫君的思恋。
2. 阿闭皇女：天智天皇的皇女，草壁皇子之妃。二十三岁（天武十二年，683年）生下轻皇子（后来的文武天皇）。文武崩御后即位，称元明天皇。

的山之林澗之濱積
雪堆氷不礙春寒宵
梅花清痩竹護他溫
抱卧樓人
　鏡水鈞叟

幸于吉野宫之时[1]，柿本朝臣人麻吕[2]作歌

36　　大君御统的天下
　　　虽然有众多国家
　　　吉野国山清水秀
　　　最令人心动
　　　繁花飘落在
　　　秋津[3]的原野上
　　　宫殿的梁柱屹立
　　　千百位官中人
　　　列队驾驶船只
　　　清晨在河上竞舟
　　　傍晚在河上飞渡
　　　河水川流不息
　　　高山矗立挺拔
　　　瀑布旁的离宫
　　　令人百看不厌

　　　反　　歌

37　　看不够的吉野川
　　　如岩石上的青苔
　　　让人留恋忘返

1. 幸于吉野宫之时：持统天皇的吉野行幸。持统女帝在位十一年间赴吉野离宫行幸三十一次，从持统三年（689年）天武的葬仪结束到女皇让位的当年（697年）四月，每年数次。女帝行幸的目的并非游览观光，对她来说，吉野不仅是大和朝廷的圣地，更是天武朝的发祥地。通过行幸加强宫廷集团对王权的信任和维护，借以安抚人心，巩固政权安定。这首歌正是在这种背景下咏唱的。作为宫廷歌人，人麻吕站在女帝的立场上，体恤她的心情和愿望，将她巡行的威严和内心世界凸显出来。关于柿本人麻吕的创作，详见卷二·131处的详注。
2. 柿本朝臣人麻吕：前出，见卷一·29注释。
3. 秋津：吉野离宫附近的地名。

38 御统天下的大君

举止如同神灵

吉野川湍急的河畔

建造起高大的宫殿

登高眺望国土

群山青垣层叠

是山神奉献的贡物

春天头插鲜花

秋天佩戴红叶

河神从宫殿旁路过

为大君奉上御膳

在上游用鹈鸟捉鱼

在下游设网捕捞

山川侍奉大君

堪称神的时代

反　歌

山川侍奉的神灵　　39

在激流中出航

此歌，《日本纪》曰：三年[1]己丑正月，天皇幸吉野宫。八月，幸吉野宫。四年[2]庚寅二月，幸吉野宫。五月，幸吉野宫。五年[3]辛卯正月，幸吉野宫。四月，幸吉野宫者。未详知何月从驾作歌。

---

1. 三年：持统天皇三年（689年），持统天皇两次行幸吉野宫。
2. 四年：持统天皇四年（690年），持统天皇前后五次行幸吉野宫。
3. 五年：持统天皇五年（691年），在每个季节的最初月份中各行幸一次。但左注中只记了前两次行幸。此歌不知是哪个月从驾时的歌作。

幸于伊势国[1]时，留京柿本朝臣人麻吕作歌

40 在呜呼见[2]的海滨

正驾船出游

姑娘们的衣裾

被满潮溅湿了吧

1. 伊势国：今三重县伊势市，那里有著名的伊势神宫，祭祀着天皇家的御祖神天照大御神。持统天皇于六年（692年）三月行幸伊势，也是她在位期间唯一的一次伊势行幸。
2. 呜呼见：地名，位于鸟羽湾西部的小浜地带，至今仍被称作aminohama。下一首中出现的答志岛，位于呜呼见海滨东北方向的海中。岩波书店《日本古典文学大系》注释引用《僻案抄》的考证，认为原文中的"見"是"兒"的误写。卷一·44的左注中有"阿胡"（读作ago）这个地名，因此，怀疑"呜呼见"是"呜呼儿"（读作ago）。志摩国旧郡名中可见"英虞"（读作ago），有研究者认为是三重县志摩郡英虞湾一带的海滨，无定论。

蛍　上村松園

41 在答志[1]的海边
今天官里的人们
还在割海藻吧

42 波涛的轰鸣声中
驾船到伊良虞岛[2]
阿妹正在船上
绕荒岛漂荡吧

1. 答志：三重县志摩郡的答志岛。另一种说法是指包括鸟羽市、小滨市在内的一带海岸。
2. 伊良虞岛：前出，见卷一·23 注释。

当麻真人麻吕妻[1]作歌

我的夫君啊
你旅行到了何方
今天是否要翻越
名张的山岗[2]

---

1. 当麻真人麻吕妻：所传不详。关于当麻真人麻吕的记录也不明。重出歌卷四·511中有"当麻麻吕大夫"，估计此人当时为四位或五位的官吏。据《新撰姓氏录》记载，当麻氏是三十一代用明天皇皇子麻吕子王的后代，天武十三年受赐"真人"之姓。
2. 名张的山岗：名张山，位于三重县名张市。名张位于大和的最东端，越过名张山后便进入异乡伊贺。寥寥数语包含着歌作者对旅途中亲人的挂念。

石上大臣[1]从驾作歌

44　　隔着高见山[2]
　　　遥望我的姑娘
　　　是山高望不见大和
　　　还是故乡太遥远

此歌，《日本纪》曰：朱鸟六年[3]壬辰春三月丙寅朔戊辰，以净广肆[4]广濑王[5]等为留守官。于是，中纳言[6]三轮朝臣高市麻吕[7]，脱其冠位，擎上于朝，重谏曰：农作之前，车驾未可以动。辛未，天皇不从谏，遂幸伊势。五月乙丑朔庚午，御阿胡行宫[8]。

1. 石上大臣：即石上麻吕。壬申之乱时，始终同大友皇子在一起。后来又历任筑紫总领、大宰帅、右大臣和左大臣等职。717年，七十八岁时殁。伊势行幸时尚未升至大臣，歌名中所记的大臣之称，应为其生涯中最高阶位之称，由后来万叶的编纂者添加。
2. 高见山：位于三重县饭南郡、奈良县宇陀郡、吉野郡交界处的山。
3. 朱鸟六年：即持统六年（692年）。
4. 净广肆：大宝律令以前的官阶名，制定于天武十四年（685年），授予诸王以下贵族的官阶之一，相当于大宝令中的从五位。
5. 广濑王：同川岛王子一同接受编撰国史的命令，养老六年（722年）殁。
6. 中纳言：太政官的次官，在大纳言之下。与后代的中纳言不同。
7. 高市麻吕：壬申之乱的功臣，主张以儒教政治观治国的新型官吏。《怀风藻》收有他的诗。庆云三年（706年）殁，享年五十岁。
8. 阿胡行宫：泽泻氏在《万叶集注释》中指出，"阿胡"即卷一·40里唱的"呜呼见"，位于今三重县志摩郡阿儿町附近。

愛娘　北野恒富

轻皇子[1]宿于安骑野[2]时,柿本朝臣人麻吕作歌

45　御统天下的大君
　　是光明的日神之子
　　举止如同神灵
　　离开了雄伟的京城
　　神秘的泊濑山[3]
　　林密山道崎岖
　　铲除巉岩荆棘
　　清晨飞快翻越
　　黄昏降下大雪
　　来到安骑的旷野
　　铺芒草细竹旅宿
　　回想过去的时光

1. 轻皇子:四十二代文武天皇、草壁皇子之子。孝德天皇和文武天皇都被称作轻皇子,《扶桑略记》中又称文武天皇为"后轻天皇",在位十一年(697—707年)。
2. 安骑野:奈良县宇陀郡大宇陀町的山野,曾为明日香朝廷的狩猎地。
3. 泊濑山:位于奈良县樱井市初濑一带。

◎ 从前后歌的年代和歌中所唱的"飘雪"季节推测，此歌应为持统天皇六年（692年）冬天，柿本人麻吕随轻皇子赴安骑野狩猎时所作，当时轻皇子十岁。关于狩猎的目的，据伊藤博的解释，古代日本皇位继承的优先权在皇女所生的皇子手中。在持统朝，比起父子相继的做法，兄弟相继的做法更受重视。当时，天武天皇的皇女所生的皇子有数位：舍人皇子，母亲为新田部皇女；长皇子，母亲为大江皇女；弓削皇子，母亲为大江皇女。但在持统看来，只有草壁之子轻皇子才应被立为皇太子。草壁皇子崩御后，持统先是自己即位，然后等待轻皇子长大成人后继承江山。可以说，此次轻皇子安骑野的游猎，就是为了增强朝内对轻皇子作为草壁后继者地位的认识。对轻皇子来说，也是一次试炼。作为出色的宫廷歌人，人麻吕将背负天下重任的草壁皇子的形象通过轻皇子再现出来，使之重叠成为一体，成功地体现出持统的意志。卷一·45—49等一连串作品表达了这一共同主题。

短　歌[1]

46　安骑的荒野上
　　露宿的旅人啊
　　怎能安然入眠
　　往事浮想联翩

47　割过芳草的原野
　　君如黄叶飘落
　　来到这里追忆

1.短歌：一般记为反歌，有时用"短歌"，主要见于人麻吕的作品中。

看东方的原野　　　48
已经放射出曙光
回望西边的天空
　　月亮正在西渡

日并皇子[1]策马并进　　49
　　又迎来狩猎的时节[2]

1. 日并皇子：指草壁皇子。
2. 又迎来狩猎的时节：此处回想当年草壁皇子在安骑野外狩猎的景象。

藤原宫之役民作歌

50 御统天下的大君
   是光明的日神之子
   在藤原宫治理国家
   建造高大的宫殿
   如神灵般英明
   感召天地众神
   近江国的田上山[1]
   砍伐笔直的桧木
   顺宇治川[2]河水漂流
   打捞流木的役夫
   忘我不顾家事
   如野鸭忙碌于水面
   建造太阳的宫殿
   让异国臣服
   巨势[3]道上现神龟
   背负吉祥的图案
   显示我国是仙境
   祝福新的时代
   运到泉川[4]的桧木
   捆成坚固的木筏
   役夫们逆流而上
   一片繁忙的景象
   正合天神的意愿

此歌，《日本纪》曰：朱鸟七年[5]癸巳秋八月，幸藤原宫地。八年甲午春正月，幸藤原宫。冬十二月庚戌朔乙卯，迁居藤原宫。

1. 近江国的田上山：位于滋贺县栗太郡，产优质良材。当时，宫中设有专门的制材机构。
2. 宇治川：从琵琶湖发源的濑田川流入京都府宇治郡境内的一段被称为宇治川，河水注入淀川。
3. 巨势：位于今奈良县御所的东端，当时未在大和的御统境内。
4. 泉川：即今木津川。当时，宇治川和泉川的汇流处有巨大的巨椋池。流入巨椋池的圆木接着逆流而上，在上流处经过一段陆路后，顺佐保川流下，然后从佐保川和泊濑川的汇流处，逆流沿泊濑川而上被运至藤原。
5. 朱鸟七年：即持统七年（693年）。

从明日香宫迁居藤原宫之后,
志贵皇子[1]御作歌

51 应拂弄采女[2]的衣袖
明日香远离都城
清风空自吹过

1. 志贵皇子:天智天皇的第七皇子,天武八年吉野盟约成员之一,文采隽逸,留有六首歌。
2. 采女:古代日本各国郡少领以上的官人之姊妹或子女,凡容姿端正者皆被选入宫中服侍皇族或从事杂役。

雪　上村松園

藤原宫御井歌

52 御统天下的大君
　　是光明的日神之子
　　在藤井的原野[1]上
　　开始建造宫殿
　　在埴安的池堤[2]上
　　伫立眺望大和
　　碧绿的香具山
　　对着宫殿的东门
　　是繁茂神秘的春山
　　秀丽的亩火山
　　对着宫殿的西门
　　是吉祥端庄的瑞山
　　青翠的耳成山
　　对着宫殿的北面
　　是优美圣灵的神山
　　闻名的吉野山
　　在宫殿南门的远方
　　隐身连绵的云海
　　群山守护着宫殿
　　宫殿高耸入云
　　泉水永远喷涌
　　御井里的清泉啊

1. 藤井的原野:很可能因为御井的周围长着紫藤而这样称呼,指的仍是藤原。
2. 埴安的池堤:埴安池是香具山麓的一片水域。

◎ 同许多民族的信仰一样,古代日本人将井水看作是神圣的生命之源。此歌借赞美藤原宫井水为天皇治世的永续不断而祈祷。

短 歌

53　　能到藤原的大宫侍奉
　　　为此而出生的少女们
　　　真令人羡慕啊

　　　此歌,作者未详。

◎ 这首作者不明的短歌借表述对少女们的羡慕之情赞美藤原宫和天皇的治世。

大宝元年[1]辛丑秋九月，太上天皇[2]幸于纪伊国时歌

巨势山[3]的簇簇椿花　　54

让人浮想联翩

巨势春天的原野

此一首，坂门人足[4]。

1. 大宝元年：701年。
2. 太上天皇：即持统天皇。《续日本纪》九月十八日一条中记载了持统太上天皇于九月十八日赴纪伊国行幸的事件。
3. 巨势山：卷一·50中所出的巨势一带的山，那里是巨势氏的本乡。今国铁和歌山线和近畿铁路吉野线交汇处吉野口车站一带。古代时的交通要道，是通往纪伊的必经之路。
4. 坂门人足：生卒身份不详，仅作有此歌一首。

◎ 行幸的时间是阴历九月十八日，并非椿树开花季节。歌作者在晚秋中幻想着初夏时椿花盛开的景象，抒发自己内心的愿望。

55　　羡慕纪伊的人
　　　往返观赏真土山[1]
　　　真羡慕纪伊的人

　　　此一首,调首淡海[2]。

1. 真土山:位于大和与纪伊的交界处、纪川的右岸。
2. 调首淡海:壬申之乱的功臣,百济国务理使主的后裔。《万叶集》中他的歌仅此一首。

或本歌

河边[1]的簇簇椿花　56
怎么也看不够
巨势的春野啊

此一首，春日藏首老[2]。

1. 河边：流经吉野口东部的曾我川。
2. 春日藏首老：原为僧人，法名弁基。大宝元年（701年）三月十九日，奉敕命还俗，藏首为姓。和铜七年（714年）正月，官至从五位下（《续日本纪》），《怀风藻》中收有其诗作一首。他与人麻吕、黑人、忆良等共同组成了当时的文化圈子。《万叶集》中收有其七首歌。五十二岁时殁。

◎ 此歌同卷一·54的关系不明。各注释书一般认为卷一·56较古老，卷一·54是在卷一·56的基础上完成的。但另有研究者认为卷一·56是应和卷一·54而作。与回想秋景的卷一·54相比，卷一·56是以现实的景色描写为主。但是从卷一·54、55的排列情况看，卷一·56是并排在同一场景下写成的。据春日藏首老当时的地位和经历推测，卷一·56是原作的可能性较高。

二年[1]壬寅，太上天皇[2]幸于参河国[3]时歌

57 走进引马野[4]
缤纷的榛原
让行装染上色彩
作为旅行的印证

此一首，长忌寸奥麻吕[5]。

1. 二年：大宝二年（702年）。
2. 太上天皇：持统天皇。
3. 参河国：又作三河国。关于此次行幸，《续日本纪》大宝二年十月十日的一条中这样记载："太上天皇幸参河国云云。"古时，三河被看作东海道最东端的一国。此次行幸持统巡视了伊势、伊贺、美浓、三河等五国。
4. 引马野：今爱知县保饭郡御津町御马附近。另有一说是滨松市曳马町附近。
5. 长忌寸奥麻吕：所传未详。长忌寸氏的本籍为纪伊国那贺郡，奉汉高祖为氏族祖先，似乎是东汉时的一支族。奥麻吕又记作意吉麻吕或兴麻吕，同柿本人麻吕生活在同一时代，即持统、文武朝的歌人。留有短歌十四首，物名歌八首，羁旅歌六首，擅长应和众人的兴趣即兴作歌，并因此赢得宫廷歌人的地位。

如今停泊在何处　　58
　划向安礼崎[1]的
　　那艘无篷的小船

此一首，高市连黑人[2]。

---

1. 安礼崎：所在不详，推测大致在爱知县宝饭郡御津町御马之南的出崎一带。
2. 高市连黑人：前出，见卷一·32高市古人注释。

誉谢女王[1]作歌

59　狂风肆虐的寒夜
　　夫君在独眠吧

1. 誉谢女王：《续日本纪》庆云三年（706年）六月二十四日的一条中记载："从四位下与谢女王卒。"此外无其他记载。作歌仅此一首。

潇湘夜雨　横山大观

长皇子[1] 御歌

60　夜晚相会交欢
　　清晨含羞退避[2]
　　在名张结庐[3]的你
　　已经等待多日了吧

1. 长皇子：天武的第四皇子，母亲是天智天皇之女大江皇女，弓削皇子的同母兄。持统朝立皇太子时曾是轻皇子有力的竞争对手。《续日本纪》天平神护元年（765年）十月二十二日的一条中记载："是日，从三位广瀬女王薨，二品那我亲王之女也。""那我亲王"就是长皇子。持统七年（693年）升为净广贰，庆云元年（704年）升至二品，和铜八年（715年）六月四日，一品在位时殁。除此首歌外另有四首歌留存，皆收在第一卷中。
2. "夜晚相会交欢"二句：直接反映了当时的恋爱婚姻习俗。《万叶集》中时常出现的"妻"未必是完婚正妻。当时，男女间的交往很自由，男子在夜晚到女子的住处，得到女子的同意便可同宿，但男子必须在天亮前离开女子的家。这种婚姻形式被称作"妻问婚"，与此相关的场景常见于日本古典作品中。
3. 结庐：即搭结茅庐，前出，卷一·11注释。

◎ 此歌指咏歌人想象自己所爱的女子在旅行者必经之地——名张，搭建了斋净的草屋等待自己归来。

舍人娘子从驾作歌

英武的男子汉 61
引矢射向靶心
环视的形[1]的风光
令人心旷神怡

---

1. 的形：地名，在三重县松阪市东黑部。

三野连[1]（名缺。）入唐时，春日藏首老作歌

62　驶过对马岛
　　向海神敬献币帛
　　希望早日归来

1. 三野连：即美努连冈麻吕。据《续日本纪》记载，三野连于灵龟二年（716年）正月五日受赐从五位下。明治五年（1872年）十一月，奈良县生驹市荻原町发现了美努连冈麻吕的墓志铭，证实了其人的身份（详细请参照山田孝雄、香取秀真《续古京遗文》）。

山上臣忆良在大唐时，忆本乡作歌

来吧伙伴们　　63
早日返回大和
大伴御津[1]的海岸
松树在思恋等待

1. 大伴御津：又记作大伴三津，大伴是大阪至堺市之间一带的总称。御津即难波津，西海航路的基地，遣唐使到达的港口。

◎ 山上忆良在大宝元年一月以无位之身被任命为遣唐少录。据《新撰姓氏录》记载："粟田朝臣大春日朝臣同祖，天足彦国忍人命之后也。"随后又记有："山上朝臣同氏（同祖）[右京皇别下]可知山上氏为粟田氏庇护下的一支小族，此次遣唐无疑得到节度使粟田真人的提拔。"归朝时间约在庆云元年（704年）七月一日，与粟田真人同船返回。此歌应为出发前在宴席上所咏的作品。

庆云三年[1]丙午，幸于难波宫[2]时，志贵皇子御作歌

64　野鸭游向苇丛
　　羽毛沾满冰霜
　　寒冷的黄昏时分
　　让人怀念大和

1. 庆云三年：706 年。
2. 难波宫：在今大阪市东区法圆坂町一带。孝德朝大化元年（645 年），宫殿曾迁至难波长柄丰崎宫，但宫址不明。《日本书纪》天武八年（679 年）十一月的一条中记载："于难波筑罗城。"此宫于天武十五年正月被全部烧光，后来修复，被称作第三期难波宫。经受长年风雪侵蚀后再次成为废都。从圣武朝神龟三年（726 年）至天平六年（734 年）期间改修，最终于桓武朝延历十二年（793 年）废止，被称作第四期难波宫。志贵皇子巡视的是第三期难波宫。

◎ 此歌是庆云三年难波行幸时所作。据《续日本纪》记载，庆云三年九月二十五日行幸人马从藤原出发，十月十二日还幸，按阳历算应该是十一月九日至二十五日期间，正值初冬时节。

黄莺白梅　酒井抱一

长皇子御歌

65　霰落安良礼松原[1]
　　和住吉[2]的弟日娘子[3]
　　一同观赏不够

1. 安良礼松原：大阪市住吉区安立町一带。
2. 住吉：大阪市住吉区。
3. 弟日娘子：据推测，此女可能是住吉港一带的游行女妇（原用语）。和后来的游女不同，游行女妇们富有作歌和其他技艺，是官人贵族们游宴集会上不可或缺的存在。卷一·69中的清江娘子亦属同样人物。

太上天皇[1] 行幸难波宫时歌

大伴高师海滨[2]　　　66
头枕松根而眠
不禁思念家乡

此一首，置始东人[3]。

1. 太上天皇：持统天皇，关于此次难波行幸史书中无记载。《续日本纪》中只记载了文武三年（699年）正月二十七日至二月二十二日期间文武天皇的难波宫行幸。或许持统与其同行。从卷一·66到卷一·75的十首歌关于持统和文武两帝行幸的时间皆无记载。
2. 高师海滨：即今大坂府堺市南至高石一带的海滨，古时曾是景胜之地。
3. 置始东人：所传不详，疑是弓削皇子或长皇子身边的近侍。

67 只身漂泊在旅途

　　如何排遣乡愁

　　听不见哀婉的鹤鸣[1]

　　莫非因思恋而死去

　　此一首，高安大岛[2]。

1. "如何排遣乡愁"二句：原文为"物恋之鸣毛"，历来为难训句。泽泻久孝在《万叶集注释》中提出了训读的试案，他认为在"之"与"鸣"间有"伎尔鹤之"四个字脱落。译者在此根据他的试训译出，但不是定论。
2. 高安大岛：所传不详，疑是归化人（汉人或高丽人）的子孙。纪州本中没有高安大岛的名字。

大伴御津的海滨 68
有枚被遗忘的贝壳
家中的阿妹啊
我怎能将你遗忘

此一首,身人部王[1]。

---

1. 身人部王:家世祖系不详。此人为奈良朝风流侍从之一。

69　　如果早些知道

你是枕草而眠的旅人

该用岸上的红土[1]

为你漂染衣裳

此一首,清江娘子[2]进长皇子。
(姓氏未详。)

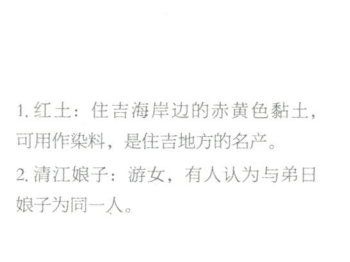

1. 红土:住吉海岸边的赤黄色黏土,可用作染料,是住吉地方的名产。
2. 清江娘子:游女,有人认为与弟日娘子为同一人。

白狐　下村观山

太上天皇[1]幸于吉野宫时,高市连黑人作歌

70　在故乡大和
　　布谷鸟[2]鸣叫了吧
　　吉野的象山[3]中
　　布谷鸟鸣叫着飞过

1. 太上天皇:即持统天皇。大宝元年(701年)二月二十日至二十七日文武天皇行幸吉野,估计持统同行前往了。
2. 布谷鸟:原文为"呼子鸟"或"呼儿鸟",据川口爽郎《万叶集中的鸟类》考证,有四种杜鹃科的鸟属托卵型的春鸟,布谷鸟属其中一种。托卵型鸟自己不筑巢,而是将卵留在莺的巢中,任由雌莺孵化。幼鸟长大后,托卵的布谷会以特有的叫声呼唤自己的幼鸟。歌中"呼子"一词包含呼唤家中妻子的意思。
3. 象山:位于吉野宫瀑布附近的山。

大行天皇[1] 幸于难波宫时歌

思念大和难入眠　　71
这座沙洲旁
无情的鹤鸣

此一首，忍坂部乙麻吕。

---

1. 大行天皇：文武天皇。据《续日本纪》记载，文武天皇两次行幸难波宫，一次是文武三年（699年）一月二十七日至二月二十二日，另一次是庆云三年（706年）九月二十五日至十月十二日，此歌是哪一次行幸时的歌作不明。

72　收割海藻的小船

　　不会划向远海

　　夜晚同枕的姑娘

　　让人无法忘怀

　　此一首,式部卿藤原宇合[1]。

1.式部卿藤原宇合:本名马养,藤原不比等的第三子,藤原式家之祖。灵龟二年(716年)八月,任遣唐使。养老三年(719年)七月,任统管安房、上总、下总的按察使。神龟元年(724年)四月,任征虾夷持节大将军。天平三年(731年)八月,任参议。同四年八月,任西海道节度使。天平九年八月二日病故。当时为参议式部卿兼大宰帅正三位。《怀风藻》和《经国集》中有诗赋。

锦带桥春夜　川濑巴水

长皇子御歌

73 想早日见到你
　　海滨的疾风
　　快吹向大和
　　松树和椿树在等我

大行天皇幸于吉野宫[1]时歌

74 吉野山狂风寒
　　今夜我仍独眠吗

　　此一首，或云，天皇御制歌[2]。

1. 大行天皇幸于吉野宫：据《续日本纪》记载，此次文武天皇行幸的时间为大宝元年（701年）二月二十日至二十七日。
2. 天皇御制歌：《万叶集》中，文武天皇的歌仅此一首，《怀风藻》中收有其三首诗。

宇治间山[1]晨风寒

  旅途上看不见

能借衣裳的人儿[2]

此一首,长屋王[3]。

1. 宇治间山:位于奈良县吉野郡上市东北方向的山。
2. 能借衣裳的人儿:日本古代时,有情的男女分别时会相互交换内衣,因为人们相信附着在内衣上的灵魂会相互守护。
3. 长屋王:天武的长子高市皇子的儿子,母亲是天智天皇的女儿御名部皇女。他主张天皇亲政,后为藤原氏谋害,背负叛逆之名。神龟六年(729年)二月十二日自尽。妃吉备内亲王(草壁皇子之女)及儿子膳部王、桑田王、葛木王、钩取王等也同时自尽。长屋王有很深的汉文学修养,经常在佐保的私邸举行雅宴,宴请文人咏诗作歌,以他为中心形成了奈良诗坛和贵族文化圈。《怀风藻》中收有其三首诗。

和铜元年[1] 戊申

天皇[2] 御制

76　大丈夫们的护腕[3]
　　和弓弦摩擦振响
　　物部[4] 的大臣
　　好像正竖立盾牌

1. 和铜元年：708 年。
2. 天皇：第四十三代元明天皇，又称阿闭皇女。庆云四年（707 年）六月十五日，文武天皇崩御。当时，首皇子（后来的圣武天皇）只有七岁。为等待皇太子长到即位年龄，阿闭皇女（草壁皇子妃）于同年七月十七日临时即位。翌年正月十一日改年号为和铜，二月十五日下诏迁都，十一月二十一日举行大尝祭。此歌该为当时所作。
3. 护腕：在原文中记作"鞆"，是射箭时束在左手腕上的皮制护具，弓弦抨击时会发出声响。
4. 物部：掌管军事的品部。

御名部皇女[1]奉和御歌

大君[2]不必担忧
祖先的众神灵
让我陪伴左右

---

1. 御名部皇女：元明天皇的同母姐姐，后嫁给天武天皇的长子高市皇子。《万叶集》中仅此一首。
2. 大君：即元明天皇。

爱宕路　横山大观

和铜三年庚戌春二月,从藤原宫迁于宁乐宫[1]时,
御舆停长屋原[2],回望古乡作歌

(一书云,太上天皇[3]御制。)

离开故都明日香　　78
难道再也看不到
君[4]所在的地方

1. 从藤原宫迁于宁乐宫:据《续日本纪》记载,迁都的时间应是三月十日。迁都奈良的计划始于天武五年(676年),但天武十二年二月,大津皇子听政后改变了计划。后来持统时代选定了藤原宫。持统崩御后,迁都平城京的意欲再燃。最终于和铜三年(710年)三月十日迁都平城京。"宁乐"的发音与"奈良"相同,当时有选用好字为地名表记的习惯。
2. 长屋原:今奈良县天理市永原、长柄一带。此地正好位于藤原京和平城京之间的中点上。
3. 太上天皇:和铜三年时没有太上天皇。由于旁注和左注多由后人添加,这里很可能指的是后来成为太上天皇的元明天皇。小学馆《新编日本古典文学全集》也持同样观点(参见小学馆《新编日本古典文学全集·万叶集》卷一·78的注释)。
4. 君:泛指葬于明日香的天武、草壁、文武等天皇。

或本，从藤原京迁于宁乐宫时歌

79　遵从大君的旨意
　　告别舒适的家园
　　泊濑川[1]上驾舟行
　　转过八十条河湾
　　无数次回望家园
　　旅途中迎来暮色
　　抵达奈良佐保川[2]
　　清晨的月光下
　　看泊宿的衣裳
　　夜里落满寒霜
　　河面的冰层如岩石
　　寒夜中也不得休息
　　继续修筑宫殿
　　愿大君安居千年
　　我永远在此侍奉

1. 泊濑川：发源于奈良县樱井市旧上之乡，流经初濑町、大三轮町流向西北，与佐保川合流，注入大和川。
2. 佐保川：发源于奈良县春日山，经大安寺向南流淌，与诸川汇合成大和川。

反　歌

美丽的奈良宫殿　　80
愿万代往来于此
我永远不会忘记

此歌，作主未详。

◎ 反歌承接长歌的后三句展开，歌者以年轻的大宫侍奉者的口吻唱出对奈良新家园的赞美和祝福。卷一·79 在公开正式的场合，以集团的身份和口吻表现了人民对迁都的热情与祝福。卷一·80 则从个人的角度，以男子对女子表达情感的形式咏唱。

和铜五年[1]壬子夏四月,遣长田王[2]于伊势斋宫[3]时,山边御井[4]作歌

81　来看山边御井
　　遇见了伊势少女[5]

1. 和铜五年：712年。
2. 长田王：奈良朝的风流侍从之一，和铜四年（711年）正五位下，历任近江国守、卫门督、摄津大夫等职。天平九年（737年）六月，升至散位正四位下时殁。
3. 伊势斋宫：位于三重县伊势市，斋宫是对斋王及其住所的称呼。斋王原则上从未婚的皇女中选出，送至伊势神宫侍奉皇祖神（天照大神）。据《日本书纪》记载，崇神天皇皇女丰锹入姬命在大和的笠缝邑祭奉天照大神。垂仁天皇二十五年，皇女倭姬命在伊势祭奉天照大神，此为斋王祭神之始。不过作为制度固定下来是天武朝时的事，当时的斋宫是大伯皇女（参见卷一·22），元明朝时的斋王是谁不见记载，长田王为何被遣伊势斋宫原因不明。
4. 山边御井：所在不明，有三种说法，一是三重县铃鹿市山边町附近，二是同县一志郡内久居町新家附近，三是嬉野町宫古附近。
5. 伊势少女：《万叶集》中"地名+娘子"的称呼常见，如"泊濑娘子""常陆娘子""菟原娘子"等，多数情况下是对采女或游女等人的称呼。但此歌"伊势娘子"的称谓中包含了对当地美少女的赞美之情。令人联想到在御井边汲水的清纯圣洁少女的形象。

阿波踊　北野恒富

82 心中充满孤寂
　　　望长空秋雨[1]蒙蒙

83 海上白浪滔滔
　　　何时翻越龙田山[2]
　　　想眺望阿妹的家园

　　　此二首，今案，不似御井所作。若疑当时诵之古歌欤。[3]

---

1. 秋雨：与歌名中的季节夏季不符，因此有研究者认为是古歌。参见卷一·83。
2. 龙田山：奈良县生驹山三乡村立野西边的山。
3. 伊藤博推测，左注很可能是大伴家持等人在天平十七年（745年）这个阶段上添加的。古时，日本人常在旅途中以歌赞美现地风光景物，或咏歌抒发怀乡之愁。将卷一·81、82、83联系在一起看，伊藤博认为，卷一·80很有可能是在御井附近泊宿时的某次宴席上咏唱的歌，后在同一场合又咏唱了两首古歌。其中"秋雨"和"白浪"关联甚密，也可以说与"御井"及"水"密切有关。更重要的关联部分是卷一·82中的"秋雨"和卷一·83中的"龙田山"。秋天的山边景色是红叶，由此联想到伊势山麓——那里是有名的红叶观赏地和歌墟。三首歌之间的紧密关联并非在言语外部，而是在歌的内部，必须借助联想和跳跃式的抒情才能发现深层的联系。

宁乐宫[1]

长皇子与志贵皇子[2]于佐纪宫[3]俱宴歌

每当秋日来临　　84

眼前的高野原

到处回响着

雄鹿求偶的鸣叫

此一首，长皇子[4]。

1. 宁乐宫：卷一的标题多为"在×宫御统天下的×天皇时代"的形式，但此处只有"宁乐宫"的标记，估计是进入奈良朝后的追补部分。与此同类的标题记法见卷二·228。
2. 志贵皇子：天智天皇的皇子，与长皇子深交。长皇子有即位资格，但由于持统的反对而与即位无缘。志贵皇子虽为皇子，但母方身份卑微，因此二人由于不得志而结为知己。
3. 佐纪宫：长皇子的邸宅。估计位于奈良市佐纪町北一带。至今仍是较高的山丘地带，可能是歌中说唱的高野原。
4. 长皇子：左注与标题重复出现"长皇子"。据研究者考证，元历本、纪州本和传冷泉为赖笔本的目录中。继"长皇子御歌"之后有"志贵皇子御歌"的记录。伊藤博推断，按照编纂规则，秋和春相对，长皇子唱的是秋山鸣鹿，志贵唱的是春景（卷八·1418）。宴席上所咏并不都是实景，但卷一·84之后是否确有志贵皇子的歌作，卷八·1418是否作为重出歌而置于卷八的卷首，仍有待考证。

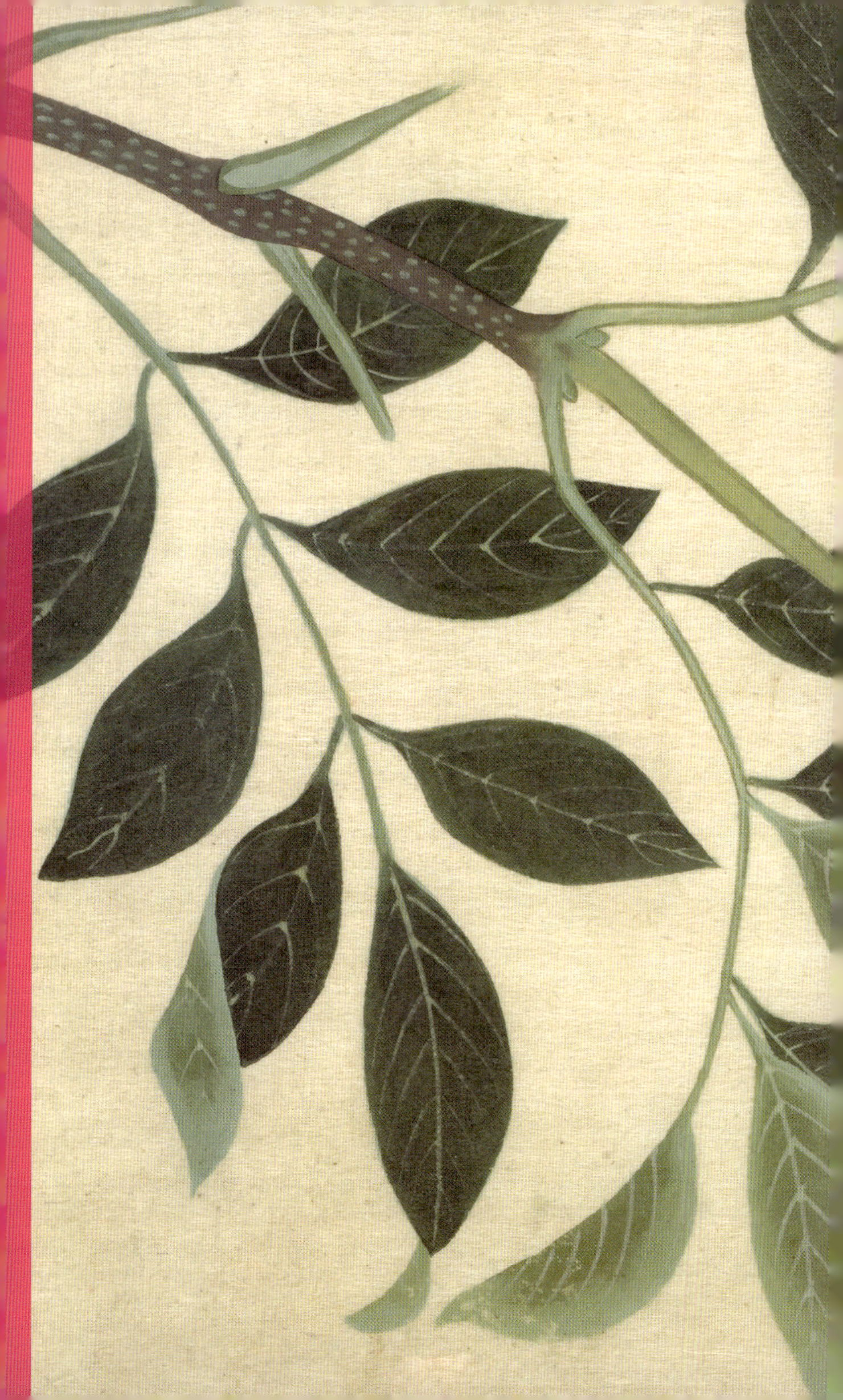

卷 二

屋后花　神坂雪佳

相闻[1]

1. 相闻：与杂歌、挽歌组成《万叶集》的三大部类，受南朝梁萧统《文选》及汉典籍中书简类（书仪、法帖等）的影响而得的用语。原意指互通消息和音讯，但在《万叶集》中未必只指相互赠答之作，也包含述怀之作，其中既有对咏，也有独咏，以男女间的恋歌为多。此外，也包括一些兄弟姊妹、朋友知己之间的述怀赠答之作。

难波高津宫[1] 御宇天皇代

(大鹪鹩天皇,谥曰仁德天皇。)

磐姬皇后[2] 思天皇御作歌四首

85　夫君行幸多日

该循山路迎接

还是继续等待

此一首歌,山上忆良臣《类聚歌林》载焉。

1. 难波高津宫:第十六代仁德天皇的皇居,大致位于今大阪东区法圆坂町的高地一带,现已被改造为公园。另外,孝德天皇的难波长柄丰碕宫和圣武天皇的难波宫都在此地。
2. 磐姬皇后:据《日本书纪》记载,她是功臣武内宿祢之孙、葛城袭津彦的女儿,履中、反正、允恭三位天皇的母亲。仁德天皇二年(314年)三月成为皇后,同三十五年六月薨。《古事记》中记载的这位皇后是一位忌妒心极强的女性。

◎ 从歌名来看,这是五世纪仁德朝时的歌,也是《万叶集》中最古老的歌。这首刻画等待夫君归来的女性内心情感的歌同后三首短歌构成连作歌。从这一构成方式上看,这一组歌应该在连作歌创作开始的人麻吕时代作成,再进一步推断的话,这首歌很有可能在允恭纪轻太郎女之歌或其他相似歌的基础上有所加工,然后假托成磐姬之作。

悬望之线　北野恒富

86　如此忍受苦恋
　　想登上高山
　　以石为枕死去

87　苦苦等待夫君
　　难道要一直等到
　　黑发落上白霜

88　秋田里的稻穗上
　　弥漫着朝雾
　　不知要等到何时
　　我的思恋才能平息

或本歌曰

等待夫君到天明　　89

黑发落上寒霜

此一首，《古歌集》[1]中出。

1.《古歌集》：编纂《万叶集》时所用的歌集之一。除此处外，另见于卷二的其他歌中，以及卷七、卷九、卷十、卷十一等诸卷中，其中包含长歌、短歌和旋头歌。从歌的内容和特征来推测，此歌集形成于持统朝至奈良初期，编者和歌集的体裁不详。另外，它同卷七、卷九中出现的《古集》是否为同一歌集也无确论。

《古事记》[1]曰：轻太子奸轻太郎女，故其太子流于伊予汤[2]也。此时，衣通王[3]不堪恋慕而追往时，歌曰：

90　　君已远行多日
　　　我要前去迎接
　　　无法忍受等待

此一首歌，《古事记》与《类聚歌林》所说不同。歌主亦异焉。因捡《日本纪》曰：难波高津宫御宇大鹪鹩天皇[4]，二十二年春正月，天皇语皇后，纳八田皇女[5]将为妃。时皇后不听。爰天皇歌以乞于皇后云云。三十年秋九月乙卯朔乙丑，皇后游行纪伊国，到熊野岬，取其处之御纲叶[6]而还。于是天皇伺皇后不在，而娶八田皇女纳于宫中。时皇后到难波济，闻天皇合八田皇女，大恨之云云。亦曰：远飞鸟宫[7]御宇雄朝嬬稚子宿祢天皇[8]，二十三年春三月甲午朔庚子，木梨轻皇子为太子。容姿佳丽，见者自感。同母妹轻太娘皇女亦艳妙也云云。遂窃通，乃悒怀少息。二十四年夏六月，御羹汁凝以作冰。天皇异之，卜其所由。卜者曰：有内乱。盖亲亲相奸乎云云。仍移太娘皇女于伊予者。今案二代二时[9]，不见此歌也。

1.《古事记》：此纪事见于《古事记·允恭天皇》。关于轻太子与轻太郎女相通事件的记载，《古事记》与《日本书纪》的内容不同。《古事记》记载，允恭天皇崩御后，木梨轻太子私通同母妹轻太郎女，被流放到了伊予汤。轻太郎女追随太子也到了伊予，二人双双自杀。然而《日本书纪》记载，私通事件发生在允恭天皇在世时，而且被流放的不是太子，而是皇女。后来，轻太子在继位的争斗中败给弟弟安康天皇，自杀而死。

2. 伊予汤：今爱媛县松山市道后温泉。

3. 衣通王：即轻太郎女。衣通，形容其美艳透过衣服散发光彩。

4. 大鹪鹩天皇：即仁德天皇。

5. 八田皇女：应神天皇的皇女。宇治若郎子的同母妹。据《仁德前纪》记载，大鹪鹩同宇治若郎子（应神天皇皇子）为继位相互谦让。后来若郎子自杀，死前留下遗言，希望自己的同母妹八田皇女能成为仁德天皇的后宫。仁德天皇对此念念不忘，最后终于将八田皇女迎入宫中。

6. 御纲叶：祭神和酒宴上常用的一种植物，具体不详。

7. 远飞鸟宫：允恭天皇的皇宫，是建于飞鸟这一地方的最初的皇宫，遗址不明。飞鸟，即今奈良明日香村一带。因河内国（旧国名，今大阪府东部）境内也有同一地名（羽曳野市飞鸟），为避免混乱，以距离难波远近为基准而冠以远飞鸟或近飞鸟之称。

8. 雄朝嬬稚子宿祢天皇：即允恭天皇。

9. 二代二时：指的是仁德、允恭两代天皇。

近江大津宫御宇天皇代

（天命开别天皇，谥曰天智天皇。）

天皇赐镜王女[1]御歌一首

91　总想望见你的家
　　大和的大岛山岭[2]
　　有你的家该多好

1. 镜王女：藤原镰足的正妻。其陵墓在舒明天皇陵域内，因此有学者推测她很可能是舒明天皇的皇女。《日本书纪》天武十二年（684年）七月的一处纪事说"乙丑，天皇幸镜姬王之家讯病"，推测她与天武天皇很可能是兄妹关系。
2. 大岛山岭：位于今奈良县生驹郡与大阪府中河内郡的交界处。

乌帽子山的日出　吉田博

镜王女奉和御歌一首

92　秋天的山中
　　树荫遮掩的流水
　　比起你的思恋
　　我更想念你

内大臣藤原卿娉镜王女时，镜王女赠内大臣歌一首

93　存放珠宝的箱子
　　应该掩人耳目
　　天亮离开时
　　且不说你的名声
　　我也得自爱

内大臣藤原报赠镜王女歌一首

打开珍宝箱[1]　　94
三轮山南五味子
如果不同寝[2]
便无法活下去

---

1. 打开珍宝箱：此句是后文"三轮山"的枕词。
2. "三轮山南五味子"二句："南五味子"读作 sanekazura，与"不同寝"sanezu 为类音关联，引出后面的歌句。

内大臣藤原卿娶采女安见儿时作歌一首

95 我得到了安见儿
　　人人都说想得到
　　我得到了安见儿

◎ 当时采女为天皇的私物,诸臣不得接近。田边幸雄氏认为这首歌是作为表达对天皇赐予自己安见儿的感谢之情而作的歌,而且是在众臣聚集场合下的即兴之作。歌中流露出藤原镰足战胜众多对手后的喜悦和得意之情。

久米禅师[1] 娉石川郎女[2] 时歌五首

拉紧信浓的良弓[3]

想吸引你的芳心

不会拒绝吧

（禅师）

---

1. 久米禅师：出身、经历和年龄情况皆不详，估计是久米氏出身，后来成为禅师的男子。这首很可能是禅师在俗时作的歌。
2. 石川郎女：此名在《万叶集》中出现过六次，其中与她有恋情的人有久米禅师、草壁皇子、大津皇子、大伴田主、大伴宿祢麻吕、大伴安麻吕、藤原宿祢麻吕等。关于石川郎女，在万叶研究史上历来有四人说和三人说，详情不明。奈良时代以前，"郎女"这一称呼只限于石川、大伴、巨势和藤原四氏家的女性使用。
3. 信浓的良弓：古时信浓国（今长野县）以制作梓弓而闻名。

97　不拉信浓的良弓
　　就别说已经知晓
　　拉紧弓弦的诀窍
　　（郎女）

98　拉起了弓弦
　　被牵扯过来
　　只是无法知晓
　　此后的心情
　　（郎女）

99　扯紧弓弦的人
　　知道此后的心
　　才拉起了弓弦
　　（禅师）

100　东国人捆箱的绳子
　　　心已被阿妹拴住
　　　（禅师）

三味线　北野恒富

大伴宿祢[1]娉巨势郎女[2]时歌一首

（大伴宿祢讳曰安麻吕也。难波朝[3]右大臣大紫[4]大伴长德卿之第六子。平城朝任大纳言兼大将军甍也。）

101 不结果的葛藤
会有神灵附着[5]
不要成为一株
不结果的葛藤

1. 大伴宿祢：即大伴安麻吕，大伴旅人和坂上郎女的父亲。和铜七年（714年），大纳言兼大将军在任时殁。这首歌是安麻吕向巨势郎女求婚时的赠答歌。后来二人生下了大伴田主。
2. 巨势郎女：大纳言巨势朝臣比等的女儿。
3. 难波朝：即孝德天皇时代。
4. 大紫：大化三年（647年）制定的冠位，位于织冠和绣冠之下。同时，各冠位上又设大小二阶。这里的大紫冠位相当于养老令制中的正三位。
5. "不结果的葛藤"二句：所谓只开花不结果的植物上会有神灵附着的信仰，还见于《今昔物语集》（金伟、吴彦译，万卷出版公司，2006年版）的故事中（卷二十第三话）。这里是对难以接近的女人的揶揄之辞。

巨势郎女报赠歌一首

（即近江朝大纳言巨势人[1]卿之女也。）

葛藤开花不结果　　102
　是谁的恋情
　是我在思恋

---

1. 巨势人：即巨势比等。"人"和"比等"在日语中发音相同。都读作 hito。

明日香清御原宫御宇天皇代

（天渟中原瀛真人天皇，谥曰天武天皇。）

天皇赐藤原夫人[1]御歌一首

103　我的家乡降大雪

　　　大原[2]荒凉[3]的乡里

　　　此后才会降雪

藤原夫人奉和歌一首

104　我祈求山冈的龙神

　　　细碎的雪花

　　　才会在那里飘散

1. 藤原夫人：据《后宫职员令》规定："妃二员，右四品以上。夫人三员，右三位以上。嫔四员，右五位以上。"夫人是位于妃与嫔之间的女性职员。皇后与妃必须为皇族出身者。非皇族出身的女性最高只能做到夫人。《日本书纪》天武二年的一条中记载："夫人藤原，大臣之女冰上娘生但马皇女。次夫人冰上娘之妹五百重娘生新田部皇子。"可知藤原镰足的两位女儿皆为夫人。
2. 大原：即今奈良县高市郡明日香村小原，藤原镰足的出生地，藤原夫人的故乡。实际离清御原宫近在咫尺。
3. 荒凉："荒凉"之说为戏言，天皇认为自己的清御原宫比大原更幸运。

◎ 卷二·104 是对天皇戏言之作的回复，意思是瑞雪降临多亏了大原附近龙神（水神）的保佑，所以清御原宫才有所获益。

藤原宫御宇天皇代

（高天原广野姬天皇，谥曰持统天皇。元年丁亥[1]。十一年，让位轻太子[2]。尊号曰太上天皇也。）

大津皇子[3]窃下于伊势神宫上来时，大伯皇女[4]御作歌二首

送君回大和　　105
拂晓的露水
打湿了我周身

两个人同行　　106
也难翻越的秋山
你独自一人
该如何越过啊

---

1. 元年丁亥：持统元年为 687 年。在旁注中插入这一句，目的是将它作为年号计算的基准。由此可知持统十一年是 697 年。
2. 轻太子：即文武天皇。
3. 大津皇子：天武的皇子，母亲为大田皇女（持统天皇的姐姐）。传说皇子身材魁梧，气度非凡，拥有雄辩才略，能文善武。诗赋的振兴始于这位皇子。据说他尤其受宠于天智天皇。据《日本书纪》记载，当时已经听政的大津皇子身边有一位从新罗来的僧人叫行心，他为皇子看骨相后说，皇子若久居臣下之位必有危险。皇子因此密谋逆反。天武天皇于九月九日崩御，同月二十四日大津谋反，十月二日被捕，三日后赐死。享年二十四岁。大津密访伊势神宫的事件具体不详，从皇子谋反到被捕间有九天，估计他是在这一段时间里下伊势见了姐姐大伯皇女。
4. 大伯皇女：大津皇子的同母姐姐。因齐明七年（661 年）正月八日生于备前国大伯海一带而得名，又称大来皇女。十四岁成为斋宫（祭祀伊势大神、即天皇家祖神的神职，由皇族未婚的女子担任）。于朱鸟元年（686 年）十一月被解职回京，时年二十六岁。大宝元年（701 年）二月二十七日殁，享年四十一岁。

大津皇子赠石川郎女御歌一首

107　山上的露珠
　　　打湿等你的我
　　　山上的露珠啊

石川郎女奉和歌一首

108　打湿等我的你
　　　变成露珠该多好

大津皇子窃婚石川女郎[1]时，
津守连通[2]占露其事，皇子御作歌一首
（未详。）

正如津守的占卜　　109
我们二人已同寝

1. 石川女郎：金泽本中写作"石川郎女"，草壁皇子的爱人，与卷二·107中的石川郎女为同一人。
2. 津守连通：和铜七年正月官至从五位下。曾任美作国守，养老七年正月升至从五位上。是当时有名的阴阳师。

◎ 大津皇子奔放不羁的个性和大胆的告白，伤害了草壁皇子生母持统天皇的感情，因此才招致杀身之祸。

日并皇子尊赠石川女郎御歌一首

（女郎，字曰大名儿也。）

110　大名儿在原野上
　　　刚割下一束草
　　　就会忘了我吗

幸于吉野宫[1]时，弓削皇子[2]赠予额田王歌一首

111　是思念先帝[3]的鸟儿吗
　　　从长满交趾木的御井上
　　　鸣叫着飞向远方

---

1. 幸于吉野宫：这里指的是持统天皇吉野行幸。
2. 弓削皇子：天武的第六皇子，母亲是大江皇女。
3. 先帝：指天武天皇。

◎ 卷二·110 中包含草壁对接近大津的石川郎女的挽留之情。

额田王奉和歌一首

（从倭京[1]进入。）

思念故人的布谷鸟 112
　　已经鸣叫了吧
　　如同我回想往事

从吉野折取萝生松柯遣时，额田王奉入歌一首

吉野可爱的松枝 113
　　带来了君的问候

---

1. 倭京：这里的倭京是飞鸟京还是藤原京不明。持统八年都城从飞鸟迁到了藤原。

◎ 卷二·113 是弓削皇子将结了松萝的松枝（古松之意）送给当时已年逾六十的额田王，表达了自己对额田王高寿的祝福，额田王因此作歌表述了谢意。当时，弓削皇子年约十八九岁。古时，日本人有将信拴在梓杖或松枝上送给收信人的习俗。

但马皇女[1]在高市皇子[2]宫时，
思穗积皇子[3]御作歌一首

114 秋天的田野上
稻穗向一边倾倒
一心想在你身边
哪怕有流言蜚语

1. 但马皇女：天武天皇的皇女，皇女是藤原镰足的女儿冰上娘。
2. 高市皇子：天武天皇的皇子，母亲是胸形君德善的女儿尼子娘。壬申之乱时，在天武的军队中发挥了重要作用。大津和草壁殁后，他被任命为太政大臣，成为天皇政权的代行者。持统十年七月十日薨。据《扶桑略记》记载，当时皇子四十三岁。《公卿补任》记为四十二或四十三岁。逆算的话，皇子出生的时间应是白雉五年（654年）。壬申之乱时应为十九岁（672年）。歌名中提到的但马皇女身居高市皇子宫中时，很可能是但马皇女接受了高市皇子的爱，在宫中与之同栖的特殊时期。
3. 穗积皇子：天武天皇的第五皇子，母亲是苏我赤兄的女儿大蕤娘。庆云二年（705年）二品亲王。同三年晋升为右大臣。和铜八年（715年）正月，晋升为一品。七月二十七日殁。作歌时皇子的年龄在二十岁左右。与年近四十岁的高市皇子相比，但马皇女似乎更钟情于穗积皇子。

舟津之秋　川瀬巴水

敕穗积皇子遣近江志贺山寺[1]时，
但马皇女御作歌一首

115 不能留下苦恋
　　 我要去追赶
　　 拐弯的路口上
　　 你要留下标记

1. 志贺山寺：近江国志贺郡的崇福寺。

◎ 穗积皇子被遣往志贺山寺的理由不明，一种说法是皇子同但马皇女的恋情被发现，于是天皇下令将其流放，皇子一时出家做了僧人。另有一种说法是为了修建寺庙或是法会而奉命前往的。

但马皇女在高市皇子宫时,
窃接穗积皇子事既形而御作歌一首

世人的流言可畏　　116
我清晨要渡过
从未渡过的河

◎ 关于这首歌的含义如何理解,至今解释不一。多数的注释书认为,皇女为了避开人目,在同皇子会面后趁拂晓未明时渡河返回。稻冈耕二氏认为,"渡河"指男女间恋情的冒险行为。松本雅明在《诗经与万叶集》中也指出,渡河的表现极有可能来自《诗经》中渡河的诗和六朝汉诗的影响。这里的渡河也可以解释为爱的冒险。

舍人皇子[1]御歌一首

117　身为大丈夫
　　　为相思叹息
　　　不体面的大丈夫
　　　越来越思恋

1.舍人皇子：天武天皇的第三皇子，母亲是新田部皇女。养老二年（718年），从二品亲王晋升为一品，养老四年，执掌太政之事。天平七年（735年）十一月十日殁。

丹顶鹤　小原古邨

梳头的女人 桥口五叶

舍人娘子[1] 奉和歌一首

大丈夫叹息思恋 118
我盘结的头发
已经濡湿凌乱[2]

1. 舍人娘子：所传不详。是否和卷一·61的作者为同一人不详。舍人皇子由舍人氏抚养成人，也许娘子同他有更亲近的关系。小学馆《新编日本古典文学全集·万叶集》推测二人是同乳兄妹关系，但无法确切断定。又引《文德实录》嘉祥三年（850年）五月的一条记载："先朝之制，以乳母之姓命皇子之名。"例如大海人皇子等，此类实例甚多。娘子，主要用于称谓出身卑微的女性。
2. 凌乱：按当时的信仰，女子被爱，发束会自然松散。（参见岩波书店《日本古典文学大系·万叶集》卷一第75页）

弓削皇子思纪皇女[1]御歌四首

119　吉野川湍急的流水
　　片刻也不停歇
　　还能再相见吗

120　不能和你相恋
　　不如像胡枝子
　　花开又飘散

121　黄昏会满潮吧
　　住吉[2]浅香[3]的海滩
　　去割鲜美的海藻

122　停泊在港口的大船
　　随风浪摇摆不已
　　我因相思消瘦
　　为了人家的人儿

1. 纪皇女：天武天皇的皇女，母亲是苏我赤兄的女儿大蕤娘，穗积皇子的同母妹。生卒年不详。
2. 住吉：位于大阪府住吉至堺市北部之间一带。
3. 浅香：即浅鹿，如今堺市仍有浅香山町的地名。

渔村返照　横山大观

三方沙弥[1]娶园臣生羽[2]之女，未经几时卧病作歌三首

123　　束起的头发散开
　　　　不束又太长
　　　　眼下见不到你
　　　　梳理整齐了吗
　　　　　（三方沙弥）

124　　虽然人们都说
　　　　现在头发太长
　　　　是君看过的头发
　　　　再乱也不介意
　　　　　（娘子）

1. 三方沙弥：所传不详。三方为氏名。
2. 园臣生羽：园为氏名，臣为姓，生羽为名。所传不详。另外，园臣又记作苑臣。

橘树遮掩的道路　125
　通往四面八方
　心中千头万绪
　　无法见到你
　　（三方沙弥）

◎ 卷二·123—125：三方沙弥娶了年纪尚幼的园生羽之女，但婚后不久便因病卧床，夫妻无法相聚。按照日本当时的习惯，童女时代的发型为齐肩短发，额前蓄刘海，蓄长后向后梳理，仍披散不束。结婚后才将长发束起结成发髻。因年纪尚幼，婚后女子的头发多由丈夫帮助梳理。因此，在卷二·123中，三方沙弥担心妻子的头发是散开了还是已经束起，隐含了对年轻妻子移情别恋的担心。此外，当时夫妻或恋人分离后直至再次相见，女人不改变发型，表示对对方忠心不改。所以，在卷二·124中，娘子表达了自己对丈夫的衷情。

石川女郎赠大伴宿祢田主歌一首

（即佐保大纳言[1]大伴卿之第二子。母曰巨势朝臣也。）

126　听说你风流不羁

　　却没留我过夜

　　让我独自返回

　　风流的糊涂虫

大伴田主，字曰仲郎[2]。容姿佳艳，风流秀绝，见人闻者，靡不叹息也。时有石川女郎，自成双栖之感，恒悲独守之难。意欲寄书，未逢良信[3]。爰作方便而似贱妪[4]，已提埚子[5]而到寝侧，哽音踟足，叩户咨曰："东邻贫女，将取火来矣。"于是仲郎，暗里非识冒隐之形，虑外不堪拘接之计。任念取火，就迹归去也。明后女郎，既耻自媒之可愧，复恨心契之弗果。因作斯歌，以赠谑戏焉。

1. 佐保大纳言：即大伴安麻吕。因家宅位于奈良佐保，因此得名。详情参照卷二·101注释。
2. 仲郎：中国式的称谓，按伯仲叔季的顺序排列。因田主为次子，因此被称作仲郎。
3. 良信：合适的送信人。
4. 爰作方便而似贱妪：用计谋化妆成贫贱的老妇。
5. 埚子：《和名抄》对"埚"的解释是"金谓之锅，瓦谓之埚"。当时一种用来盛火种的土锅。

大伴宿祢田主报赠歌一首

风流要数我 127
不留宿遣返
才堪称风流

春光春衣　松岡映丘

同石川女郎更赠大伴田主中郎歌一首

正如传闻一样　　**128**

腿如芦絮的阿哥

请多加保重

此歌，依中郎足疾，赠此歌问讯。

高野的玉川弘法大師　鈴木春信

大津皇子宫侍[1] 石川女郎
赠大伴宿祢宿奈麻吕[2] 歌一首

（女郎[3]，字曰山田郎女也。宿奈麻吕宿祢者，
大纳言兼大将军卿[4] 之第三子也。）

我已是年老的妇人[5]　　129
怎能沉迷于恋情
像个天真的孩童

1. 宫侍：一般认为这位石川女郎同大津皇子也有交往。因受皇子庇护，才被称作"宫侍"。
2. 大伴宿祢宿奈麻吕：宿祢是姓，由天皇赐给中央朝廷中的豪族，为"八色姓"中的第三位。宿奈麻吕是安麻吕之子，和铜元年（708年），官阶至从五位下，曾任左卫士督。养老三年（719年）设置按察使时，他以备后国守的身份掌管安艺和周防两国之政。神龟元年（724年），官阶至从四位下。他是大伴坂上郎女的第二任丈夫，坂上大娘、坂上二娘及田村大娘的父亲，生卒年不详。
3. 女郎：卷二·110 的旁注为"女郎，字曰大名儿也"，而此处写到"女郎，字曰山田郎女"，因此洼田氏《万叶集评释》认为这二人为不同人物。但土居文明《万叶集私注》认为，山田的石川邻接河内石川郡，是苏我氏的领地，古籍中可见"苏我山田石川麻吕"这样的人名。苏我氏的后代又称石川氏，因此，石川郎女也可称作山田郎女。大津皇子、日并皇子的求爱发生在天武朝，很可能二十余年后郎女又作了这首歌。
4. 大纳言兼大将军卿：即大伴安麻吕。
5. 年老的妇人：宿奈麻吕升至从五位下的和铜元年时，大津皇子死后二十二年。如果此歌确实为当时之作的话，作为大津皇子情人的石川女郎应该在四十岁前后。

长皇子[1]与皇弟[2]御歌一首

130 不渡丹生川[3]的浅滩
　　我思念的兄弟
　　快快过来吧

1. 长皇子：根据《续日本纪》记载，应为天武天皇的第四皇子，母亲是天智天皇的女儿大江皇女。
2. 皇弟：指弓削皇子。
3. 丹生川：日本古地名中有多处以丹生命名的河，此处可能指的是吉野川支流，发源于吉野郡大天井岳西北方，在五条市同吉野川合流。

玉川　高橋松原

柿本朝臣人麻吕从石见国[1]别妻[2]上来时[3]歌二首并短歌

131 石见国的角[4]海岸
　　　看不出有好海湾
　　　看不出有好海滩
　　　即使没有好海湾
　　　即使没有好海滩
　　　向海边望去
　　　和多津[5]的礁矶上
　　　生长着绿色海藻
　　　清晨任风吹
　　　黄昏任浪打
　　　随波浪摇曳
　　　和阿妹一起同寝
　　　海藻般顺从温柔
　　　离开阿妹归去
　　　蜿蜒曲折的路上
　　　几度回首张望
　　　远离阿妹的家乡
　　　越过高高的山岗
　　　正为思恋憔悴吧
　　　想望见阿妹的家门
　　　高山快变成平地

1. 石见国：大致相当于今天岛根县的西半部一带。关于他何时、为何原因到达石见国不详。
2. 妻：是否指的是依罗娘子不详。日本国内的研究者持两种意见，即依罗娘子同人说；另有人认为还有一位与人麻吕同栖的当地女子。
3. 上来时：指上京。受汉文化的影响，从古代到今天日语对进京的表达一直都使用"上京"或"上洛"，从京城去地方为"下"。
4. 角：《和名抄》中记载，石见国那贺郡有"都农"（读音 tsuno，与"角"的读音同）的地名，即今江津市都野津町一带。
5. 和多津：此处原文中的表记是"和多豆"，关于它的训读法有分歧，一种是以古训为基础的读法 watazu，另一种读法是仙觉的改训 nikitazu。泽泻久孝《万叶集注释》的解释是，"和"字可以发成 wa，也可以发 niki，因此，他认为"和多津"和卷二·138 中出现的"柔田津"是同一个地方。柿本人麻吕与他人不同，对同一个名词喜欢用不同的表记。但和多津的具体所在不明。

◎ 卷二·131—139 是人麻吕创作的一组相闻歌。关于卷二·131 的作歌时间，是离开阿妹不久后作的歌，还是在旅途上作的歌不明。主题是与恋人离别的感伤与思念。

反歌

132　石见的高角山[1]
　　我在林间挥袖
　　阿妹看见了吗

133　漫山细竹叶
　　山中飒飒作响
　　我思念着阿妹
　　一路离别而去

1. 高角山：即角地方的某座高山。与此相关联的卷二·139 中的"打歌山"可能是原有固定的山名。

◎ 卷二·133 的特点十分明显，既注重听觉效果，也顾及视觉效果。山风中嘈杂零乱的细竹意象与歌人寂寞感伤的情绪相呼应。歌虽短，但形象完整，从整体上也与长歌的基调达成和谐。卷二·132、133 两首反歌在时间上和距离上有先后远近的安排（也有学者认为卷二·132 是从回忆的角度写的）。先是在高角山上最后回望时的瞬间，然后才是山路上独自一人的旅程，痛苦和留恋的心情与感觉在此基础上被展露出来。与阿妹分别的痛楚也从弱到强被呈现出来，像叙事性的音乐作品，主旋律在回旋中不断增强，增强了歌的层次感。

或本反歌曰

石见有座高角山　　134
　我在林间挥袖
　阿妹看见了吧

◎ 此歌为卷二·131 的异传歌，从这里转为回想式的咏唱。

135　石见海的辛崎[1]

　　暗礁上生长水松

　　礁矶上生长海藻

　　我深深思念的阿妹

　　深海水松般顺柔

　　没能共寝几夜

　　便和阿妹离别

　　心中充满伤痛

　　不断回首张望

　　渡山[2]上红叶纷飞

　　看不清阿妹的衣袖

　　如屋上山[3]云中月

　　可惜隐去了身影

　　暮色降临时

　　自以为是大丈夫

　　可泪水浸湿了衣袖

1. 辛崎：关于这一地名的具体所在有争议：一种说法认为，辛崎是位于迩摩郡仁摩町宅野海上的韩岛；再是认为它大致在滨田市北国府町海岸的唐钟浦附近；另外，还有人认为这个辛崎在江津市波子町大崎鼻附近。尚无定论。
2. 渡山：渡津附近的山，疑为固有山名，但所在位置不详。
3. 屋上山：有关此山的所在有争议，现在一般采用山田孝雄《万叶集讲义》的说法，即岛根县江津市浅利的高仙山。一云室上山。有的研究者认为"屋上山"与"室上山"是同一座山，如中西进《万叶集全译注》；稻冈耕二《万叶集全注·卷二》认为"屋上山"和"室上山"也可能不是同一座山。

反歌二首

雪青马蹄疾　　136
阿妹的家乡
落在云那方

秋山上的红叶　　137
暂时别飘落
想看阿妹的家乡

或本歌一首并短歌

138 石见的海岸

没有泊船的海湾

看不见有好港湾

看不见有好海滩

即使没有港湾

即使没有海滩

柔田津[1]的礁矶

生长着绿色海藻

清晨任浪打

黄昏任风吹

随波浪摇曳

海藻般顺柔

放开阿妹的手

蜿蜒曲折的路上

几度回首张望

远离阿妹的家乡

越过高高的山岗

我亲爱的阿妹

正思恋叹息吧

想望见角乡里

高山快变成平地

1. 柔田津：即卷二·131中的和多津，所在不明。

◎ 此歌是卷二·131的异传歌。佐佐木信纲《评释万叶集》认为，与卷二·131相比，卷二·138似乎平明易解，但歌的质量明显劣于前者。

箱根芦之湖　川瀬巴水

反歌一首

139　　石见的打歌山[1]
　　　　我在林间挥袖
　　　　阿妹看见了吗

　　　　此歌,歌体虽同,句句相替。因此重载。

1.打歌山:所在位置不详。与此相关联的卷二·132中的"高角山"。

◎ 这首歌是卷二·131的异传歌,与卷二·132歌体相同。

回忆　北野恒富

柿本朝臣人麻吕妻依罗娘子[1]与人麻吕相别歌一首

140　你说别耽于思恋
　　　知道何时能相逢
　　　我会如此思恋吗

1. 依罗娘子：依罗氏出身的女子。据考证，依罗氏主要集中居住在河内、摄津及和泉三国（参见大越宽文《柿本人麻吕终焉挽歌》）。依罗的地名见于《和名抄》，其中可从河内国丹比郡参河国碧海郡及摄津国住吉郡的条目中看到。《日本书纪》中的地名为依网，集中出现在河内志中。《新撰姓氏录》中记载，依罗宿祢与日下部宿祢同祖，同为彦坐命之后。此外，依罗连为百济国人宿祢志夜麻美君之后，可见依罗娘子的出身在畿内（大和、山城、河内及摄津）的可能性很高，并非石见出身的女子。关于依罗娘子与石见娘子是否为同一人物的研究，至今尚无定论。

月夜白梅　伊藤若冲

夜　神坂雪佳

挽 歌[1]

1. 挽歌:"挽歌"一名来自《文选》,与杂歌、相闻组成《万叶集》的三大部类。挽歌原指埋葬亡者时挽柩人所唱的歌。从广义的范围来说,《万叶集》的挽歌为哀悼亡者之歌,其中也包含即将辞世之人的哀伤之作。

后冈本宫御宇天皇代

（天丰财重日足姬天皇，让位后即后冈本宫[1]。）

有间皇子[2]自伤结松枝歌二首

141　盘结岩代[3]岸边的松枝
　　　如果能幸运
　　　归来时还能看见

142　平时住在家中
　　　用食笥盛饭
　　　以草为枕的旅途
　　　用榉树叶盛饭

1. "天丰财重日足姬天皇"二句：前出，参见卷一·8注释。
2. 有间皇子：孝德天皇的皇子，母亲为阿倍仓梯麻吕的女儿小足媛。据《日本书纪》齐明四年（658年）十一月的一条中所引"某书记载"，"皇子时年十九"。由此可知，皇子可能生于舒明十二年（640年）。《日本书纪》齐明三年九月的一条中记载，皇子生性狡黠，佯装癫狂，他装作养病赴牟娄温泉（今和歌山县西牟娄郡白滨町的汤崎温泉）。归京后赞美那里的景胜时说："我一看到那里病自然便好了。"翌年冬十一月三日，趁天皇行幸纪温泉时，苏我赤兄在皇子面前非难齐明天皇的执政失策，并劝皇子举兵反叛。两天后，皇子与赤兄等立盟约，当夜赤兄突然遣兵，在市经有间皇子的家中将皇子逮捕。九日押送至纪温泉，接受皇太子中大兄的审问。随后于送返途中在藤白坂（今海南市内海町藤白）将有间皇子绞杀。关于苏我赤兄的行为有两种解释：一是赤兄暗中接受中大兄的指示，挑唆皇子叛逆，构陷罪名；二是赤兄在立盟约后反悔，最终背叛了皇子。
3. 岩代：在今和歌山县日高郡南部町，距纪温泉20余千米的地方。

◎ 卷二·141 从内容上看很有可能是在去温泉的途中作的。皇子为自己的命运担忧，因此以具有咒力的方式结松枝，祈求神灵保佑旅途安全。

三保松原　橋本雅邦

长忌寸意吉麻吕[1] 见结松哀咽歌二首

143　岩代的山崖上
　　　盘结松枝的人
　　　归来的时候
　　　还能看到吧

144　岩代的荒野上
　　　挺立的松树
　　　心如盘结的松枝
　　　回想往日的时光[2]
　　　（未详[3]。）

1. 长忌寸意吉麻吕：或写作"长忌寸奥麻吕",前出,见卷一·57注释。
2. 往日的时光：指有间皇子的谋反事件。
3. 未详：此处标注的"未详"是《万叶集》的编纂者加注的,表示对这首歌是否为长忌寸意吉麻吕所作抱有怀疑。《拾遗集》将此歌记为柿本人麻吕的歌作。

◎ 有间皇子死后四十余年后,大宝元年（701年）十月,意吉跟随持统、文武二帝行幸纪伊时,路经皇子结松枝的藤白坂,感慨万分。参见卷九·1673的左注。

山上臣忆良追和歌一首

灵魂展开双翅
不断飞来看望
只有人不知道
松树会知道吧

此件歌等,虽不挽柩之时所作,准拟[1]歌意,故以载于挽歌类焉。

---

1. 准拟:考虑。语出唐代白居易的诗《不准拟二首》。

大宝元年辛丑,幸于纪伊国时[1],见结松歌一首

(《柿本朝臣人麻吕歌集》中出也。[2])

146　想以后能看到
　　　皇子盘结起
　　　岩代的小松枝
　　　后来看到了吗

1. 幸于纪伊国时:大宝元年(701年)此次行幸的记录见于《续日本纪》,时间为一个月。
2. 旁注中说此歌出于《柿本朝臣人麻吕歌集》,同样的注见于金泽本、西本愿寺本、细井本、温故堂本、大矢本、京大本等古写本中。元历校本以大字另起一行标注,可以断定此歌古来既有。但是否确为人麻吕之作,仍有异议。

近江大津宫御宇天皇代

（天命开别天皇，谥曰天智天皇。）

天皇圣躬不予之时[1]，大后[2]奉御歌一首

抬头仰望苍穹
祝愿大君的寿命
能充满天空

147

1. 天皇圣躬不予之时：《日本书纪》天智十年（672年）的一条中记载："九月，天皇寝疾不予。"另有一书记载称"八月天皇疾病"，以及"冬十月甲子朔……庚辰，天皇弥留"，由此可推测作歌时间。
2. 大后：倭姬王，又称倭大后，于天智七年被立为皇后，天智的异母兄古人大兄皇子的女儿。生殁年不详，有即位之说。大海人皇子（后来的天武天皇）辞去皇太子之位时曾建议天智将国家重任托付给这位皇后。

一书曰，近江天皇圣体不予，
御病急时，大后奉献御歌一首

148　青青的木幡山[1]
　　　能见魂归来
　　　无法直接相会

天皇崩后，倭大后御作歌一首

149　也许人们会淡忘
　　　音容总浮现眼前
　　　让我无法忘怀

1.木幡山：位于京都府宇治市北部。

天皇崩时，妇人[1]作歌一首

（姓氏不详。）

世人难比神灵[2]　　150
只能这样分离
我清晨便开始叹息
思念远去的大君
如果是宝玉
缠绕在手上
如果是衣裳
一刻也不离身
我思恋的大君
昨夜在梦中相见[3]

---

1. 妇人：指的是下级女官之类的人物。
2. 神灵：古代日本人的信仰，将天皇看作天神的后代。
3. 梦中相见：伊藤博推测此歌作者可能在祭殿中得梦。古代日本人认为在祭祀场合所见到的梦包含特殊意义，被看作与现实等同的现象。

天皇大殡之时歌二首

151　如果早知如此
　　应在御舟停泊的港口
　　拦结上标绳[1]

　　额田王[2]。

152　等待大君的御船
　　已经焦急了吧
　　志贺的辛崎[3]
　　期盼大君的到来

　　舍人吉年[4]。

---

1. 标绳：用稻草拧成的粗绳。古代日本人相信用标绳可以拦住恶灵的侵入。在此歌中也可以理解为用标绳拦住出航的船（大君的离世）。
2. 额田王：从卷四·488 歌名"额田王思近江天皇作歌一首"看，额田王很可能受宠于天智天皇。
3. 辛崎：前出，见卷一·30 注释。估计大津宫的宫人们经常到那里乘船出游。
4. 舍人吉年：所传不详，可能是在宫中侍奉的宫人。

雲中白鷺　小原古邨

大后御歌一首

153 近江的湖面上[1]
　　 驶过来的船
　　 岸边行驶的船
　　 在湖面别用力划桨
　　 在岸边别用力划桨
　　 不要惊飞了
　　 夫君喜爱的鸟儿

1. 近江的湖面上：原文为"近江海"，即琵琶湖，位于今滋贺县大津市。

石川夫人[1]歌一首

细浪[2]的看山人[3]　　154
你为谁拦上绳标
大君已离开人世

1. 石川夫人：所传不详，天智纪中未见该夫人的纪事，只有嫔四人。其中远智娘与姪娘（宗我嫔）为苏我山田石川麻吕的女儿，有可能是二人中的一位。
2. 细浪：地名，是琵琶湖西南大津京城一带的古地名。
3. 看山人：原文为"大山守"，统指宫廷指派的看山人。

◎ 卷二·147—154 被称作"近江朝挽歌群"。这一系列挽歌大多是天皇辞世前后以倭大后为中心的后宫女性所作的歌。

炎舞　速水御舟

从山科御陵[1]退散之时，额田王作歌一首

御统天下的大君　　　155

令人无限敬畏

山科的镜山[2]上

建造大君陵寝

不论黑夜白昼

放声哭号不绝

如今宫里的人们

正离别而去吧

---

1. 山科御陵：天智天皇的陵墓，位于今京都市御陵町。
2. 镜山：位于山科御陵背后的山。

明日香清御原宫御宇天皇代

（天渟中原瀛真人天皇，谥曰天武天皇。）

十市皇女[1]薨时，高市皇子尊[2]御作歌三首

156　三轮山的神杉

不让人畏惧

只想在梦里相见

可夜里难入眠[3]

1. 十市皇女：前出，见卷一·22注释。
2. 高市皇子尊："尊"为敬称。高市是天武的皇子，母亲为胸形君德善的女儿尼子娘。壬申之乱时功劳卓著，草壁皇子薨后成为太政大臣，持统十年（696年）七月十日薨。在天武的皇子中只有草壁（或称日并皇子）和高市在名称后加"尊"或"命"的敬称。
3. "只想在梦里相见"二句：原文中的第三、四句的假名表记是"巳具耳矣自得见监乍共"，历来是难训的句子，有十余种试训，但都是从误字的角度加以诠释的，尚无定论。译者选择了伊藤博《万叶集释注》的试训。

◎据卷二·158左注引《日本书纪》的记载，十市皇女病逝于天武七年。有研究者推测，夫大友皇子在壬申之乱中败死后，十市皇女可能与自己的异母兄高市皇子结为了夫妻。

三轮山下的币帛　　157
都是短小的币帛
我期望皇女长寿

棠棣花开正黄　　158
想去山中汲清泉[1]
可是不认识路

《纪》[2]曰：七年戊寅夏四月丁亥朔癸巳[3]，十市皇女猝然病发，薨于宫中。

1. "棠棣花开正黄"二句：棠棣花晚春时节开金黄色的花，山中清泉与他界"黄泉"的意象有关。岩波书店《日本古典文学大系》《新日本古典文学大系》都认为黄色和泉水的出现与"黄泉"的联想有关。
2.《纪》：《日本书纪·天武纪》。
3. 七年戊寅夏四月丁亥朔癸巳：天武七年（678年）四月七日。

天皇[1]崩之时,大后[2]御作歌一首

159 大君的魂灵
　　黄昏会来视察
　　黎明会来巡访
　　神丘[3]上的红叶
　　今日会来巡视
　　明日也会来观赏
　　遥望那座山啊
　　黄昏带来哀伤
　　黎明迎来寂寞
　　我丧服的袖口
　　没有干爽的时候

1. 天皇:天武天皇。
2. 大后:持统天皇。
3. 神丘:奈良县高市郡明日香村的雷岳,距清御原宫很近。

红叶小禽　土田麦仙

一书曰，天皇[1]崩之时，太上天皇[2]御制歌二首

160　不是说取来火焰
　　　包入袋子里吗[3]
　　　只有天上的云朵
　　　能看到你的身影[4]

161　北山延伸的云
　　　青色的云烟啊
　　　远离星星而去
　　　远离月亮而去

1. 天皇：天武天皇。
2. 太上天皇：持统天皇。
3. "不是说取来火焰"二句：以手取火装入袋中的细节同汉代以后从西域、印度传入中国的幻术有关。
4. 能看到你的身影：原文是"智男云"，为古来难训句之一，训读方法不同，歌意会随之不同。译者根据中西进《万叶集全注释》的训读译出。

天皇崩之后八年九月九日，
奉为御斋会[1]之夜，梦里习赐御歌一首

（《古歌集》中出。）

飞鸟的清御原宫　　　162
御统天下的大君
日神之子的天皇
是如何考虑的啊
神风吹拂的伊势国
海藻在波浪中摇曳
散发着潮水的芳香
令人无限仰慕
日神的皇子

1. 御斋会：天武天皇于朱鸟元年（686年）九月九日崩御，九月九日即国忌日。日本最初的斋会始于敏达天皇十三年（584年），神护景云二年（768年）后，每年正月在太极殿举行，被称作御斋会。

◎ 这首歌为梦中之作，因此歌式不整，表达的主题也不清晰。天武生前对伊势国非常重视，壬申之乱时曾率众遥拜伊势神宫，并深信由此得到了神佑，取得了胜利。

秋月　川端玉章

藤原宫御宇天皇代

（高天原广野姬天皇[1]，天皇元年丁亥[2]，十一年[3]让位轻太子[4]，尊号曰太上天皇。）

大津皇子薨之后，大来皇女[5]从伊势斋宫上京之时[6]御作歌二首

留在伊势多好　　163
为何要归来
无法见到你

渴望见到的你　　164
已经不在这里
为何匆匆赶来
徒然让马疲劳

---

1. 高天原广野姬天皇：持统天皇。
2. 天皇元年丁亥：即持统元年（687年）。作为年号计算的基准插入在旁注中。
3. 十一年：持统十一年。
4. 轻太子：即文武天皇。
5. 大来皇女：即大伯皇女，前出，见卷二·105注释。
6. 上京之时：朱鸟元年（686年）十一月十六日上京，二十六岁。

移葬大津皇子尸于葛城二上山之时，
大来皇女哀伤御作歌二首

165　活在世上的我
　　 从明日开始
　　 只能把二上山
　　 当作弟弟遥望

166　不觉信手折来
　　 岩石边的马醉木
　　 想让你来观赏
　　 可已不在人世

此一首，今案，不似移葬之歌。盖疑，从伊势神宫还京之
时，路上见花感伤哀咽作此歌乎[1]。

1. "从伊势神宫还京之时"二句：马醉木在春天开花，皇女归京的时间是十一月，因此，有研究者认为，歌中的时间有误（岩波书店《日本古典文学大系》）；也有研究者认为，马醉木的花苞有时在晚夏长成，在日照充裕的十二月前后也会有开花的现象（小学馆《新编日本古典文学全集》）。

云井樱 吉田博

日并皇子尊[1]殡宫之时，
柿本朝臣人麻吕作歌一首并短歌

167 天地初开时
　　　高高的天河原
　　　千百万神灵聚集
　　　众神反复商讨
　　　由天照大神御统
　　　高天原和苇原中国
　　　直到天和地
　　　相连接的地方
　　　作为神灵的后代
　　　拨开重重云雾
　　　降临到人间[2]
　　　光辉的日神之子
　　　在飞鸟的清御原
　　　建造雄伟的宫殿
　　　天皇御统的国度
　　　打开高天原的石门
　　　隐入石屋之中[3]
　　　日并皇子治世
　　　春花一样繁荣
　　　满月一样丰盈
　　　天下四方的人们
　　　期盼大船归来
　　　期盼天降雨露

出于什么考虑
在真弓[4]的山岗
竖起坚固的宫柱
建造高大的殡宫
清晨无法请安
岁月飞快流逝
陪伴皇子的宫人
不知去向何方

1. 日并皇子尊：前出，即草壁皇子，"尊"为敬称。另见卷一·49。
2. "天地初开时"十一句：是本歌序部，为下面的"光辉的日神之子"做了铺垫，用回顾神代的方式加重庄严的气氛。这种挽歌的构成由人麻吕开创，基本结构为：序（神话或历史）+中心部+尾声。
3. 隐入石屋之中：这一句的原文为"神上"，即登天而归的意思。这种表现的根本思想来源于天皇为天神之后的神代史（记载于《古事记》和《日本书纪》中）。这种思想尤其在天武朝时被抬高，目的是为了强调天皇治世的神圣性以及维护中央集权制。作为宫廷歌人的柿本人麻吕在众多的作品中努力将这一思想体现了出来。
4. 真弓：今奈良县高市郡明日香村真弓。

反歌二首

168　像遥望天空那样
　　仰望皇子的宫殿
　　倾颓的宫殿
　　令人无限惋惜

169　太阳还在照耀
　　渡过夜空的月亮
　　隐没让人惋惜

　　或本，以件歌为后皇子尊[1]殡宫之时歌反也。[2]

1. 皇子尊：指高市皇子。见卷二·156 歌名。
2. 此处旁注是说明此歌为卷二·199 高市皇子殡宫挽歌的反歌。岩波书店《新日本古典文学大系》认为，卷二·199 后已有两首短歌（卷二·200—201），况且此歌的结句同前一首歌（卷二·168）的相同，所以现在的这个位置没有任何不妥。当时的编纂者出于何种原因做了这个旁注不明。

或本歌一首

岛宫[1]的勾池[2] **170**
　　放养的鸟儿
眷恋人的目光
不肯潜入池底

1. 岛宫：位于今奈良县高市郡明日香村岛庄，日并皇子曾住过的宫殿。原为苏我马子的宅邸，马子灭后成为天皇家的别居。天武朝时草壁皇子也曾住在那里。
2. 勾池：岛宫中的水池，因形状如勾而得名。

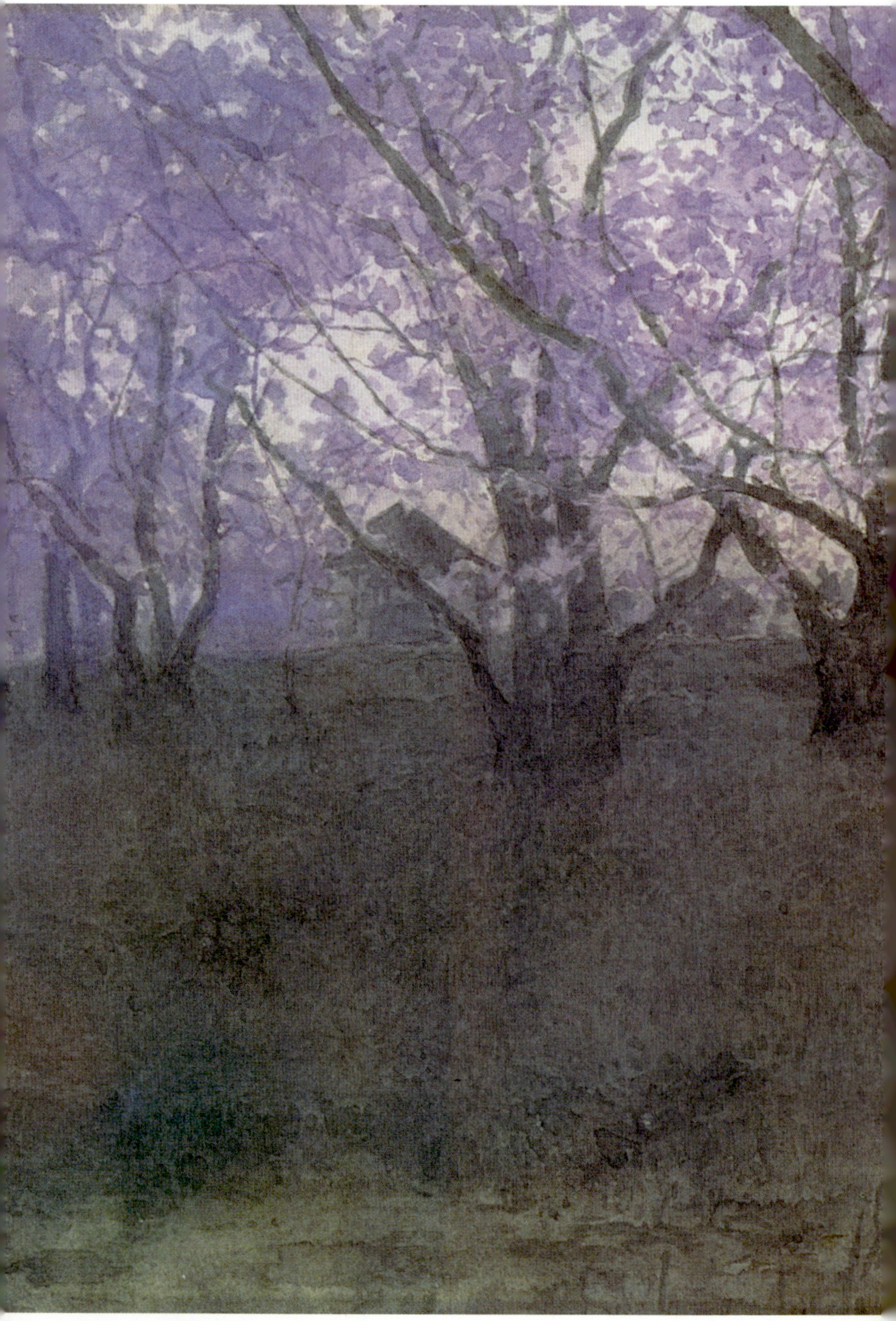

河堤的樱花 吉田博

皇子尊宫舍人等恸伤作歌二十三首

171 光辉的日神皇子
　　本该永远治国
　　在这座岛宫

172 岛宫上方的池塘
　　放养的鸟儿啊
　　不要感到颓唐
　　即使皇子不在

173 光辉的日神皇子
　　如果还健在
　　岛宫不会荒废

174 看似漠然的檀冈[1]
　　也因为皇子在此
　　永远守护宫殿

---

1. 檀冈:又记作"真弓冈",位于奈良县高市郡明日香村真弓。

梦中也看不见 175
　心中充满忧伤
　去宫中侍奉吗
　桧隈[1]的道路啊

以为会侍奉到 176
　天地终结时
　可是事与愿违

旭日照耀佐太冈[2] 177
　哭泣的人群啊
　没有停歇的时候

目睹皇子到过的庭园 178
　眼泪如止不住的雨水

1. 桧隈：原文记作"日之隈"，是通往宫中的道路。位于今奈良县高市郡明日香村桧前。
2. 佐太冈：即佐田冈，位于奈良县高市郡越智冈村佐田（今高取町），真弓冈的西南方向。

179 在橘[1]岛官没称心吗
　　要去佐田冈守护

180 皇子到过的庭园
　　是鸟儿们的家[2]
　　别心灰意冷飞走
　　哪怕等到来年

181 园中的假山
　　如今看上去
　　四处杂草丛生

182 建巢饲养雁雏
　　如果离巢而去
　　要飞回檀冈

---

1. 橘：位于奈良县高市郡明日香村，古时地域广阔，岛宫在其领域内。
2. 鸟儿们的家：《古事记》和《日本书纪》中可见当时宫中有"鸟取部""养鸟人"及"鸟甘部"的设置。律令制将其归为园池司管辖。长屋王家木简也记载了邸内饲养鹤、天鹅等鸟类的情况。

皇子的官殿　　183
千代永远繁荣
每当想到此处
不禁悲从中来

在东泷的御门[1]　　184
时刻准备侍奉
昨日和今日
都没有听到召唤

流水的假山旁　　185
开满杜鹃的小路
还能再看到吗

---

1. 东泷的御门：岛宫庭园中有条贯通东西的水流，1951年发掘的岛庄遗迹中有一条水路，东高西低，估计是从飞鸟川支流细川引入的水流。水路大部分为水沟，有一部分为暗渠。东泷大概是东门附近一处水流湍急的地方。

186 一日进千次
东面宽大的御门
已经无法进去

187 回到无缘的佐田冈
岛宫的廊桥[1]
是谁在居住

188 清晨浓云密布
皇子到过的假山
令人长叹不已

189 旭日照耀的岛宫
人们默不作声
心里充满悲伤

1. 廊桥：这里的桥并非单纯的渡桥，可能是带有棚顶的桥，又称桥殿。

虽有坚强的心　　　190
　　　却无法抑制哀伤

　　　到了狩猎时节　　　191
　　　来到宇陀的原野[1]
　　　在这里也思念

　　　旭日照耀佐田冈　　　192
　　　像鸟儿啼鸣那样
　　　夜夜哭泣不已
　　　在这一年里

　　　役夫们昼夜走的路　　　193
　　　成了宫人参拜的路

　　　　此歌，《日本纪》曰：三年己丑夏四月癸未朔乙未薨。[2]

1. 宇陀的原野：即安骑野，多年后轻皇子到那里狩猎时，柿本人麻吕代皇子作歌缅怀亡父日并皇子。见卷一·45—49。
2. 左注中说，日并皇子薨去的时间是持统三年（689年）夏四月十三日。

树屏风　俵屋宗达

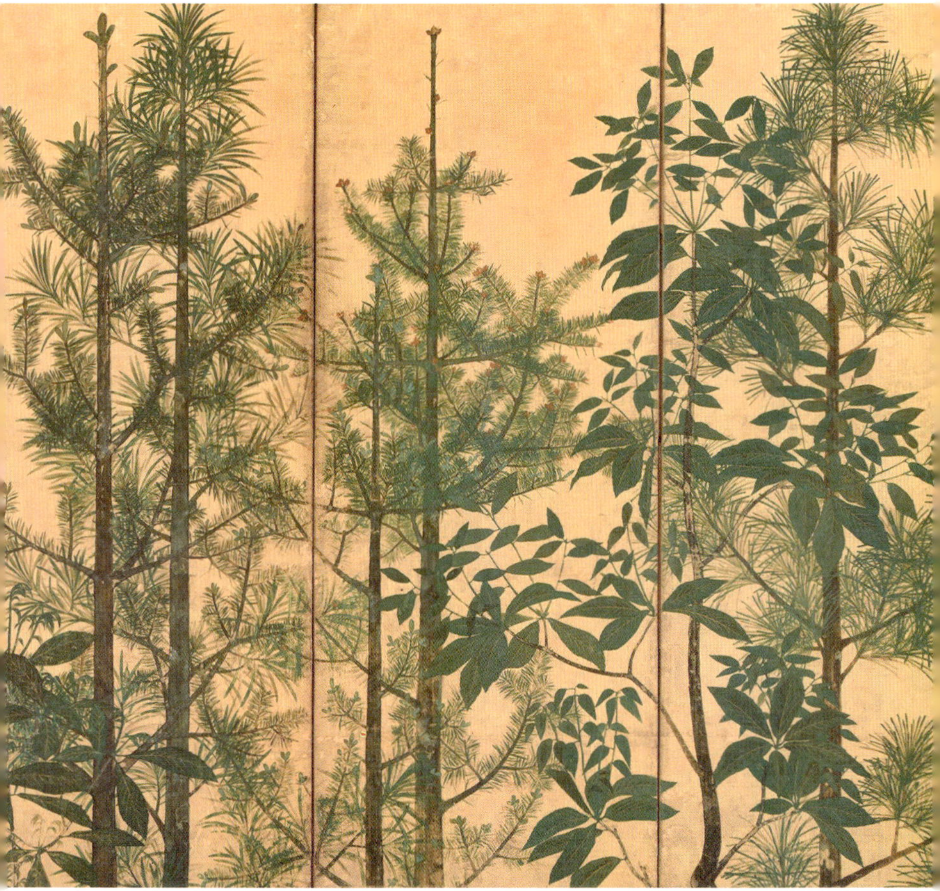

柿本朝臣人麻吕，献泊濑部皇女[1]，忍坂部皇子[2]歌一首并短歌

194 明日香川的上游

生长着水藻

向下游漂流汇合

像美丽的水藻那样

无法触摸到

柔软的肌肤

不能相拥而眠

漆黑的夜晚

寝床已凌乱吧

无法安慰夫君

心想或许能相会

越智[3]的原野上

朝露打湿了衣裳

夕雾浸透了裙裾

以草为枕的旅宿

无法和夫君相会

1. 泊濑部皇女：天武的皇女，川岛皇子妃。
2. 忍坂部皇子：忍壁皇子，与泊濑部皇女同母。天武十年（681年），与川岛皇子共同接受编纂国史的诏命。文武四年（700年），同藤原不比等等人共同接受制定律令的诏命。大宝三年（703年），任知太政官事。庆云二年（705年）五月八日，三品亲王在位时殁。
3. 越智：今奈良县高市郡高取町越智。据卷二·195反歌的左记可知，川岛皇子被葬在了越智，皇女很可能在野外设茅庐为亡夫守灵。

◎ 身为宫廷歌人的柿本人麻吕受忍壁皇子的委托写了这首悼念川岛皇子的挽歌，并献给泊濑部皇女。歌人尽量揣摩皇女的心情，凸显出丧夫后皇女的孤独和眷恋。

反歌一首

相拥而眠的夫君　　195
越过越智的原野
还能再相会吗

此歌，或本曰：葬河岛皇子[1]越智野之时，献泊濑部皇女歌也。《日本纪》云：朱鸟五年[2]辛卯秋九月己巳朔丁丑，净大参[3]皇子川岛薨。

1. 河岛皇子：即川岛皇子，日语中的"河"与"川"同音。
2. 朱鸟五年：即持统五年（691年）。
3. 净大参：天武、持统时代的官位之一，相当于养老令官制中的四品。

明日香皇女[1]木瓰[2]殡宫之时，
柿本朝臣人麻吕作歌一首并短歌

196　明日香川的上游
　　排列着渡河的石块
　　下游架着木桥
　　石块上的水藻
　　生生繁衍不息
　　木桥上的水藻
　　干枯后继续生长
　　为何明日香皇女
　　站立如水藻般婀娜
　　横卧如水藻般轻柔
　　忘记夫君的朝宫了吗
　　又为何离开夕宫
　　想起在世的时候
　　春来折花插发中
　　立秋红叶插发中
　　相互牵着衣袖
　　如对镜看不够
　　越来越相爱
　　四季伴君出游
　　如今城上宫
　　成为永久的宫殿
　　相逢时无法交谈
　　令人无限哀伤

只留下夫君一人
如清晨飞来的鸟儿
如夏草萎靡不振
如大船摇摆不定
心中无法平静
让人不知所措
只有名声不绝
天地般久远
由思念联想起
明日香川的名字
会一直流传万代
永远纪念大君

1. 明日香皇女：天智天皇的皇女，母亲为阿倍仓梯麻吕的女儿橘娘。
2. 木瓿：又写作"城上"或"木上"，一般认为是奈良县北葛城郡广陵町，但也有说法认为是奈良县高市郡明日香村木部。

短歌二首

197 　明日香川上
　　　打杭架桥渡河
　　　堵塞的河水
　　　正缓缓流去

198 　如同明日香川
　　　哪怕明日见上一面[1]
　　　每日都在思念
　　　难忘大君的名字

1."如同明日香川"二句：日语里"明日香"的发音为asuka，和"明日"的发音asu相近，故歌中将二者联系起来。

◎ 卷二·197 的意思不明确，估计是人麻吕站在忍壁皇子的立场，表达了因未能以咒术给皇女施延命之术而后悔不已的心情（参见小学馆《新编日本古典文学全集》）。

井之头春夜　川濑巴水

高市皇子尊在上殡宫之时，
柿本朝臣人麻吕作歌一首并短歌

199　想起来也惶恐
说出来更敬畏
在明日香真神原[1]
选定天神的宫殿[2]
令人无比敬畏
如今神灵隐入
天空中的岩穴[3]
天武天皇君临
在北方的美浓国[4]
翻越茂密的不破山[5]
在和射见的原野[6]
建行宫御统天下
使国家繁荣昌盛
召集东国的军队
讨伐凶恶的敌人
平定叛逆的国家
委任高市皇子
皇子佩刀持弓
率领军队出征
战鼓声声如雷
号角如同虎啸
敌人闻风丧胆
战旗在空中飘扬

如春野上的烈火
在风中猎猎作响
士兵射出的箭矢
如雪降冬日的树林
如旋风呼啸而过
让敌人闻风丧胆
箭矢如纷纷大雪
敌人像霜露般消失
如惊弓之鸟逃窜
皇子借助神风
驱散天空的乌云
使太阳重放光芒
天下安定丰饶
是神灵治理的国家
皇子御统的天下
直到千秋万代
用木棉花[7]装饰宫殿
宫中的侍者们
身穿洁白的丧装
来到埴安的宫殿
像鹿一样跪卧
终日伏在墓前
傍晚仰望宫殿

像鹌鹑匍匐而行
服侍也没有用
如春鸟般哭泣
叹息还未停止
思念还没结束
穿过百济的原野[8]
前去为大君送葬
城上高高的宫殿
是永远的宫殿
神灵在此安居
为了永远怀念
建香具山的宫殿
屹立千秋万代
仰望天空思念
心中诚惶诚恐

1. 真神原：今奈良县高市郡明日香村飞鸟寺南部一带。
2. 宫殿：指天武天皇的清御原宫。
3. 岩穴：指陵墓，典出《古事记》《日本书纪》所记载的天照大神隐身天岩户的神话。陵墓位于明日香的桧前。
4. 美浓国：今歧阜县。
5. 不破山：位于歧阜县不破郡与滋贺县坂田郡的边境之处的山。
6. 和射见的原野：有两种说法，一是认为和射见原野是关之原，二是青野原。现在更有力的观点是关之原。天武的行宫建在关之原东2千米的地方，是天武的军队从美浓向近江移动的要冲。
7. 木棉花：用植物葡蟠的纤维织成的白色织物做成的人造花。
8. 百济的原野：今奈良县北葛城郡广陵町百济附近。

◎ 明日香皇女在文武四年（700年）离世，但卷二·199—201所咏的高市皇子在此前四年，即持统十年时逝去。《万叶集》中的歌并非完全按时间排列，此处为一例。

短歌二首

200　皇子升天而去
　　不知日月流逝
　　心中无限思念

埴安的池堤 　　201
遮掩的水沼
不知流向何方
侍者们无所适从

或书反歌一首

202　在泣泽神社[1]里
　　手捧神酒祈祷
　　祝愿我们的大君
　　作为日神统领天空

此一首,《类聚歌林》曰：桧隈女王[2]怨泣泽神社之歌也。
案《日本纪》云：十年丙申秋七月辛丑朔庚戌，后皇子尊[3]薨。

---

1. 泣泽神社：奈良县橿原市木之本町一带的母尾都多本神社，位于香具山西麓。《古事记》记载女神伊耶那美因生火神死去，男神伊耶那歧痛苦时所生的神为泣泽女神。
2. 桧隈女王：《大日本古文书》中，桧隈女王的名字与山形女王及铃鹿王相并记录在相模国封户租交易账中。土屋文明氏推断桧隈女王可能是高市皇子的女儿。稻冈耕二氏认为，此歌可能同时与人麻吕的挽歌咏唱，后被记录保留下来。但这首后来被误传为反歌。
3. 后皇子尊：指的是高市皇子。

布引瀑布　狩野常信

但马皇女[1]薨后,穗积皇子[2]冬日雪落遥望御墓,悲伤流涕御作歌一首

203 雪不要下得太大
吉隐猪养冈[3]的人儿
会感到寒冷的啊

1. 但马皇女:前出,见卷二・114注释。皇女薨于和铜元年(708年)六月二十五日。此歌估计为同年冬之作。
2. 穗积皇子:前出,见卷二・114注释。
3. 吉隐猪养冈:今奈良县矶城郡初濑町一带。猪养冈大约位于吉隐的东北方向,皇女的陵墓在那里。

◎ 但马皇女薨于和铜元年六月,而下一首弓削皇子薨于文武三年(699年)七月,此处歌的排列顺序混乱,原因不明。

弓削皇子薨时，置始东人[1]作歌一首并短歌

御统天下的大君　　**204**
光明的日神之子
成为天宫的神灵
　令人无比敬畏
　整日整夜叹息
也无法排遣悲哀

---

1. 弓削皇子：前出，见卷二·111注释。
2. 置始东人：前出，见卷一·66注释。

反歌一首

205　　大君成为天上神灵
　　　　隐身在五百重云中

又短歌一首

乐浪志贺的涟漪　　206
不断向四周扩散
期望皇子长寿

柿本朝臣人麻吕，妻[1]死之后，
泣血哀恸作歌二首并短歌

207 在通往轻[2]的路上
有我阿妹的家乡
想去仔细观看
总去会被人看见
常去会被人知道
期望在将来相逢
像石墙后的深潭
心中暗暗思恋
如太阳向西沉落
如月亮隐入云中
水藻般柔顺阿妹
红叶一般飘逝
使者传来的消息
如惊响的弓声
不知该说什么
也不知该做什么
难以承受噩耗
心中千重的思恋
哪怕有一重安慰
阿妹常去的轻市
我赶来探听
听不见亩火山上
鸟儿的叫声

　　　　　路上往来的行人
　　　　　无人与阿妹相似
　　　　　　不知如何是好
　　　　　呼喊阿妹的名字
　　　　　　　挥动着衣袖

1.妻：原文中的"妻"，译文译作"阿妹"，因为日本古时将未婆的女人也称为"妻"。这首挽歌中的"妻"，到底是正妻还是妾，或是情人，历来众说不一。贺茂真渊最早提出此歌中的"妻"非正妻，而是妾。其后金子元臣氏、泽泻久孝氏等也同意这种说法。契冲在《万叶代匠记》（初稿本）中写到："即使为法定之妻，仍避讳频繁交往为人所知。"从家持给正妻坂上大娘的相闻歌中也能看到这一点。因此无法断定是妻还是妾。伊藤博认为，家居轻之地的"妻"与《日本书纪·允恭记》中轻太子和轻大郎女的悲恋故事关系密切。人麻吕很可能在自己真实体验的基础上，以虚构的手法写成对妻的怀恋之作。
2.轻：地名，今奈良县橿原市大轻附近。

◎ 这首挽歌与其他的宫廷挽歌不同，以充分抒发个人情感为前提作成，与殡宫仪式及规定的挽歌形式与内容无关。歌者完全从私人的角度出发，倾诉对妻的爱恋之情。原文由五十三句一气呵成，运用枕词、序词和对句等修辞技巧，逐层推动感情的波澜，创造出具有交响曲般的律动效果。

短歌二首

208　秋山红叶茂密
　　寻找迷途的阿妹
　　分辨不出山路[1]

209　红叶飘落时节
　　眼望着使者[2]
　　回忆相会的日子

1. 分辨不出山路：在山中迷路，意思是离开了人世。反映出古代日本人对死亡的看法，人们相信死者生活在与现世有关系的山中。但人麻吕并不是从这一角度来表现，他只是借用这种说法来表达对死者的眷恋。
2. 使者：有两种解释，一是送讣告的使者，二是官用使者，古称杖部。

秋的瀑布　菱田春草

210

想起阿妹在世
二人携手远眺
来到长堤上
榉树枝干挺立
春来树叶繁茂
深深爱恋阿妹
期望永远相守
可是难背常理
云雾笼罩的荒野
包裹着洁白的领巾
并不是鸟儿
却清晨离家
如落日般隐没
阿妹留下的纪念
是嗷嗷待哺的婴儿
不知拿什么哺育
无奈身为男人
把婴儿挟在腋下
我和阿妹二人
共寝的孀屋[1]
白天在寂寞中度过
黑夜叹息到天明
叹息也没有用

思恋也无法相逢
听说在羽易山[2]中
有我思恋的阿妹
踏着陡峭的巉岩
历尽千辛万险
只是白费力气
想阿妹还在世上
可是寻不见踪影

1. 嫄屋：为新夫妻建的屋，在离开主屋一段距离的地方建成。按照当时的婚俗，在经历一段访妻婚（夜晚男子到女子住处过夜，天亮前离开）后，男女开始独立的同居生活。
2. 羽易山：泽泻久孝氏推断为龙王山的一部分，龙王山位于三轮山之北，卷向山的西北。无定论。

木芙蓉　立林何帠

短歌二首

去年看到的秋月　　**211**
　今年依然照耀
一同赏月的阿妹
伴随着岁月远去

在引手山安置阿妹　**212**
　归来的山路上
感觉不到还活着

或本歌曰

213
想起阿妹在世
二人携手远眺
来到长堤上
榉树枝干挺立
春来树叶繁茂
深深爱恋阿妹
期望永远相守
可是难背常理
云雾笼罩的荒野
包裹着洁白的领巾
并不是鸟儿
却清晨离家
如落日般隐没
阿妹留下的纪念
是嗷嗷待哺的婴儿
不知拿什么哺育
无奈身为男人
把婴儿挟在腋下
我和阿妹二人
共寝的嬬屋
白天在寂寞中度过
黑夜叹息到天明
叹息也没有用

思恋也无法相逢
有人说在羽易山中
有我思恋的阿妹
踏着陡峭的巉岩
历尽千辛万险
只是白费力气
想阿妹还在世上
可是已化为尘土

短歌三首

214　去年观赏的秋月
　　正渡过天空
　　共同赏月的阿妹
　　伴随着岁月远去

215　引出山[1]上安置阿妹
　　在山路上思念
　　感觉不到还活着

216　回到了家中
　　在孀屋里环视
　　阿妹的木枕啊
　　已朝向玉床外[2]

1. 引出山：前出，见卷二·212中的"引手山"。
2. "阿妹的木枕啊"二句：古代日本人认为枕头朝向不同的方向，即人的灵魂已经离去的方向。

吉备津采女[1]死时，柿本人麻吕作歌一首并短歌

秋山般鲜艳的阿妹
青竹般婀娜的阿妹
你是怎么想的
本应该长寿
朝露在黄昏消失
夕雾在清晨散去
如惊响的弓声
我听到噩耗
为短暂的相会懊悔
枕着阿妹的手
如身佩刀剑
一同相拥而眠
那位夫君啊
正寂寞独眠吧
正悔恨思恋吧
没料想阿妹去世[2]
如同朝露和夕雾

---

1. 吉备津采女：备中国都宇郡出身的采女。古吉备国分为备前、备中和备后三部分。都宇郡属备中管辖范围，后来与西洼屋郡合并，称为都洼郡。今分属冈山、仓敷接邻的各市。
2. 去世：指自杀而死。歌中提到采女的夫君，按当时惯例采女是不能结婚的。小学馆《新编日本古典文学全集》认为，有可能是将其他溺死女子的事件附会成采女的遭遇了。

短歌二首

218 乐浪志贺津的姑娘[1]
　　望川濑离去的路
　　让人感到孤寂

219 和大津的姑娘[2]
　　相逢的时候
　　竟然没有留意
　　如今追悔莫及

1. 乐浪志贺津的姑娘：仍指吉备津的采女。
2. 大津的姑娘：同上。

◎ 卷二·218、219 两首歌中提到的"姑娘"同指吉备津采女，证明这位采女很可能是近江朝时代的人，在柿本人麻吕活跃的藤原宫时代，关于吉备津采女的传说已经存在。

狂女　北野恒富

赞歧[1]狭岑岛[2]，视石中死人，
柿本朝臣人麻吕作歌一首并短歌

220　美丽的赞歧国
让人观赏不够
无比神圣尊贵
与天地日月同辉
是不断清晰的
神灵的面庞[3]
从古老的那珂港[4]
我划船而来
狂风席卷残云
望辽阔的海面
波涛汹涌起伏
回头遥望海岸
白浪轰鸣作响
在惊涛骇浪之中
拼命划桨前行
四处有众多海岛
狭岑岛最闻名
在礁岩旁搭起小屋
看惊涛滚滚的海岸
倒毙礁石上的人
知道你家在何处
会去通报噩耗
妻子闻讯后
会赶来寻找

可是不知道路途

正焦急思恋吧

可怜的妻子啊

1. 赞歧：今香川县。
2. 狭岑岛：香川县仲多郡盐饱诸岛中的沙弥岛。
3. 神灵的面庞：据《古事记》记载，伊耶那歧命和伊耶那美命生诸岛，其中伊予的二名岛一身有四副面容，每一副面容都有名称，赞歧的名为饭依古比。
4. 那珂港：位于赞歧国那珂郡，即今丸龟市到琴平町一带。

◎ 歌作者在何种情况下来到狭岑岛作成此歌不明。很有可能是人麻吕从伊予国或筑紫返回九州时的作品。折口信夫在《口译万叶集》中指出，此种对行路中病死者表示哀悼的歌，并不只是表达怜悯之情的歌。忌讳触秽是当时的习俗，再加上担心病死者灵魂作祟，所以歌中也包含了安抚亡灵之意。

反歌二首

221 如果妻子在身边
　　 会一起去采食
　　 沙弥山[1]上的野菊
　　 是否过了时节

222 波浪拍打着礁矶
　　 枕卧礁岩的人啊

---

1. 沙弥山:沙弥岛上的山地。关于沙弥岛,见卷二·220。

柿本朝臣人麻吕在石见国[1]临死时，自伤作歌一首

不知我蹲伏在　　223

鸭山[2]的岩石间

阿妹正在等待吧

1. 石见国：关于柿本人麻吕的临终地是否是石见国，仍存有疑义。因为出现在其歌中的依罗、石川等地名在河内国中也有；鸭山的名字除了大和以外，山城、三河等地也都有，难以确切断定。在此仍保留《万叶集》编纂者的观点。
2. 鸭山：如注释1中提到的，鸭山的名字在许多地方都有，但若是同依罗娘子歌作中的石川联系起来看，鸭山在大和葛城连山中的说法更加有力（参见神田秀夫《人麻吕歌集与人麻吕传》、土屋文明《万叶集私注》）。另外，土屋文明还认为，卷二·223中石见国的地名，并不是作歌的场所，鸭山可能是他预想的死后归葬的地方。当时有归葬的习俗，因此临终前人麻吕想象自己死后葬于大和鸭山，才作了这首歌。与此不同，伊藤博在《人麻吕终焉歌》一文里提出，此歌很可能是人麻吕围绕死亡而作的歌语。

柿本朝臣人麻吕死时，妻依罗娘子作歌二首

224 是今天是今天吧
　　我等待的人啊
　　已经走进了
　　石川的峡谷吧

225 不能直接见面
　　石川飘来云吧
　　望着白云思念

江天暮雪 大觀

江天暮雪 橫山大觀

丹比真人（名缺[1]。）拟柿本朝臣人麻吕之意报歌一首

226　海浪冲来的玉石
　　　我为枕在此而卧
　　　谁能去转告啊

---

1. 名缺：即名字欠缺，"真人"是赐给皇祖出身被降为臣籍人等的姓，如橘氏、源氏和平氏等。丹比真人又称丹比公，为宣化天皇之子上殖叶之后人。这里的丹比真人可能与卷八·1609及卷九·1726中的丹比为同一人物。

或本歌曰[1]

把你置于荒野 227
为此左思右想
令人痛不欲生

此一首歌,作者未详。但古本以此歌载于此次也。

◎ 此歌为人麻吕之妻的歌,与卷二·215属同类歌。

宁乐宫

和铜四年[1]岁次辛亥,
河边宫人[2]姬岛[3]松原见娘子[4]尸,悲叹作歌二首

228　姑娘的芳名
　　会流传千代吧
　　直到姬岛的小松枝
　　长满了女萝

229　难波的海滩啊
　　请不要退潮
　　姑娘沉水的身姿
　　看了让人难过

1. 和铜四年:711 年。
2. 河边宫人:所传不详,卷三·434—437 也是同一作者。
3. 姬岛:位于大阪市淀川河口附近的岛屿名,西淀川区阪神电车主线和西大阪线交接处仍有此地名。
4. 娘子:指年轻的女性。

河边的伊势夫人 西川祐信

灵龟元年[1]岁次乙卯秋九月，志贵亲王薨时作歌一首并短歌

230 大丈夫持弓搭箭

面向高圆山[2]

看四处燃起

燃烧春野的烈火

询问路上行人

为何燃起烈火

行人泪流如雨

沾湿洁白的衣襟

停步对我说道

为何贸然询问

说罢失声哭泣

心痛不堪言语

那是为皇子送葬

火把的光芒

1. 灵龟元年：715年。《续日本纪》中记载志贵皇子薨去时间是灵龟二年八月十一日（农历九月五日），两种记载前后相差有一年。关于这一点，小学馆《新编日本古典文学全集》和岩波书店《日本古典文学大系》援引岸本由豆流《万叶集考证》的观点，认为灵龟元年九月元正天皇即位，薨奏因此拖延。
2. 高圆山：位于奈良市东，南接春日山，传说志贵皇子宫位于此山西北麓白毫寺町一带。皇子的墓位于高圆山东南麓须山町。

狐火　歌川広重

短歌二首

231 高圆山的胡枝子
　　开放又飞散吧
　　没有人来观赏

232 去三笠山[1]野的路
　　为何荒草萋萋
　　还没过多少时日

　　此歌,《笠朝臣金村[2]歌集》出。

1. 三笠山:位于高圆山之北,春日神社的背后,经那里的山路可到达志贵皇子的宫殿。
2. 笠朝臣金村:笠金村,万叶时期重要的宫廷歌人,生殁年不详。作品集中见于天平五年(733年)以前约二十年间,主要为从驾歌。左注中提到的《笠朝臣金村歌集》,可能是他自撰的歌集。已失传。

或本歌曰

高圆山的胡枝子 233
　　请不要飞散
作为皇子的纪念
　　永远观赏思念

去三笠山野的路 234
　　为何如此荒凉
还没过多少时日

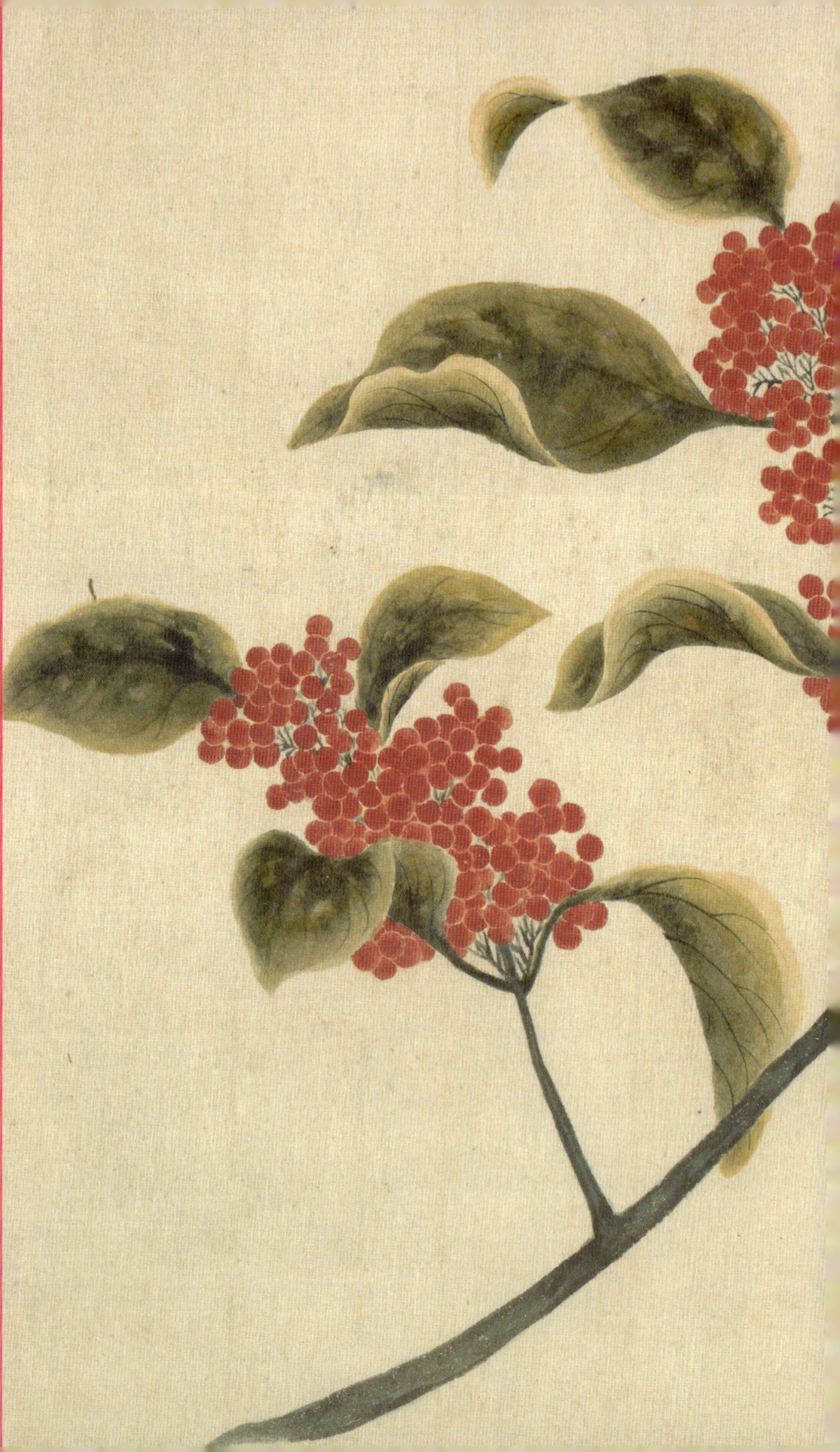

卷三

鶴　神坂雪佳

杂 歌

天皇[1]御游雷岳[2]之时,柿本朝臣人麻吕作歌一首

235　大君身为神灵

　　　在天云的雷丘上

　　　正在结茅庐

　　　此歌,或本曰:献忍壁皇子也。其歌曰:王神座者云隐伊加土山尔宫敷座。[3]

1. 天皇:第三卷以下歌名中不再具体注明何代天皇,因此很难判断作歌的时间。此歌中的天皇可能是指持统天皇。
2. 雷岳:今奈良县高市郡明日香村雷附近的山丘。《日本书纪》和《日本灵异记》中记载有关于雷的地名起源传说。
3. 左注中,或本歌的大意为:"大君身为神灵,在白云遮蔽的雷山,建造宫殿。"

天皇[1]赐志斐妪[2]御歌一首

说过听厌了　　　236
志斐生硬的语调
可近来听不到
又令人怀念

志斐妪奉和歌一首（妪名未详。）

已经说厌烦了　　　237
又强令人快快说
可是现在又说
志斐的语调生硬

长忌寸意吉麻吕应诏歌[3]一首

在宫中也能听到　　　238
指挥拉网的号子
还有渔夫的和声

此一首。

---

1. 天皇：可能指持统天皇。
2. 志斐妪：志斐，氏名，名字不详，可能是宫中志斐氏出身的老女官。"志斐"的发音 shihi 同"强硬"一词的发音相近。
3. 应诏歌：应持统天皇的诏命而作歌。

长皇子游猎路池[1]之时，
柿本朝臣人麻吕作歌一首并短歌

239 御统天下的大君
光辉的日神之子
策马去狩猎
一路奔向猎场
野鹿在跪拜
鹌鹑在环绕
如野鹿跪拜
如鹌鹑环绕
诚惶诚恐侍奉
如同仰慕苍天
无限敬仰大君

1. 猎路池：猎路地方的广阔水域。猎路，即今奈良县樱井市鹿路，水域已消失不见。

仙鶴　狩野探信

反歌一首

240 张网捕天空行月
作为大君的华盖[1]

或本反歌一首

241 我们的大君是神灵
能让树木茂密的山林
变成浩瀚的大海

---

1. 华盖：古时贵人使用的长柄织锦伞。在日本，1972 年出土的高松冢古坟壁画中就可以看到饰有垂穗的华盖。

弓削皇子游吉野时[1]御歌一首

瀑布[2]旁的三船山[3]　　242

永远缭绕着白云

我不会常住在世上

---

1. 弓削皇子游吉野时：弓削皇子的此次吉野之行时间不明。
2. 瀑布：吉野川的宫瀑布，位于今奈良县吉野郡吉野町。
3. 三船山：吉野町菜摘东南方向的山，从瀑布旁即可看到。

春日王[1]奉和歌一首

243　大君能长寿千年
　　　三船山上的白云
　　　才无断绝之日吧

或本歌一首

244　吉野的三船山
　　　永远升起云朵
　　　我不会常住在世上

　　　此一首,《柿本朝臣人麻吕之歌集》出。

---

1. 春日王:出身谱系不明,文武天皇三年(699年)六月,净大肆在位时殁。

长田王被遣筑紫[1]渡水岛[2]之时歌二首

正像传说的那样　　245
　确实尊贵神奇
　神祇般不可思议
　　这座水岛啊

从芦北[3]野坂浦[4]出发　　246
　乘船驶向水岛
　不要涌起浪涛

1. 长田王被遣筑紫：此次被遣时间不明。长田王，前出，见卷一·81注释。
2. 水岛：位于八代市植柳的西南，球磨川南川河口处的周长百米左右的小岛，今位于防水堤后。《日本书纪·景行纪》十八年四月的一条纪事中有关于水岛的传说。这首歌被当作国见歌收入杂歌。
3. 芦北：原文中为苇北，今熊本县芦北郡及水俣市一带，朝向不知火海岸，南接鹿儿岛。
4. 野坂浦：关于野坂浦的所在有两种说法，一是熊本县苇北郡田浦村，二是同郡苇北町佐敷，待考。

石川大夫[1]和歌一首（名缺。）

247 海面掀起浪涛
　　　　海岸涌来浪涛
　　　　你停船的港湾
　　　　会涌起波澜吗

　　　此歌，今案，从四位下石川宫麻吕朝臣，庆云年中任大贰。又正五位下石川朝臣吉美侯[2]，神龟年中任小贰。不知两人谁作此歌焉。

1. 石川大夫：左注中标有两位石川大夫，究竟是哪一位石川大夫作歌不明。据泽泻久孝氏的研究推断，此歌应为和铜（708—715年）以前的作品，石川宫麻吕于庆云二年（705年）十一月任大贰（大宰府次官），但他并非从少贰升至大贰（当时的少贰是佐伯宿祢大麻吕，记录见于《观世音寺大宝四年缘起》，平野博之《观世音寺大宝四年缘起的研究》证实了这一点），宫麻吕接替了前任大贰小野毛野的职位，在庆云二年十一月至和铜元年（708年）三月间任大贰。由此，泽泻氏认为宫麻吕是此歌的作者。
2. 石川朝臣吉美侯：吉美侯又写作"君子"，号少郎子，历任播磨守、兵部大辅、侍从等职，神龟三年（726年），升至从四位下。关于他任少贰的记录未见于《续日本纪》。

◎ 长田王被派往九州的背景是，当时居住在日向、大隅、萨摩的隼人族不服从大和朝廷的御统，不断反叛。朝廷派出军队前往征镇。卷三·245充满了类似国见歌的赞美之情，卷三·246是对异乡土地神的祈愿和问候的歌。卷三·247则是预祝旅途平安的歌。

朝鮮平壤牡丹台　川瀬巴水

又长田王作歌一首

248 隼人[1]的萨摩濑户[2]
　　 云朵般遥远
　　 我今天看到了

1. 隼人：敏捷之人。原居住在九州南端的异族，每年轮流派人上京，守护濑户海峡，元旦、即位和大尝会等仪式上担任模仿犬吠的角色，献上风俗歌舞。
2. 萨摩濑户：当时的萨摩对大和人来说是异族居住的地方。濑户，原文写作"迫门"，是海峡的意思，即今黑濑户。

若狭久出之濱　川瀬巴水

柿本朝臣人麻吕羁旅歌[1]八首

249 御津崎[2]的浪涛惊人
河口避风的艄公
宣布去野岛[3]

1. 羁旅歌:在旅行途中或目的地咏唱的歌的总称。咏歌动机不分公用和私事,根据作歌状况又分类为:"羁旅作""羁旅歌""羁旅发思",其中虽然未明确标注为羁旅歌,但内容与旅行有关的歌很多。羁旅歌起源于行幸从驾时作的歌(特别是国见歌),基本作歌态度是,旅行途中及目的地的景色,事态的描写与叙述,并由此抒发情怀。另外,也包括对遥远的家乡和亲人的思念。羁旅歌中有若干歌群,如柿本人麻吕的羁旅歌(卷三·249—256),高市黑人羁旅歌(卷三·270—277),若宫年鱼麻吕咏诵的作者未详歌(卷三·388—389)等。
2. 御津崎:难波淀川河口处的朝廷直辖港,即今大阪港。
3. "河口避风的艄公"二句:原文为"舟公宣奴岛尔",历来为难训句,译者按伊藤博《万叶集释注》的训读译出。

经过割海藻的敏马[1]　　250
　　船儿已经靠近了
夏草茂密的野岛[2]崎

淡路的野岛崎　　251
　　阿妹缠结的纽带
　　　在海风中飘动

在藤江浦[3]钓鲈鱼　　252
　　看上去像渔夫吧
　　身在旅途上的我

1. 敏马：今神户滩区岩屋町附近，神户港东南。
2. 野岛：位于兵库淡路岛的北端。
3. 藤江浦：位于兵库县明石市西部。

◎ 卷三·252是天平八年（736年）遣新罗使者咏唱的古歌中的一首。
类歌见卷七·1187、1204、1234，卷十九·4202。

253 经过闻名的稻日野[1]
　　看到向往的加古岛[2]

254 驶入明石海峡[3]
　　离别的日子
　　看不到家园[4]

1. 稻日野：兵库县加古郡加古川市、明石市一带的平原，与卷一·14中印南国原是同一地方。
2. 加古岛：加古川河口三角洲，位于高砂市。
3. 明石海峡：指明石市与淡路北端之间的海峡，当时是畿内与畿外的海上分界。
4. 家园：指大和与河内等一带地区，《日本书纪·孝德纪》中称明石为畿内的最西端。出了明石意味着进入偏远之地。

◎ 卷三·254、255 以明石海峡为分歧点，西下东上的暗明对照的抒情构成一组。

经历了漫长旅途　　255
心中有无限思念
　　从明石海峡
看到了大和的群山

饲饭的海域[1]　　256
像是优良的渔场
看似纷乱的菰草[2]
　是渔夫的钓鱼船

1. 饲饭的海域：指淡路岛西海岸，兵库县三原郡西淡町松帆庆野松原的海岸。
2. 菰草：茭白，茎叶硕大，易散乱，难整理收集，用以形容船阵的浩大和纷乱。

鸭君足人香具山歌一首并短歌

257 从天而降的香具山
  烟霞映照的春天
  松风吹起池中涟漪
  盛开的樱花成荫
  池塘里鸭呼伴侣
  岸边鸭群骚动
  宫人们已经归去
  船无楫也无桨
  令人感到孤寂
  没有划船的人

蓬莱春旭　田能村直入

反歌二首

258 看不见有人操桨
　　潜水的鸳鸯和小凫
　　来到船上栖息

259 从什么时候开始
　　神圣的香具山
　　长矛般的杉树
　　树梢飘扬着松萝

或本歌云

从天而降的香具山　　260
　　春天来临时
　　樱花繁茂成荫
　　松风吹皱池水
　　岸边的鸭群骚动
　　水面的鸭呼伴侣
　　宫人们已归去
　　船无楫也无桨
　　令人感到孤寂
　　真想乘船划桨

此歌，今案，迁都宁乐之后，怜旧[1]作此歌欤。

---

1. 怜旧：指的是怀恋旧都藤原京。

◎ 此歌为卷三·257 的异传歌。

柿本朝臣人麻吕献新田部皇子[1]歌一首并短歌

261　御统天下的大君
　　　光辉的日神之子
　　　在雄伟的宫殿上
　　　从天上降临
　　　并不是雪花
　　　却往来不断
　　　一直到永远

1. 新田部皇子：天武的第十皇子（又说第七皇子），母亲是藤原镰足的女儿五百重娘（藤原夫人）。神龟元年（724年），累进为一品，养老四年（720年），藤原不比等死后，与舍人亲王一起为朝廷重用，担任知五卫并授刀舍人事（即负责宫中保卫和管理授刀舍人一职）。天平三年（731年）初，设大总管时在任。天平七年九月三十日殁。旧邸后建成唐招提寺。

反歌一首

看不见矢钓山[1]林木　　262
　　大雪纷纷扬扬
　　清晨来看积雪
　　该有多么快乐[2]

1. 矢钓山：位于今明日香村小原，卷二·104中新田部皇子的生母藤原夫人在歌中咏唱的"大原"，此山和大原之间只有三百余米的距离。
2. "清晨来看积雪"二句：原文是"雪骤朝乐毛"，为难训句之一，译者按岩波书店《新日本古典文学大系》的训读译出。

从近江国上来时,刑部垂麻吕作歌一首

263　请不要这样鞭打
　　　正在行走的马儿
　　　我们并非赶往
　　　要观览数日的志贺

柿本朝臣人麻吕从近江国上来时,至宇治河边作歌一首

264　八十[1]宇治川[2]
　　　鱼簖桩里的波浪
　　　不知流向何方

1. 八十:在日语中表示很多的意思。
2. 宇治川:发源于陡急的山地,经宇治桥流向西南方向的巨椋池,河水携带的大量土砂堆积成了槙岛、向岛等几个岛洲,同时从干流又分出许多支流,形成湖湾和水道。

边溪闲游　池玉澜

长忌寸奥麻吕[1]歌一首

265　天降凄风苦雨
　　　神崎[2]狭野[3]的渡口
　　　无家可归的人

柿本朝臣人麻吕歌一首

266　淡海的水面上
　　　黄昏浪间的鸻鸟
　　　叫声牵动人心
　　　让人想起从前

1. 长忌寸奥麻吕：前出，见卷一・57注释。
2. 神崎：今和歌山县新宫市三轮崎及佐野一带。
3. 狭野：位于新宫市内三轮崎的西南。

志贵皇子御歌一首

鼯鼠攀向树梢　　267
遇到山里的猎人

长屋王故乡歌一首

故都明日香　　268
有你的旧宅
鸻鸟声声鸣叫
为了等候伴侣

此歌，今案，从明日香迁藤原宫之后，作此歌欤。

◎ 卷三·267 以鼯鼠的遭遇来暗喻大津皇子等觊觎高位，最终招祸身亡。最早橘千阴在《万叶集略解》中提出这一看法，但山田孝雄和泽泻久孝则提出了实景说。此歌排列在近江朝歌之后，寓意说的可能性很大。

夏季秋季的花鸟　式部辉忠

阿倍女郎屋部坂歌一首

如果没有人看到 269
　我用衣袖遮挡
　还要继续曝晒吗
　什么也没为你穿上

◎ 此歌为难解歌，寓意不明。岩波书店《新日本古典文学大系》援引土屋文明《万叶集私注》的观点，认为"屋部"的读音 yakabe 使作者联想到"曝晒"yake，即兴作成此歌。尚待后考。

高市连黑人羁旅歌八首

270 身在旅途中
不觉起乡愁
看山下红色的船
正在海面上驶过

271 鹤鸣叫而过
飞向樱田[1]的方向
年鱼市的海滩[2]
好像已经退潮
鹤鸣叫着飞去

1. 樱田：尾张国爱智郡樱田，今名古屋市南区樱台町、元樱田町和樱本町一带。
2. 年鱼市的海滩：今名古屋市南区的低洼地带，古时曾为浅滩。

翻过四极山[1]望去　　272
　　正隐入笠缝岛
　　　　无篷的小船

划过岬角的礁矶　　273
　　近江的众多港湾
　　　　群鹤在鸣叫
　　　　（未详[2]。）

1. 四极山：所在不明，有诸种说法，一般认为是横亘于大阪市住吉区和东住吉区东南之间的山岳，另一种说法是位于爱知县幡豆郡幡豆町和吉良町一带的山。
2. 未详：歌后标注，未见于非仙觉本系统的诸本中，可能是后人添加的。

274 快把我们的小船
　　　划到比良港[1]停靠
　　　别离岸边太远
　　　已经夜阑更深

275 今夜将停泊何处
　　　高岛胜野[2]的荒原
　　　暮色已经降临

1. 比良港：位于琵琶湖西岸，比良川的河口。
2. 高岛胜野：位于琵琶湖西岸，比良的北边，今滋贺县高岛郡高岛町胜野。

阿妹已经和我　　276
成为一体了吧
三河国[1]二见道[2]上
这样难舍难分

早些来观看该多好　　277
山城多贺[3]的榉树林
树叶已经散尽

1. 三河国：旧国名，今爱知县东部。
2. 二见道：有几种说法：一是东海道主干路与经过细江的姬街道之间的分歧点，二是爱知县丰川市御油和国府两町间的分界点，三是爱知县宝饭郡御津町广石。
3. 山城多贺：山城，为旧国名，五畿之一，今京都府南部。多贺，今京都府绫喜郡多贺村井手町附近。

石川少郎[1] 歌一首

278 志贺[2]的海女
又割海藻又烧盐
无暇取栉梳妆

此歌，今案，石川朝臣君子号曰少郎子也。

---

1. 石川少郎：即石川大夫，前出，见卷三·247 注释。
2. 志贺：今福冈市东区大字志贺岛，过去曾是岛屿，如今已成陆地。

鏡前　北野恒富

高市连黑人歌二首

279　让阿妹望猪名野[1]
　　名次山[2]和角松原[3]
　　何时才能看到

280　伙伴们来呀
　　快快奔向大和
　　在真野[4]的榛林
　　折来榛枝归去

1. 猪名野：以兵库县伊丹市为中心的猪名川流域的原野。
2. 名次山：兵库县西宫市名次町附近丘陵地带。
3. 角松原：兵库县西宫市松原町津门一带。
4. 真野：今神户市长田区东尻池町一带。

黑人妻答歌一首

往来于真野的榛林 **281**
你能尽情地饱览
那真野的榛林

春日藏首老歌一首

还没有经过磐余[1] **282**
何时能翻越泊濑山
已经夜阑更深

---

1. 磐余：奈良县樱井市香具山东至樱井附近一带。

雨中　川瀬巴水

高市连黑人歌一首

站在住吉的得名津[1]　　283
　　向海面眺望
　武库港[2]划出的船
　　渔夫站立在船头

春日藏首老歌一首

　来到烧津[3]附近　　284
骏河阿倍[4]的街道上
　遇见了一位姑娘

1. 得名津：大阪市住吉区南住之江町、安立町及墨江一带至堺市浅香山町、远里小野町之间的地域。
2. 武库港：位于武库川的河口。武库川发源于篠山盆地南部的山地，经山田盆地后在宝冢一带形成三角洲，河水注入大阪湾。
3. 烧津：今静冈县烧津市。
4. 骏河阿倍：骏河，旧国名，今静冈县中央地带。阿倍在静冈市附近，安倍川东面。古时此地可能为八方聚集之地，有集市和男女相聚之所。

丹比真人笠麻吕往纪伊国，超势能山时作歌一首

285　　想放声呼喊阿妹

　　　　能否将势能山

　　　　改称为妹山[1]

春日藏首老即和歌一首

286　　这刚好合适

　　　　势能山与君[2]同名

　　　　不能称为妹山

---

1. 妹山：势能山又写作"背山"，与"兄山"发音相同，都为 senoyama，妹山的名字因此而出现。
2. 君：原文是"背君"，"背"，是一般女子对男子的称呼，但也用于男子对男子的称呼，如卷三·247 中石川大夫称长田王为"背子"。

幸志贺时[1]，石上卿[2]作歌一首（名缺。）

如今身在此处　　287
不知家在何方
白云缭绕的山冈
正翻越而来

1. 幸志贺时：养老元年（717年）九月，元正天皇在行幸美浓（今歧阜县南）的来往途中经过近江，于志贺设行宫，观望琵琶湖。
2. 石上卿：具体不详，有麻吕、乙麻吕和丰庭等诸说，待考。

穗积朝臣老[1]歌一首

288　如果能保住性命
　　 还想再见到
　　 志贺的大津
　　 涌起的白浪

　　 此歌，今案，不审行幸年月。

---

1. 穗积朝臣老：和铜二年（709年）从五位下，养老二年（718年）正五位上，任左副将军、式部大辅等职。养老六年因指责元正天皇政治而被判斩刑。后经皇太子（后来的圣武天皇）调停才被减刑，流配佐渡。天平十二年（740年）被免罪。天平胜宝元年（749年）殁。

海潮四趣・秋　横山大観

间人宿祢大浦初月歌二首

289 抬头仰望星空
月儿如同满弓
高高悬在空中
正适合夜里赶路

290 是仓桥山[1]太高吗
深夜升起的月亮
显得暗淡无光

1. 仓桥山：位于奈良县樱井市多武峰的音羽山一带的山，樱井市内有仓桥的地名。

小田事势能山歌一首

势能山茂密的杉叶　291
　压弯了枝头
　我来翻越此山
　无心观赏美景
　枝叶知我心吗

角麻吕歌四首

292　据说天探女[1]的石船
　　停泊在高津[2]
　　才变成了浅滩

1. 天探女:《古事记·上》《日本书纪·神代下》中登场的女神,有预知探索能力。
2. 高津:今大阪市东区法圆坂一带。《摄津国风土记逸文》中记载,天稚彦降临时天探女也乘磐船降下,船停泊之地被称为高津。

正在退潮时　　293
御津的海女们
　手持着草篓
　是去采海藻吧
　快前去观看

海面狂风呼啸　　294
像是掀起了巨浪
　渔夫的钓船
　回到了岸边

住吉海岸的松林　　295
远在天国的大君
　曾经到此行幸

田口益人大夫[1]任上野国[2]司时，
至骏河净见崎[3]作歌二首

296　在庐原[4]清见崎
　　　三保的海湾[5]
　　　眺望辽阔的海面
　　　旅愁一扫而尽

297　白天也观赏不够
　　　田子的海湾[6]
　　　身负大君的使命
　　　只能夜里观赏[7]

1. 田口益人大夫：庆云元年（704年）从五位下，和铜元年（708年）三月从五位上，任上野国守。翌年十一月任右兵卫率。灵龟元年（715年）正五位上。
2. 上野国：今群马县。
3. 净见崎：同"清见崎"，今静冈县清水市兴津清见寺町的礁岩。
4. 庐原：位于今静冈县庵原郡清水市。
5. 三保的海湾：原文为"三保浦"，浦即海湾，位于清水市三保。
6. 田子的海湾：原文为"田子浦"，富士川以西、蒲原、由比和西仓泽间构成的弓形海岸。
7. "身负大君的使命"二句：作歌者奉官命上任，赶到景胜之地田子浦时正值黑夜。因官命在身，不敢擅自拖延时间。因此只好在黑夜中观赏田子浦。

海潮四题・夏　横山大观

弁基[1] 歌一首

298 黄昏翻越真土山[2]
在庐前[3] 角太的河滩[4]
将独自入眠吧

此歌,或云,弁基者春日藏首老之法师名也。

---

1. 弁基:如左注所示,弁基为春日藏首老的法名。他在大宝元年(701年)奉敕命还俗。
2. 真土山:纪伊国与大和国交界处的山,向西越过山后便进入纪伊国。
3. 庐前:即今和歌山县桥本市隅田。
4. 角太的河滩:原文为"河原",是指河边的广阔砂地。角太河原可能是流经桥本市隅田的纪川一带。

大纳言大伴卿[1] 歌一首（未详[2]。）

雪压深山菅叶　　299
消融令人惋惜
请雨莫飘落

1. 大纳言大伴卿：泽泻久孝《万叶集注释》推测应为大伴旅人之父大伴安麻吕。
2. 未详：此注见于诸本中，《万叶集》编纂者不能确定是哪一位大伴卿。

长屋王驻马宁乐山[1]作歌二首

300　经过了佐保[2]
　　来到奈良山口
　　奉献币帛祈愿
　　双目不离你
　　总能够相见

301　岩石嶙峋的高山
　　让人无法攀越
　　即使失声哭泣
　　也不能说出口

1. 宁乐山：或写作"奈良山"。前出，见卷一·17 注释。
2. 佐保：长屋王的宅邸位于佐保，今奈良市法华寺町一带可见宅邸的遗构。

瀑布　亀田鵬斎

中纳言安倍广庭[1]卿歌一首

302　去阿妹家的路远
　　 和夜空的月亮赛跑
　　 我会先赶到吗

1. 安倍广庭：右大臣御主人之子。庆云元年（704年）前后，从五位上，历任参议。神龟四年（727年）任中纳言，天平四年（732年），七十四岁时殁。

◎ 安倍广庭任中纳言时已经六十有余，为了夜访爱人，拼命和月亮赛跑（按照当时的风俗，访妻的男子一定要在天明前离开女子的家）。无奈年事已高，腿脚不便，因此发出末句的感慨。

柿本朝臣人麻吕下筑紫国[1]时，海路作歌二首

闻名的印南海[2] **303**
海面涌起千重浪
隐没了大和的群山

远离大君的官厅[3] **304**
眼望繁忙的海峡
想起了神代[4]

---

1. 筑紫国：今福冈县。
2. 印南海：兵库县明石市至加古川之间的景胜之地，那里的一段海岸被称作播磨滩。
3. 大君的官厅：指大宰府，又称太宰府，设在筑前国御笠郡（今福冈县太宰府市），统辖西海道诸国的官厅，负责接待迎送外国使节和守卫西部安全。最高长官为帅，其次为大贰、少贰、大监、少监、大典、少典，计六百余名文官，同时设有防人司统辖防人（戍边的兵士），守护沿岸安全。
4. 神代：指《古事记》和《日本书纪》神代记中伊邪那歧与伊邪那美二神生日本列岛的神话。

高市连黑人近江旧都[1]歌一首

305
知道会这样
因此说不想看到
乐浪[2]的古都啊
还是看见了

此歌，或本曰，小弁[3]作也。未审此小弁者也。

---

1. 近江旧都：天智朝的大津宫。
2. 乐浪：前出，见卷一·29 注释。
3. 小弁：即少弁。太政官有左右少弁。

幸伊势国之时[1],安贵王[2]作歌一首

伊势海面的白浪　　306
如果能变成鲜花
包裹起来做礼物
　送到你的家中

---

1. 幸伊势国之时:《续日本纪》养老二年(718年)二月的一条中可见元正天皇行幸美浓、尾张、伊贺、伊势等国的纪事。
2. 安贵王:春日王之后,天平元年(729年)从五位下,天平十七年从五位上。

博通法师往纪伊国见三穗石室[1]作歌三首

307　久米的年轻人
　　据说来过这里
　　三穗的石屋
　　让人看不够

308　石室至今犹在
　　住在这里的人
　　却难常住不变

309　石室门前的松树
　　如今看着你
　　仿佛和古人相见

---

1. 三穗石室：位于和歌山县日高郡美滨町的三尾久米穴。本居宣长在《玉胜间》中也提及此处。石室，即岩穴。

门部王[1] 咏东市之树作歌一首

（后赐姓大原真人。）

东市[2]的树木　　310
枝叶繁茂低垂
久久未能相逢
令人苦苦思恋

---

1. 门部王：长皇子之孙，高安王之弟。和铜三年（710年）从五位下，历任伊势守、出云守、弹正尹及右京大夫等职。天平十一年（739年），被赐臣籍，赐姓大原真人。天平十七年四月，大藏卿从四位上时殁。
2. 东市：奈良都城中设有东西两处官市，东市位于左京八条三坊，歌中提到的树是东市的标志。

桉作村主益人从丰前国[1]上京时作歌一首

311 丰国的镜山[2]
如果长久不见
会让人思恋

式部卿藤原宇合卿被遣改造难波堵[3]之时作歌一首

312 从前称难波乡
如今迁为都城
变成了都城模样

---

1. 丰前国：古时丰国的一部分，今属福冈县和大分县。
2. 镜山：福冈县田川郡香春町有镜山的地名。
3. 被遣改造难波堵：宇合于神龟三年（726年）十月被指派负责改造难波宫，耗时五年完成。所谓改造，是因为古时难波就曾建有难波宫。堵，即都。

赤壁颂　谷文晁

土理宣令[1] 歌一首

313　吉野的瀑布
　　飞溅起白色浪花
　　虽然听不懂倾诉
　　那无尽的水声
　　令人想起往昔

波多朝臣小足歌一首

314　细浪漫过岩石
　　通往越国[2]的路上
　　能登濑川[3]水声清澄
　　伴随着浅滩的激流

1. 土理宣令：或记作刀理宣令，养老五年（721年）从七位下，东宫皇太子的侍讲，《怀风藻》中收有二首诗，《经国集》中收有对策文两篇。传为渡来人的后代，不详。
2. 越国：北陆道的古称，或记作高志国。
3. 能登濑川：所在不详，按照一般说法，能登濑川就是曾我川上游的重坂川，如果按这一说法，应该是在奈良县高市郡。

春的瀑布　菱田春草

暮春之月，幸芳野[1]离宫时，
中纳言大伴卿[2]奉敕作歌一首并短歌
（未经奏上歌[3]。）

315　吉野的吉野宫
　　　依高山而尊贵
　　　依河水而清净
　　　地久天长不变
　　　大君行幸的离宫

　　　反　　歌

316　昔日[4]见过的
　　　流经象谷的小河[5]
　　　如今看上去
　　　变得更加清澈

---

1. 芳野：即吉野。
2. 中纳言大伴卿：大伴旅人。
3. 未经奏上歌：预先作好的应诏歌，但未奏上，只以草稿的形式保留下来。
4. 昔日：可能指旅人二十五岁左右（持统三年，689年）时，随持统天皇行幸过吉野的事情。
5. 象谷的小河：流经象谷注入吉野川的小河。

山部宿祢赤人[1] 望不尽山[2] 歌一首并短歌

天地初开时起 317
便无比庄严神圣
仰望骏河国
富士山的高峰
隐去太阳的身影
看不见月光
连白云也难行
无时不降的雪花
在不断传颂
富士山的高峰

反 歌

经过田子浦[3] 318
去望富士山
白皑皑的山峰
正在降雪花

---

1. 山部宿祢赤人：所传不详，与柿本人麻吕并称为宫廷歌人，神龟、天平年间，随圣武天皇行幸或旅行时作有出色的叙景歌。
2. 不尽山：即富士山，位于静冈、山梨两县的边界，日本最高的活火山。
3. 田子浦：即田子海湾，前出，见卷三·297注释。

咏不尽山歌一首并短歌

319　在甲斐[1]和骏河间

　　耸立着富士山

　　天空云难行

　　鸟儿也难飞上去

　　飞降的大雪

　　不断扑灭烈焰

　　燃烧的岩浆

　　不断融化积雪

　　妙不可言的神山

　　人们称颂的石花海[2]

　　是此山堰塞的湖泊

　　人们渡过的富上川

　　是此山的激流

　　镇护日出之国大和

　　瑰宝般的神山

　　骏河国的富士山

　　让人观赏不够

1. 甲斐：今山梨县。
2. 石花海：富士山西北坡上的一处细长的湖泊，现分成两湖，西湖和精进湖。

◎ 这首歌的作者未记明，但研究者有四种推断：山部赤人，笠金村，高桥虫麻吕，柿本人麻吕。其中，从作歌风格看，最相似的是高桥虫麻吕，可对照卷三·321及卷九·1759、1760，定论待考。

富士山　桥本雅邦

反　歌

320　富士山上的积雪
　　 六月十五消融
　　 当夜又飘落

◎ 歌意概出自逸文《骏河国风土记》所记载的传说，富士山的积雪在六月十五日消融，子时后再次降雪。

富士山的山峰　　321
高耸令人敬畏
天云也难行
延伸成暧昧

此一首,《高桥连虫麻吕之歌》中出焉。以类载此。[1]

---

[1] 左注标明卷三·321出自《高桥虫麻吕歌集》,研究者们对这一问题仍持多种观点:左注中的"此一首"仅指卷三·321而言;"此一首"为笔误,应为"此三首",即卷三·319—321;泽泻氏的《万叶集注释》认为,"此一首"指的是卷三·319,反歌自然也包括在内。从内容看,卷三·319、320、321之间有密不可分的联系,属同一构思整体,估计是因为卷三·319没有注明作者,因此,编纂者在有疑虑的情况下,在卷三·321处注明歌的出处。另外,研究者从多方面分析,例如枕词的使用方式、地理性说明内容的出现以及拟人法的运用等,推测这一组长歌为虫麻吕之作的可能性甚高。

山部宿祢赤人至伊予温泉作歌一首并短歌

322　天皇御统的国家

　　喷涌着无数温泉

　　有美丽的海岛山峦

　　堪称秀美的国度

　　登上伊予的高峰

　　站在射狭庭的山冈[1]

　　构思诗歌与辞章

　　眼望温泉四周

　　林木枝繁叶茂

　　鸟鸣声声依旧

　　永远庄严神圣

　　这处行幸之地

反　歌

323　据说宫里的人们

　　总是在熟田津乘船[2]

　　那是何时的往事啊

---

1. 射狭庭的山冈：海拔七十米左右的小丘，位于伊予群山中重要的石槌山脉的末端。
2. 总是在熟田津乘船：指六十余年前额田王歌中唱的情节，见卷一·8。

登神岳[1]山部宿祢赤人作歌一首并短歌

神灵镇守的神奈备山[2]   324
榉树枝繁叶茂
葛藤攀延不绝
向往古都明日香
山高河水浩荡
春日想看青山
秋夜听河水淙淙
朝雾中群鹤飞舞
夕雾里金袄子鼓噪
触目失声哭泣
令人怀念往昔

反　　歌

明日香的河湾   325
让人难以离去
心中的思恋
并非过眼云雾

---

1. 神岳：神岳及歌中唱到的"神灵镇守的山"都是指三轮山，也有人认为神岳是雷岳。
2. 神奈备山：意为"神灵镇守的山"，出名的有：奈良县生驹郡斑鸠町的三室山；奈良县高市郡明日香村的三诸山；京都府缀郡田边町甘南备山。这里唱的是明日香的三诸山。

门部王在难波见渔父烛光作歌一首

（后赐姓大原真人氏也。）

326　遥望明石海湾
　　惹人注目的渔火
　　是对你的思恋

或娘子等赠裹干鳆[1]，戏请通观僧之咒愿时，通观作歌一首

327　拿到海上去放生
　　能使它复活吗

---

1. 干鳆：将鲍鱼切成薄片晒干。鳆，即鲍鱼。

大宰少贰小野老[1]朝臣歌一首

青翠的奈良都城　　328
花开芬芳吐艳
如今正盛开

---

1. 大宰少贰小野老：大宰少贰，即大宰府的次官。小野老养老三年（719年）从五位下，天平元年（729年）从五位上。神龟五年（728年）在大伴旅人的统领下，任大宰少贰。天平九年六月，大贰从四位下任职时殁。

防人司佑[1]大伴四纲[2]歌二首

329　大君御统的国度
　　　都城最令人怀恋

330　藤花盛开的时候
　　　你[3]也思念奈良京吧

1. 防人司佑：大宰府官职之一，掌管防人事务的次官，相当于正八位上。
2. 大伴四纲：天平元年（729 年）任防人司佑，天平十年前后，任大和少掾，天平十七年十月，任雅乐助。
3. 你：指大宰帅大伴旅人。

◎ 当时以旅人、忆良等为中心形成了"筑紫歌坛"。旅人时常在家中设宴，宴会上饮酒作歌吟诗。有研究者认为，卷三·328—335 皆为大宰府宴会上的歌作。卷三·329 承接上一首小野老之作，继续以怀恋都城为主题作成。可能是在某次以赞美都城奈良为主题的宴会上的即兴之作。卷三·330 是大伴四纲向主座旅人发问的歌。

藤花小禽　沈和亭

帅大伴卿歌五首

331　我年轻的时光
　　　还会再来吗
　　　也许在有生之年
　　　看不到奈良京吧

332　我能长命不老吗
　　　想去再看上一眼
　　　昔日的象谷小河[1]

333　仔仔细细思量
　　　还是怀念故乡

1. 昔日的象谷小河：使人想到大伴旅人曾在持统三年时随天皇行幸到过吉野离宫，当时咏成的歌未能奏上，见卷三·315、316。

把忘忧草[1]系在　　334
　我的衣纽上
　　是为了忘记
香具山下的故乡

虽然没离开多久[2]　　335
梦渊[3]别变成浅滩
依旧是往日的深潭

1. 忘忧草：即萱草，忘忧草一名出自《文选》卷五十三三国时期曹魏嵇康《养生论》。
2. 虽然没离开多久：指离开奈良赴筑紫任大宰帅的时间。大伴旅人大致在728年前后携妻赴筑紫上任的。
3. 梦渊：吉野行宫瀑布附近深潭的名字。

沙弥满誓[1]咏绵歌一首

（造筑紫观音寺别当，俗姓笠朝臣麻吕也。）

336　雪白的筑紫棉[2]
　　 虽然没有着过身
　　 看上去很暖和

1. 沙弥满誓：出家前名为笠麻吕，养老五年（721年）为元明上皇的疾患祈愿而出家，在此之前是位有能力的官人。养老七年二月赴筑紫时任观音寺别当。
2. 筑紫棉：大宰府从九州各地收棉花，作为年供献给宫中。

山上忆良臣罢宴歌一首

在下忆良要退席　　337
　孩子正在哭闹
　还有孩子的母亲
　也在等我回去

◎ 这首歌充满谐谑感，推测是宴会结束时客方退宴前的致意之辞。忆良神龟末年被任命为筑前守，与大伴旅人有深交。泽泻氏认为这首歌是忆良壮年时期的歌作。当时，大宰府频频举行宴会，此歌可能是忆良退席时的即兴之作。

大宰帅大伴卿[1]赞酒歌十三首

338 徒劳苦思愁想
　　不如饮一杯浊酒[2]

339 将清酒名为圣人
　　古人所言极是

340 古时的竹林七贤
　　想要的好像是酒

341 与其夸夸其谈
　　不如醉酒哭泣

1. 大宰帅大伴卿：大伴旅人。
2. 浊酒：见于南朝梁萧统《文选》，旅人深谙汉典籍，时常在歌中用典。

◎ 卷三·339与卷三·338相对，咏唱的是清酒。典出西晋陈寿《三国志·魏志》中的《徐邈传》："魏国初邈为尚书郎时，科禁酒而邈私饮至沈醉，校事赵达问以曹事。邈曰中圣人，达白之太祖，太祖甚怒，渡辽将军鲜于辅进曰，平日醉客谓酒清者为圣人，浊者为贤人耳。邈性修慎，偶醉言耳。竟坐得免刑。"

不知如何言表 342
极为珍贵的酒啊

做个不伦不类的人 343
不如变成酒壶[1]
浸润在酒中

不要装腔作势 344
看不饮酒的人
真像些猴子

无价的珠宝 345
不及一杯浊酒

1.酒壶：典故来自三国时吴国大夫郑泉的故事，他嗜酒如命，留下遗言，死后愿被埋葬在窑场边，化为陶土，变为酒壶。

争蝶　小原古邨

拥有夜光宝玉　346
不如饮酒消愁

世上最好的游戏　347
好像是酣醉哭泣

只要今生快乐　348
来世成为虫与鸟
我也心甘情愿

生者终将死去　349
如今活在世上
就要尽情享乐

与其故作深沉　350
不如酣醉哭泣

◎ 这组赞酒歌以卷三·350 为结尾，再次发出人生最高快乐，不如酣醉而泣的感慨。在旅人的这组歌中可以明显看到佛教思想及六朝士大夫风雅的影响。

沙弥满誓歌一首

351 该怎样形容人生
　　如清晨离港的船
　　不留下痕迹

若汤座王歌一首

352 苇丛边响起鹤鸣
　　津乎崎[1]的港湾
　　吹起寒冷的海风

1. 津乎崎:所在不详。历来有诸种推测:爱媛县野间郡(《仙觉抄》),滋贺县浅井郡都宇(《代匠记初稿本》),滋贺县浅井郡津尾(《金子评释》)。

◎ 卷三·351 在赞酒歌之后,主要突出无常世间的主题。

释通观[1]歌一首

吉野的高城山[2]　353
挡住了白云的去路
　　延伸成瑷碨

日置少老歌一首

绳浦[3]烧盐的烟雾　354
黄昏也未散去
　　笼罩着山谷

---

1. **释通观**：即通观僧。卷三·327 也是他的歌作。
2. **高城山**：据说是吉野金峰山附近的山，具体所在不详。
3. **绳浦**：兵库县相生市那波海岸。

生石村主真人[1]歌一首

355　大国主[2]和少彦名[3]
　　据说曾在此居住
　　志都的石屋啊
　　经历了多少岁月

---

1. 生石村主真人：村主为姓，生石村主真人又被称作"大石"。天平十年（738年）前后，任美浓少目，天平胜宝（750年），从正六位升至外从五位下。
2. 大国主：原文记作"大汝"，即《古事记》中的大穴牟迟神。
3. 少彦名：日本神话中的神。《古事记》和《日本书纪·神代记》记述说，少彦名神和大国主神一起管治苇原中国，实际是土地之神。二者皆是出云系神话的神。

上古麻吕歌一首

今日的明日香川　　356
到了黄昏的时候
金袄子鸣叫的河滩
流水依旧清澈吧

山部宿祢赤人歌六首

357 从绳浦回望
　　 环岛而行的船
　　 好像正在垂钓

鹈饲　川合玉堂

划向武库浦的小船　　358
回望远去的粟岛[1]
令人羡慕的小船[2]

阿倍的海岛　　359
鹈鸟[3]栖息礁矶
不绝的涛声里
想念大和故乡

1. 粟岛：指四国，武库港的背后正对着四国岛。
2. 令人羡慕的小船：小船之所以令人羡慕，是因为它朝着都城的方向划去。这是一首望乡歌。
3. 鹈鸟：西宫一民氏在《万叶集全注》指出，日本境内有两种鹈，一种是候鸟的海鹈，另一种是川鹈，栖息于海湾、湖沼、河川，可用作捕鱼。这里指的是川鹈，类似我国江南一带的鱼鹰。

360 等到潮水退干
　　　采割鲜美的海藻
　　　家中等待的阿妹
　　　期盼海边的礼物
　　　还应该带些什么

361 黎明寒冷的秋风
　　　翻越佐农冈的人
　　　借你件衣服该多好

362 鱼鹰栖居的礁矶
　　　生长着马尾藻[1]
　　　快告诉你的芳名[2]
　　　别怕双亲知道

1. 马尾藻：原文写作"莫告藻"，与"莫告名"的意思相关联。前两句作为序词出现，引出后面的中心句。
2. 快告诉你的芳名：在古代日本，女子将自己的名字告诉男子，意味着接受男子的求爱。而男子强迫女子说出名字，意味着请求女子将自身托付给自己。

或本歌曰

鱼鹰栖居的荒礁 **363**
　生长着马尾藻
快告诉你的芳名
　别怕父母知道

笠朝臣金村盐津山[1]作歌二首

364 大丈夫引弓射箭
身后观看的人们
请四处传颂

365 翻越盐津山的时候
坐骑马失前蹄
在思念家园吧

1. 盐津山：位于滋贺县伊香郡戏浅井村盐津。

角鹿津[1]乘船时，笠朝臣金村作歌一首

越海角鹿的海滨 366
大船插满楫桨
沿着海路出发
我们喘息着划桨
看到手结的海湾[2]
海女烧盐的烟雾
身在旅途上
无心独自观赏
如海神手中的玉带
牵动着我的思念
故乡大和的群山

反　歌

越海手结的海湾 367
一路风光无限
更令人思念大和

---

1. 角鹿津：敦贺湾，位于福井县中部。自古以来，因与大陆的贸易以及在加贺、越前、能登和京畿地区间的物资输送而成为要冲之地。
2. 手结的海湾：敦贺市的田结海岸。

石上大夫[1]歌一首

368　大船安装巨桨
　　遵从大君的旨意
　　穿越礁矶航行

此歌，今案，石上朝臣乙麻吕任越前国守。盖此大夫欤。

1. 石上大夫：按左注所示，作者是乙麻吕，石上麻吕的第三子，石上宅嗣的父亲。曾任丹波守，天平十年（738年）从四位下，升至左大弁。十一年，因妇人问题被流放到土佐。后被免罪回京，任常陆守和右大弁，天平胜宝二年（750年）九月一日，中纳言从三位兼中务卿时殁。《怀风藻》中有其诗作。土佐时代曾作有《衔悲藻》，已失传。

和歌一首

效忠朝廷的壮士　　369
遵从大君的旨意

此歌，作者未审。但，《笠朝臣金村之歌》中出也。

安倍广庭卿歌一首

没有降下雨水　　370
阴霾潮湿的夜里
在苦苦的思恋
等待你归来

出云守门部王[1]思京歌一首

（后赐姓大原真人氏也。）

371 饫宇海[2]岸的鸽鸟
你声声鸣叫
让我想起佐保川

1. 门部王：门部王何时任出云国守不明。
2. 饫宇海：岛根县意宇郡（今八束郡）的海域。

白花小禽　小林古径

山部宿祢赤人登春日野¹作歌一首并短歌

372　春日里的三笠山
　　高耸的三笠山
　　清晨飘浮着云雾
　　布谷鸟叫个不停
　　心像云雾飘浮
　　像鸟儿那样痴情
　　昼夜坐卧不宁
　　苦于相思的我啊
　　因为见不到你

反　歌

373　三笠山的鸟儿
　　持续叫个不停
　　也是在思恋吧

1. 春日野：春日山麓一带的地域。

石上乙麻吕朝臣歌一首

如果降下雨水　　374
想用来遮雨
我的笠山[1]啊
不要为别人遮挡
即使被淋湿

汤原王[2]芳野作歌一首

吉野的夏实川[3]　　375
河湾里鸣叫的野鸭
躲在山阴里

---

1. 笠山：不详，有研究者认为是奈良县矶城郡上之乡村的笠山，也有人认为是三笠山。
2. 汤原王：天智天皇孙，志贵皇子之子。万叶后期的重要歌人。
3. 夏实川：位于吉野宫瀑布的上游。

汤原王宴席歌二首

376　挥动着衣袖
　　如蜻蜓的薄羽
　　翩翩起舞的姑娘
　　是我最倾心的人
　　请仔细观赏吧
　　我尊贵的宾客们

377　像青山上飘浮的白云
　　不论清晨还是白昼
　　总是那么清新可爱
　　我尊贵的宾客们

山部宿祢赤人，咏故太政大臣[1]藤原家之山池[2]歌一首

古老的水堤 　　378
经历了漫长岁月
　池塘的四周
　生长着水草

---

1. 故太政大臣：藤原不比等。
2. 山池：指庭园中的假山和水池。

树枝小鸟　渡边省亭

大伴坂上郎女[1] 祭神歌一首并短歌

天降的神灵啊

在深山的杨桐枝上

张挂白香[2]和币帛

小心埋好酒瓮

高悬长长的竹串

像鹿一样屈膝伏地

身披女式罩衫

我如此虔诚祈祷

能和你相逢吗

1. 大伴坂上郎女：大伴安麻吕的女儿，大伴旅人的妹妹。母亲是石川内命妇。最初受穗积皇子宠爱，皇子逝后嫁给了不比等之子藤原麻吕。后来又做了异母兄宿奈麻吕的妻，生下坂上大娘和坂上二娘。大伴旅人在九州丧妻后，她赴九州照顾旅人的生活，对大伴家持的生活和作歌影响甚大。《万叶集》中收有其多首作品，是重要的女性歌人之一。
2. 白香：将麻或葡蟠的皮撕成如头发般的细丝状，束成掸状，用于祭神。此外，歌中的杨桐枝、币帛、酒瓮、竹串等都是祭神的用具。

反　歌

380　手持木棉叠[1]
　　　我如此虔诚祈祷
　　　能和你相会吗

此歌者，以天平五年[2]冬十一月，供祭大伴氏神之时，聊作此歌。故曰祭神歌。

---

1. 木棉叠：用麻和葡蟠的纤维编成的叠状物，用途不明。
2. 天平五年：733年。

筑紫娘子[1] 赠行旅歌一首

（娘子，字曰儿岛。）

不要因思乡冲动　　381
请仔细辨别风向
艰险的航程啊

---

1. 筑紫娘子：筑紫（九州）的游女，又名儿岛。天平二年（730年）十二月大伴旅人升至大纳言，离开筑紫时，儿岛作歌送行。见卷六·965和卷六·966。这首歌是否也是当时的歌作不明。

登筑波岳[1]，丹比真人国人[2]作歌一首并短歌

382　雄鸡鸣叫的东方

国中群山矗立

二神的山峰并立[3]

自从神代起

人们竞相赞颂

纵览山河的筑波山

眼下还没到春天

不是登山的时节

但是无法抑制

纵览山河的愿望

冰雪融化的山路

我艰难攀登而来

1. 筑波岳：位于茨城县筑波郡，自古以来为名山，《风土记》《万叶集》中有许多关于筑波山的传说和故事。
2. 丹比真人国人：天平八年（736年）从五位下，曾任民部少辅、大宰少贰、右大弁等职。天平宝字元年（757年）从四位下，任摄津大夫，后任远江守。同年因受牵连被流放伊豆。
3. 山峰并立：传说筑波山上有男体和女体两座山峰。

反 歌

不能从远处领略　　383
　　筑波的山岭
　　冰雪消融的山路
　　艰难攀登而来

山部宿祢赤人歌一首

在家中的庭院里　　384
　　栽种鸡冠花
　　虽然枯萎了
　　还想继续栽种

仙柘枝[1]歌三首

385 吉志美山崖险峻
用力去抓青草
却抓住了阿妹的手

此一首，或云，吉野人味稻，与柘枝仙媛歌也。但，见《柘枝传》无有此歌。

1.仙柘枝：即仙女柘枝。柘，野桑。关于仙女柘枝的传说已无法见到全貌，只能根据《万叶集》《怀风藻》和《续日本后纪》中所载兴福寺僧的长歌来推测。柘枝顺吉野川流下，被河中的鱼簖桩挂住。有个叫味稻的男子取下柘枝。柘枝变成了一个女子，并同味稻生活在一起。后来，那女子离开了味稻升天而去。

◎ 相近的歌见于《日本古代歌谣集》古事记歌谣·69和《肥前风土记·杵岛曲》。

在这暮色之中　386
如果漂来桑枝
没有架设鱼梁
　无法打捞吧

此一首。[1]

如果从前没有　387
架设鱼梁的人
如今能在这里
　拾到桑枝吧

此一首、若宫年鱼麻吕[2]作。

---

1. 左注之后应该继续写有文字，可能后来脱落了。
2. 若宫年鱼麻吕：所传不详。另有卷三·388、389，卷八·1429、1430等数首歌入集。

羁旅歌一首并短歌

388 神秘莫测的海神
将淡路岛置于海中
白浪环绕着伊予
月光下的明石海峡
黄昏时涨满潮水
拂晓时潮水退去
惊涛骇浪中
将船隐靠在
淡路岛的礁矶
何时能送走长夜
观察海面的风浪
夜里无法入眠
瀑布旁的草丛
野雉清晨骚动
来啊,伙伴们
划桨起航吧
海上已风平浪静

短 歌

389 朝敏马礁航行
思念故乡大和
群鹤声声啼鸣

此歌,若宫年鱼麻吕诵之。但,未审作者。

譬喻歌[1]

1. 譬喻歌：是用比喻的方式所作的歌，《万叶集》和歌的部类之一，与正述心绪、寄物陈思等并列为重要的表现手法。其中咏唱恋情的寓喻歌占多数，但也包含不属于此类的歌。但需注意的是，在卷十中有两首冠以"譬喻歌"之名的歌，被归在杂歌中。

纪皇女[1]御歌一首

390　轻池[2]的岸边
　　戏水的野鸭
　　不在水藻旁独眠

造筑紫观世音寺别当沙弥满誓歌一首

391　用树梢供奉山神[3]
　　足柄山[4]造船的良材
　　当普通木材砍伐
　　真令人惋惜
　　造船的良材

1.纪皇女：天武天皇的皇女，穗积皇子的同母妹。
2.轻池：指轻之地的某处水域，所在不详。轻，地名，前出，见卷二·207注释。
3.用树梢供奉山神：在古代日本有这样的习俗，伐木时，将树梢部分砍下献给山神。
4.足柄山：位于今神奈川县足柄上郡。

◎ 卷三·391表现了意中的女性被人夺走后的痛悔心情。

大宰大监大伴宿祢百代[1]梅歌一首

那夜里的梅花[2]　　392
竟忘了摘下来
真令人怀恋

满誓沙弥月歌一首

即使看不到　　393
谁不在思恋
山边踟蹰的月亮
哪怕只能遥望

余明军歌一首

结好了标记　　394
已经归我所有
住吉海岸的小松
此后是我的松树

---

1. 大伴宿祢百代：百代任大监时，旅人任大宰府帅。其后百代还历任过兵部少辅、镇西副将军和丰前守。天平十九年（747年）正五位下。
2. 夜里的梅花：可能指的是宴会上侍宴的某位女子。

笠女郎[1] 赠大伴宿祢家持歌三首

395　托马[2]原野的紫草
　　　用来漂染衣裳
　　　没等穿在身上
　　　已经露出颜色

396　陆奥[3]真野[4]的草原
　　　虽然非常遥远
　　　据说能在那里
　　　看到你的面容

397　深山岩石下
　　　菅草根深蒂固
　　　心中的誓约
　　　绝不会忘记

1. 笠女郎：所传不详。《万叶集》中有数的女性歌人之一，她的歌都是赠给家持的短歌。
2. 托马：滋贺县坂田郡米原町有筑摩的地名。另有一说是肥后国托麻郡，即今熊本县饱托郡托麻村。
3. 陆奥：包括今福岛、宫城、岩手和青森等诸县地域的地名。
4. 真野：福岛县相马郡鹿岛町真野。

萬珠園 吉田博

藤原朝臣八束[1] 梅歌二首

（八束，后名真楯，房前[2]第三子。）

398　阿妹家梅花盛开
　　等到结果的时候
　　再立下誓约吧

399　阿妹家开梅花
　　等到结果的时候[3]
　　会是什么样啊

大伴宿祢骏河麻吕梅歌一首

400　人说梅花开放又飘落[4]
　　不是我结标记的那枝

1. 藤原朝臣八束：天平十二年（740年）从五位下，历任治部卿、参议、中务卿、大宰帅和中纳言等职。天平神护二年（766年）任大纳言。同年殁。天平宝字四年被赐真楯之名。
2. 房前：藤原不比等的次子。
3. "阿妹家开梅花"二句：梅花结果暗喻女性成熟，等待迎接婚期。
4. 梅花开放又飘落：梅花飘落暗喻女子与他人结婚。

大伴坂上郎女宴亲族之日吟歌一首

不知有了看山人　　401
在那座山结标识
　真让人羞愧

大伴宿祢骏河麻吕即和歌一首

即使有看山的人　　402
　阿妹结的标识
　别人能解开吗

大伴宿祢家持[1] 赠同坂上家之大娘[2] 歌一首

朝思暮想的美玉　　403
　不知该怎样
　才能不离手

---

1. 大伴宿祢家持：大伴旅人之子，天平十年（738年）至十八年任内舍人，十七年从五位下，十八年任宫内少辅，后来为越中守。天平胜宝三年（751年）任少纳言，六年为兵部少辅，天平宝字元年（757年）任兵部大辅、右中弁。天平宝字二年任因幡守，六年任信部大辅。后由于宫中政治事件受到牵连，历经沉浮，先后历任萨摩守、大宰少贰、参议等。延历元年（782年）任春宫大夫兼陆奥按察使镇守府将军，翌年任中纳言，三年任持节东征将军。四年八月二十八日，中纳言从三位时殁。死后因同族者谋划暗杀事件被除官籍，延历二十五年获免。少年时代起开始作歌，是万叶歌人中作品最多的一位，也是《万叶集》的编纂者。
2. 坂上家之大娘：即大伴宿祢奈麻吕的女儿大伴坂上大娘，母亲为大伴坂上郎女。嫁给了家持，并随他去过越中国。

娘子报佐伯宿祢赤麻吕赠歌一首

404 如果没有神社[1]
春日的田野上
可以种谷子

佐伯宿祢赤麻吕更赠歌一首

405 如果春日野种谷子
会像猎野鹿一样
每天去那里守候
令人怨恨的神社

娘子复报歌一首

406 不是我祭祀的神
是管大男人的神
请好好祭祀吧

1. 神社：暗喻气性凶悍的正妻。

伊勢神宮　玉田春輝

大伴宿祢骏河麻吕娉同坂上家之二娘歌一首

407 在春日的乡里
　　栽种下浮蔷
　　虽然是些幼苗
　　已经生枝了吧[1]

大伴宿祢家持赠同坂上家之大娘歌一首

408 像瞿麦花该多好
　　天天拿在手里
　　无日不怜爱

大伴宿祢骏河麻吕歌一首

409 一日涌起千重浪
　　我的心潮澎湃
　　为何那块美玉
　　难握在手上

1. 已经生枝了吧：暗喻少女已经成人。

大伴坂上郎女橘歌一首

庭园种下的橘树[1]　　410
　令人坐卧不安
　终将被人取走
　后悔也没用吧

和歌一首

阿妹庭园的橘树　　411
　种植在眼前
　绝不能不结果

1. 橘树：暗喻自己的女儿。

◎ 卷三·410 表达了歌作者因悉心养育的女儿被不成器的男人夺走而产生的悔恨心情。

市原王[1] 歌一首

412　顶髻珍藏的宝玉
　　可谓举世无双
　　无论如何随君心意

大网公人主[2] 宴吟歌一首

413　须磨[3]的海女
　　烧盐穿的衣服
　　粗糙的藤布
　　还没穿习惯

大伴宿祢家持歌一首

414　坚硬的岩石下
　　萱草根深蒂固
　　无法连根拔起
　　只能结个标识[4]

---

1. 市原王：安贵王之子，春日王之孙，代代为万叶歌人，市原王也是位出色的歌人。任备中守后，天平感宝元年（749年）从五位上，任玄蕃头，天平胜宝八年（756年）正五位下，任治部大辅，天平宝字七年（763年）四月，任造东大寺长官。
2. 大网公人主：所传不详。公为姓。
3. 须磨：位于今神户市须磨区。
4. 只能结个标识：意思是无法得到自己所爱的人，只好先做个约定。

挽歌

上宫圣德太子[1]出游竹原井[2]之时，
见龙田山[3]死人悲伤御作歌一首
（小垦田宫[4]御宇天皇代，小垦田宫御宇者，丰御食炊屋姬天皇[5]也。讳额田，谥推古。）

415 如果在家中
　　　可以枕阿妹的手
　　　以草为枕的旅途
　　　可怜倒毙的旅人

1. 上宫圣德太子：用明天皇的第二皇子，母亲为穴穗部间人皇后。皇子本名为厩户皇子，又被称作丰聪耳皇子、法大皇、上宫太子。推古天皇即位时成为皇太子，并作为摄政统管国家政治，制定了冠位十二阶，宪法十七条，派遣遣隋使，兴隆佛教，修建寺庙。因为住在父皇用明天皇宫殿南面的上殿而被称为上宫。
2. 竹原井：位于大阪府中河内郡柏原町高井田。
3. 龙田山：奈良县生驹郡山乡村立野西面的山。
4. 小垦田宫：曾建于奈良县高市郡明日香村。
5. 丰御食炊屋姬天皇：第三十三代推古天皇，钦明天皇的皇女，母亲为坚盐媛。在崇峻天皇后即位，任用圣德太子摄政。

大津皇子被死之时[1],磐余池陂[2]流涕御作歌一首

磐余的池中

鸣叫的野鸭

只有今日相见

将隐入云中吗[3]

此歌,藤原宫[4]朱鸟元年[5]冬十月。

1. 大津皇子被死之时:《持统纪》记载,大津皇子为"赐死",时年二十四岁。当时皇子妃山边皇女披发赤足在后面追随,后殉情而死。
2. 磐余池陂:磐余,前出,见卷三·282注释。陂,堤。
3. 将隐入云中吗:此句原文为"云隐",即死去的意思。
4. 藤原宫:持统朝时期。
5. 朱鸟元年:686年。

◎ 这首歌作为大津皇子的辞世歌流传下来,属于传承歌。除此歌外,皇子还作有汉诗一首《临终》,收在《怀风藻》中:"金乌临西舍,鼓声催短命。泉路无宾主,今夕谁家向。"疑是后人假托皇子之口而作的诗。

河内王[1]葬丰前国镜山[2]之时,手持女王作歌三首

417　大君安息了吗
　　　在丰国的镜山
　　　选定了寝宫

418　丰国镜山的寝宫
　　　好像已经关闭
　　　无论如何等待
　　　再也不会归来

419　如果能有力量
　　　打开这座寝宫
　　　身为弱女子
　　　不知如何是好

1. 河内王:同名的王有数人,可能是持统三年任大宰帅的河内王。
2. 丰前国镜山:这里的镜山是福冈县田川郡香春町的镜山。日本各地有许多被称作镜山的山。

秋景　与謝蕪村

石田王卒之时，丹生王作歌一首并短歌

420 嫩竹般优雅的皇子
面色红润的大君
使者说在泊濑山上
已被奉为神灵祭祀
我听到的是流言吗
我听到的是痴语吗
天地间最遗憾的事情
人世间最懊悔的事情
在乱云消失的远方
在天地终极的地方
无论有没有木杖
我都要前去占卜
黄昏在街头占卜
还要用石头占卜
在家中摆设祭坛
在枕边放置酒瓮
高悬无数竹串
臂腕上缠绕木棉
持天上的七节菅草
应该洁身祓禊
升入天河原
为何只是葬在
高山的岩石上

木莲　小林古径

短　歌

421　是胡言乱语吗
　　　说你竟倒卧在
　　　高山的岩石上

422　石上布留的山上
　　　生长着杉林
　　　心中无法摆脱
　　　对大君的思念

同石田王卒之时,山前王[1]哀伤作歌一首

磐余的路上
清晨归去的人
是否正在怀念
布谷鸟啼鸣的五月
将菖蒲和橘花
结成串串花蔓
披挂在头上
秋风冷雨的九月
将红叶插在发梢
希望像葛藤那样
延伸到永远
大君从明天开始
将身处黄泉吧

此一首,或云,柿本朝臣人麻吕作。

---

1. 山前王:忍壁皇子之子,天武天皇之孙。庆云二年(705年)十二月,从无位升至从四位下,刑部卿。养老七年(723年)十二月二十日,散位从四位时殁。《怀风藻》中有诗入集。

或本反歌二首

424 泊濑的少女
手上佩戴的玉饰
已经散乱了吧

425 河谷的寒风中
大君叹息徘徊
再也遇不到
哪怕形似的人

此二首者，或云，纪皇女薨后，山前王代石田王作之也。

柿本朝臣人麻吕见香具山尸悲恸作歌一首

枕草旅宿的人　　426
你是谁的夫君
是否已忘记故乡
和家中等待的人

◎ 和铜五年（712年）正月，天皇在诏书中宣布，从京城回乡的役民因携带的食物用尽而饿死道中的情况屡见不鲜，国司应增加补助。若见到死者应予以安葬，并记下氏名，告知国中的亲人。这首歌很可能是当时人麻吕在香具山下目睹落难的死者后咏成的歌。另外，还有哀悼狭岑岛死者的歌，见卷二·220。

烟寺晚钟　橫山大观

田口广麻吕[1]死之时，刑部[2]垂麻吕作歌一首

曲折的山路上　　427
向神奉献供物
能和死去的人
再见上一面吗

土形娘子火葬泊濑山时，柿本朝臣人麻吕作歌一首

泊濑山谷间　　428
飘荡的白云
是你化成的吧

---

1. 田口广麻吕：庆云二年（705年）十二月，从六位下升至从五位下，其他情况不明。从歌名来看，没有标明姓氏，虽然位居从五位下，却用"死之时"这样的表达，原因不明。
2. 刑部：即忍坂部。

溺死出云娘子火葬吉野时，
柿本朝臣人麻吕作歌二首

429 是出云的少女
化成的云雾吗
在吉野山上缭绕

430 出云少女的黑发
在吉野川中摇曳

过胜鹿[1]真间娘子[2]墓时，山部宿祢赤人作歌一首并短歌

（东俗语云，可豆思贺能麻末户胡[3]。）

据说从前的男人们　　**431**
解开倭纹织带
搭建小屋求婚
胜鹿真间少女的陵墓
听说就在此处
是杉树枝叶繁茂
松根历尽沧桑吗
只要听过这个传说
知道了你的芳名
便让我难以忘怀

---

1. 胜鹿：又记作葛饰，下总国的郡名。后来划分为东、西、中、南、北葛饰郡，并入千叶、埼玉和东京都。
2. 真间娘子：所传不详，传说是曾住在市川市真间一带的女子。
3. 可豆思贺能麻末户胡：是万叶假名，"可豆思贺"是"胜鹿"katsushika 的读音。"麻末"是"真间"mama 的读音。"户胡"tego 是真间娘子的名字，即歌中的"手儿名"tegona。"能"no 是助词。左注标注的是东国俗语的读音。

反　歌

432　我将告诉人们
　　　　曾经亲眼看到
　　　　葛饰真间的少女
　　　　安葬的地方

433　葛饰真间的海湾
　　　　不禁令人想起
　　　　少女曾在此收割
　　　　随波摇曳的海藻

和铜四年[1]辛亥，
河边宫人[2]见姬岛[3]松原美人尸，哀恸作歌四首

在美保[4]的海滩　　434
望风中的白杜鹃
令人感到哀伤
想起死去的人

是久米的少年　　435
触摸过的青草吧
在礁岩下枯萎
令人感到惋惜

1. 和铜四年：711年。
2. 河边宫人：见卷二·228注释。
3. 姬岛：见卷二·228注释。
4. 美保：所在不详。同卷三·307的歌名中的"三穗石室"一样，推测可能是和歌山县日高郡美滨町三尾。

436 流言四起时
如果能是美玉
戴在我的手臂
不必苦苦相恋

437 阿妹和我都清白
如清澈的河水
不会像河岸坍塌
让阿妹悔恨
我绝无这样的心

此歌，案，年纪并所处及娘子尸作歌人名，已见上也。但，歌辞相违，是非难别。因以累载于兹次焉。[1]

[1] 左注解释，虽然年代、处所及作歌者的名字已见于上（也包括卷二·228和卷二·229），但与歌的内容不符。这首相闻歌被收到挽歌类中。但因无法判断，只能顺次载于此。

花鸟 渡边省亭

神龟五年[1]戊辰，大宰帅大伴卿思恋故人[2]歌三首

438　你头枕着我
　　还有谁能这样
　　枕着我的手臂

　　此一首，别去而经数旬作歌。[3]

439　到了归去的时刻
　　我回到京城
　　将头枕谁的手臂

440　都城荒凉的家园
　　如果独自而眠
　　比起旅途野宿
　　更令人感到凄苦

　　此二首，临近向京之时作歌。

---

1. 神龟五年：728年。
2. 故人：指妻大伴郎女。
3. 左注记明，此歌为大伴郎女死去数十日后的作歌。大伴郎女随夫赴任后不久便因病在大宰府离世。朝廷派出了吊唁的敕使。

神龟六年[1]己巳，左大臣长屋王[2]赐死之后，
仓桥部女王作歌一首

遵照大君的旨意　　441
没到建寝宫的时候
便消逝于云中

悲伤膳部王歌一首

启示人生虚幻　　442
月亮有圆有缺

此一首，作者未详。

1. 神龟六年：729年。
2. 左大臣长屋王：前出，见卷一·75注释。

天平元年[1]己巳，
摄津国班田史生[2]丈部龙麻吕[3]自经死[4]之时，
判官大伴宿祢三中[5]作歌一首并短歌

443　白云低垂的地方
　　有个遥远的国度
　　人人称赞的勇士
　　守护在皇宫门外
　　侍奉在宫廷中
　　祖先们的英名
　　要世世代代相承
　　向父母和妻儿
　　倾诉勇士的心愿
　　离别出发的日子
　　母亲搬来酒瓮
　　放在勇士的面前
　　一手持木棉
　　一手捧细布
　　向天地神灵祈祷
　　愿勇士平安健康
　　希望有朝一日
　　勇士面如杜鹃
　　踏上艰辛的归途
　　坐立不安等待
　　遵照大君的旨意
　　来到难波国

一晃经过数年

无暇换洗衣服

朝夕忙于勤务

如此勤奋的勇士

是怎么想的啊

离开留恋的人世

像霜露一样消逝

未能享尽天寿

1. 天平元年：729年。八月改年号神龟为天平。
2. 史生：书记官。
3. 丈部龙麻吕：所传不详。不过从龙麻吕出身于丈部来看，可能曾经任过宫中警备之类的官职，后被派遣到摄津国。他自缢的原因和时间不明。
4. 自经死：即自缢而死。
5. 大伴宿祢三中：出身系统不详。天平八年（736年），任遣新罗副使，天平十二年外从五位下。历任兵部少辅、山阳道巡察史、大宰少贰、长门守等职。天平十八年从五位下，天平十九年任刑部大判事。殁年不明。

富士山　魚屋北渓

反　歌

昨天你还在世　　444
谁也不曾料想
海岸的松树上
　弥漫着云雾

何日能归来啊　　445
阿妹正在期盼
　没有人转告
你死去的噩耗

**天平二年[1]庚午冬十二月，
大宰帅大伴卿向京上道之时作歌五首**

446 你看见过的
　　　鞆浦[2]的杜松
　　　如今依然翠绿
　　　见过的人已不在

447 鞆浦礁矶的杜松
　　　每次前来观赏
　　　总是无法忘记
　　　同来观赏的你

448 扎根礁矶的杜松
　　　如果向你询问
　　　看你的人在何方
　　　你能回答我吗

　　　此三首，过鞆浦日作歌。

1. 天平二年：730年。
2. 鞆浦：今广岛县福山市鞆町的海滨。

449　曾和你一起
　　来到敏马崎[1]
　　独自归来望去
　　不禁潸然泪下

450　和你去的时候
　　同赏这座海岬
　　归来独自经过
　　心中无限悲伤

此二首，过敏马崎日作歌。

---

1. 敏马崎：前出，见卷三·250注释。

还入故乡家即作歌三首

451 回到空荡的家
　　比旅途更凄苦

452 和你建的庭园
　　树木枝繁叶茂

453 看你种的梅花
　　让人伤心流泪

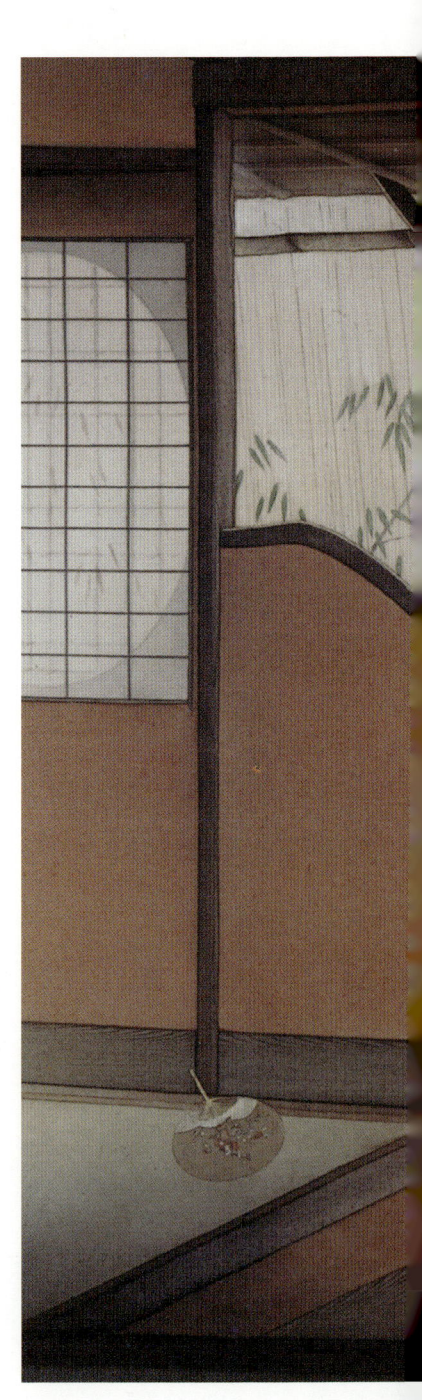

宵宫之雨　北野恒富

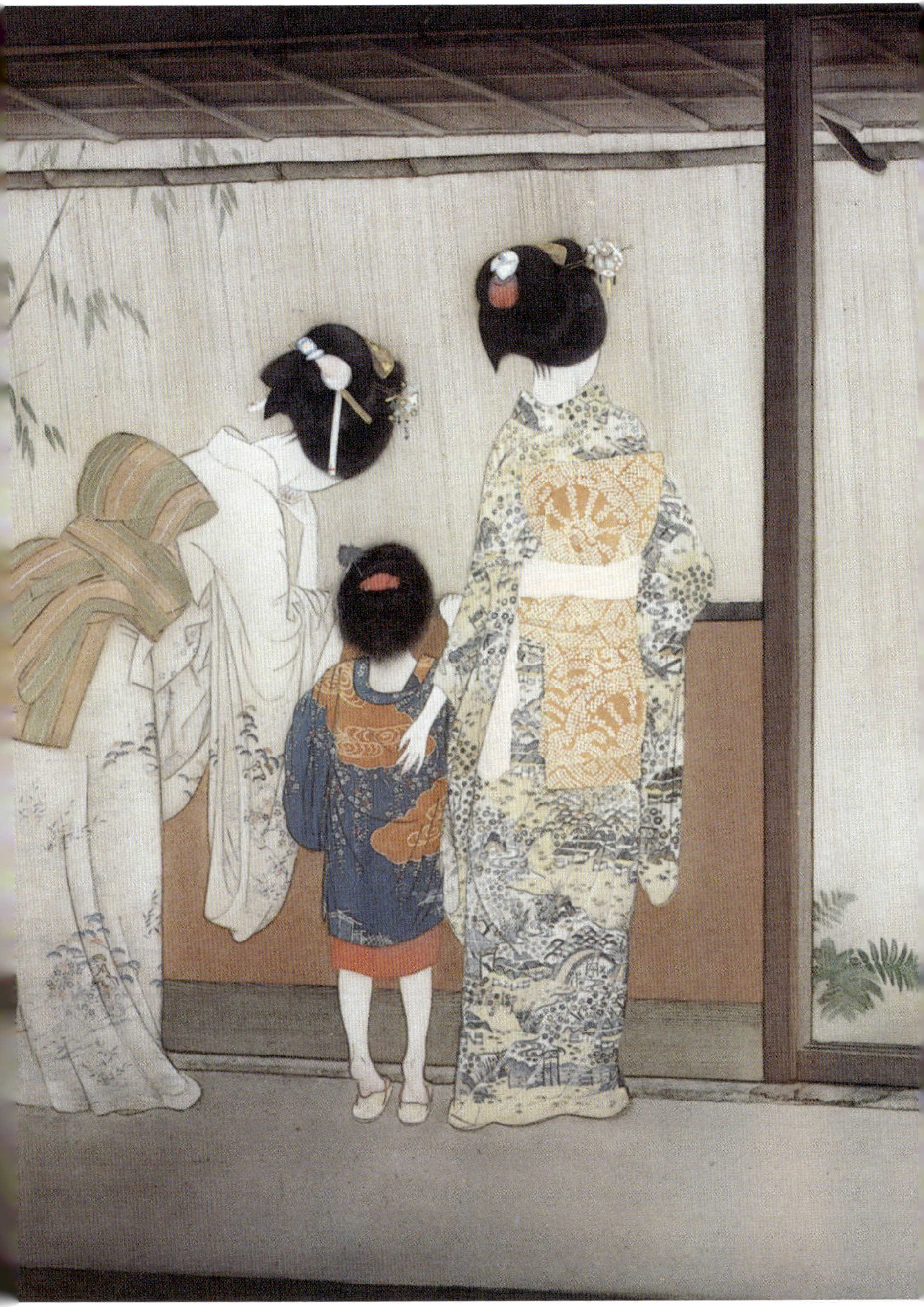

天平三年[1]辛未秋七月，大纳言大伴卿[2]薨之时歌六首

454　令人仰慕的殿下
　　　如果还健在
　　　无论昨天和今天
　　　都会来召唤我

455　命运不过如此
　　　胡枝子正开花吗
　　　殿下会询问吧

456　对殿下的思念
　　　不知如何抑制
　　　苇丛中的群鹤
　　　朝夕放声哭泣

1. 天平三年：731年。
2. 大纳言大伴卿：大伴旅人，天平三年七月二十五日薨，六十七岁。

愿永远侍奉　　457
殿下已不在人世
心中失去依托

像婴儿爬行寻找　　458
朝夕放声哭泣
殿下已不在人世

此五首，资人余明军[1]，不胜犬马之慕，心中感绪作歌。

1. 资人余明军：资人，朝廷按官职赐予的舍人，从事杂役和警卫工作。《万叶集》诸本中可见"余"和"金"两姓的记录，原来是朝鲜的王族姓氏，明军，为归化人后代。旅人薨后作有挽歌，还有给家持的赠歌。

红叶　横山大观

仰慕不尽的殿下
             像红叶一样飘散
             令人无限悲伤

此一首，敕内礼正[1]县犬养宿祢人上，使捡护卿病。而医药无验，逝水不留。因斯悲恸即作此歌。

1. 内礼正：内礼司长官，从六位下相当官。内礼司属于中务省，负责检察宫内礼仪、违规等事务的部门。小学馆《新编日本古典文学全集》认为内礼正是内药正的误记，但当时的侍医一般为渡来系出身的人担当，像县犬养这样的贵族不大可能担任此职。岩波书店《新日本古典文学大系》则认为犬养人上是圣武天皇派去的敕使，而非侍医。

七年[1]乙亥,大伴坂上郎女悲叹尼理愿死去,作歌一首并短歌

460　在新罗时听说
　　这里适合居住
　　便来到这个国家
　　没有亲族兄弟
　　天皇御统的国家
　　都城熙熙攘攘
　　房屋鳞次栉比
　　不知是作何考虑
　　向往佐保山
　　在荒野建家园
　　长年在此居住
　　生者难免一死
　　谁也无法逃脱
　　亲朋们上路
　　清晨渡过佐保川
　　回望春日野
　　山隐没在昏暗中
　　人们默默无语
　　不知如何是好
　　悲伤哭泣不已
　　白色的丧服袖
　　没有一人不湿透
　　我不断叹息哭泣

滴落下的泪水
化成有间山[2]的白云
会降下大雨吧

1. 七年：天平七年（735年）。
2. 有间山：神户市兵库区有马町一带的山。

反 歌

461　无法挽留的生命
　　　离开安逸的家园
　　　消逝在白云中

此歌,新罗国尼,名曰理愿也。远感王德,归化圣朝。于时,寄住大纳言大将军大伴卿[1]家,既经数纪[2]焉。惟以天平七年乙亥,忽沈运病,既趣泉界。于是,大家石川命妇[3]依饵药[4]事,往有间温泉[5]而不会此丧。但郎女独留,葬送尸柩既讫。仍作此歌,赠入温泉。

1. 大伴卿:大伴安麻吕。
2. 纪:二十年为一纪。
3. 大家石川命妇:大家或写作"大刀自",对妇人的尊称。石川命妇就是石川郎女,根据卷四·667 的左注可知,石川郎女为内命妇。
4. 饵药:药物和有营养的食物。
5. 有间温泉:有间山附近的温泉,古来的温泉治疗名所。

十一年[1]己卯夏六月，大伴宿祢家持悲伤亡妾作歌一首

从今日开始　　462
刮起寒冷的秋风
我将如何一人
在长夜中入眠

弟大伴宿祢书持[2]即和歌一首

你说在长夜中独眠　　463
还将思念逝去的人

---

1. 十一年：天平十一年（739年）。此时家持二十二岁。
2. 大伴宿祢书持：家持的弟弟，于746年9月先家持而逝，家持作有挽歌，见卷十七·3957—3959。

又家持,见砌[1]上瞿麦花[2]作歌一首

464　你说到了秋天
　　　望着花朵思念
　　　你种下的瞿麦
　　　正在屋前开放

移朔[3]而后,悲叹秋风家持作歌一首

465　知道人生无常
　　　寒冷的秋风中
　　　禁不住思念

1. 砌:指轩下铺的石板。
2. 瞿麦花:又称石竹花。
3. 移朔:即月份变更。朔,为一月的第一日。

又家持作歌一首并短歌

望屋前的花开　466
心中无法平静
如果阿妹在世
二人像水鸭依偎
折来鲜花观赏
可是人生无常
像露霜一样消失
面对蜿蜒的山路
像落日一样隐没
每当想起此事
胸口阵阵作痛
难以用语言表达
万物消亡的人世
让人无可奈何

反　歌

467　为何在此时离去
　　　令人如此心痛
　　　我死去的阿妹
　　　留下年幼的孩子

468　能知道离世的路
　　　预先设置关卡
　　　要把阿妹拦下

469　阿妹见过的花
　　　在屋前开放
　　　虽然时光飞逝
　　　我的泪水不干

行水　喜多川歌麿

悲绪未息,更作歌五首

470 命运只能如此
　　可我还是期望
　　和阿妹相伴千年

471 离家的阿妹
　　无法留住脚步
　　消失在山中
　　令人痛不欲生

472 人生都是如此
　　虽然心里明白
　　还是难忍悲痛

时常眺望佐保山　　**473**
升起的暧昧云雾
思念离去的阿妹
　无日不在哭泣

从前遥望佐保山　　**474**
　　和自己无关
想起阿妹的陵墓
佐保山如此可爱

十六年[1]甲申春二月，安积皇子[2]薨之时，
内舍人[3]大伴宿祢家持作歌六首

475　想起来也惶恐
　　　说出来更敬畏
　　　我们的大君
　　　安积皇子的江山
　　　直到千秋万代
　　　大日本久迩都城[4]
　　　到了初春时节
　　　山上鲜花盛开
　　　河中的小香鱼
　　　成群结队畅游
　　　日益繁荣的春天
　　　是无稽的谎言吧
　　　穿白丧服的侍卫
　　　将御舆抬向和束山[5]
　　　皇子竟升天而去
　　　侍卫倒地哭泣
　　　已经无能为力

1. 十六年：天平十六年（744年）。
2. 安积皇子：圣武天皇的皇子。
3. 内舍人：隶属于中务省，定员九十人，允许佩刀，负责宫内的值宿和警卫工作。
4. 久迩都城：曾建于京都府相乐郡加茂、山城和木津町一带，从天平十二年至十六年期间的都城。
5. 和束山：位于久迩京的东北，相乐郡汤船村和束町附近的山。安积皇子的墓在中和束与西和束交界地带。

反歌

没料想大君升天　　476
呆望着和束杣山[1]

盛开的鲜花　　477
使青山生辉
飘散的花朵
如我们的大君

此三首,二月三日[2]作歌。

1. 和束杣山:即和束山。杣山是种植用材树木的山,因出产良材而闻名。
2. 二月三日:阳历的三月二十一。皇子薨去时间为闰一月三日(阳历二月五日)。

478　想起来也惶恐
　　　说出来更敬畏
　　　大君安积皇子
　　　召集众多部族
　　　晨猎追逐走兽
　　　夕猎惊起飞禽
　　　手握爱骑的缰绳
　　　放眼心中欢畅
　　　活道山[1]树木林立
　　　山花纷纷飞落
　　　人世变幻无常
　　　勇士奋勇向前
　　　腰佩大刀宝剑
　　　持弓身背箭囊
　　　祈望地久天长
　　　守护皇子的宫殿
　　　充满活力的侍从
　　　如今身穿白丧服
　　　失去了往日的欢笑
　　　日日愁眉不展
　　　令人无限悲伤

1. 活道山：所在不详，推测是皇子墓附近的山。

反　歌

皇子经常出巡　　479
通往活道山的路
已经如此荒凉

大伴家的名誉　　480
和腰间箭囊相配
侍奉万代的决心
该向何处表述

此三首，三月二十四日作歌。

◎ 安积皇子的生母为夫人县犬养广刀自，对试图立光明皇后之子安倍内亲王（后来的孝谦天皇）为皇太子的藤原氏来说，安积皇子的存在是个障碍。在反藤原的立场上联合在一起的橘氏和大伴氏将期望寄托在安积皇子的身上。因此，皇子的突然离世给家持的打击很大，由此作了这一组歌。

悲伤死妻作歌一首并短歌

481　交袖相拥而眠
　　　直到黑发变白发
　　　一起迎接明天
　　　立下誓言的你
　　　竟撒手离我而去
　　　走出熟悉的家园
　　　留下啼哭的幼子
　　　在山城的相乐山[1]
　　　消失得无影无踪
　　　令人苦不堪言
　　　和你同寝的卧室
　　　清晨离家时思念
　　　傍晚进屋时叹息
　　　腋下的幼子哭泣
　　　身为大男人
　　　却怀抱着孩子
　　　如晨鸟般哭泣
　　　倾诉心中的思念
　　　可是毫无回应
　　　虽然默默无语
　　　望你隐身的山
　　　寄托深深的思念

---

1. 相乐山：位于京都府相乐郡的山。

反　歌

以为人生无常　　482
　和自己无缘
　如今仰望高山
　寄托心中的思念

像清晨的鸟儿　　483
　放声哭泣不已
　如今再也不能
　和你相逢

此三首，七月二十日高桥朝臣[1]作歌也。名字未审。但，云奉膳之男子焉。

---

1. 高桥朝臣：膳部司的长官。膳部司负责天皇的食膳，高桥氏代代在膳部任职。

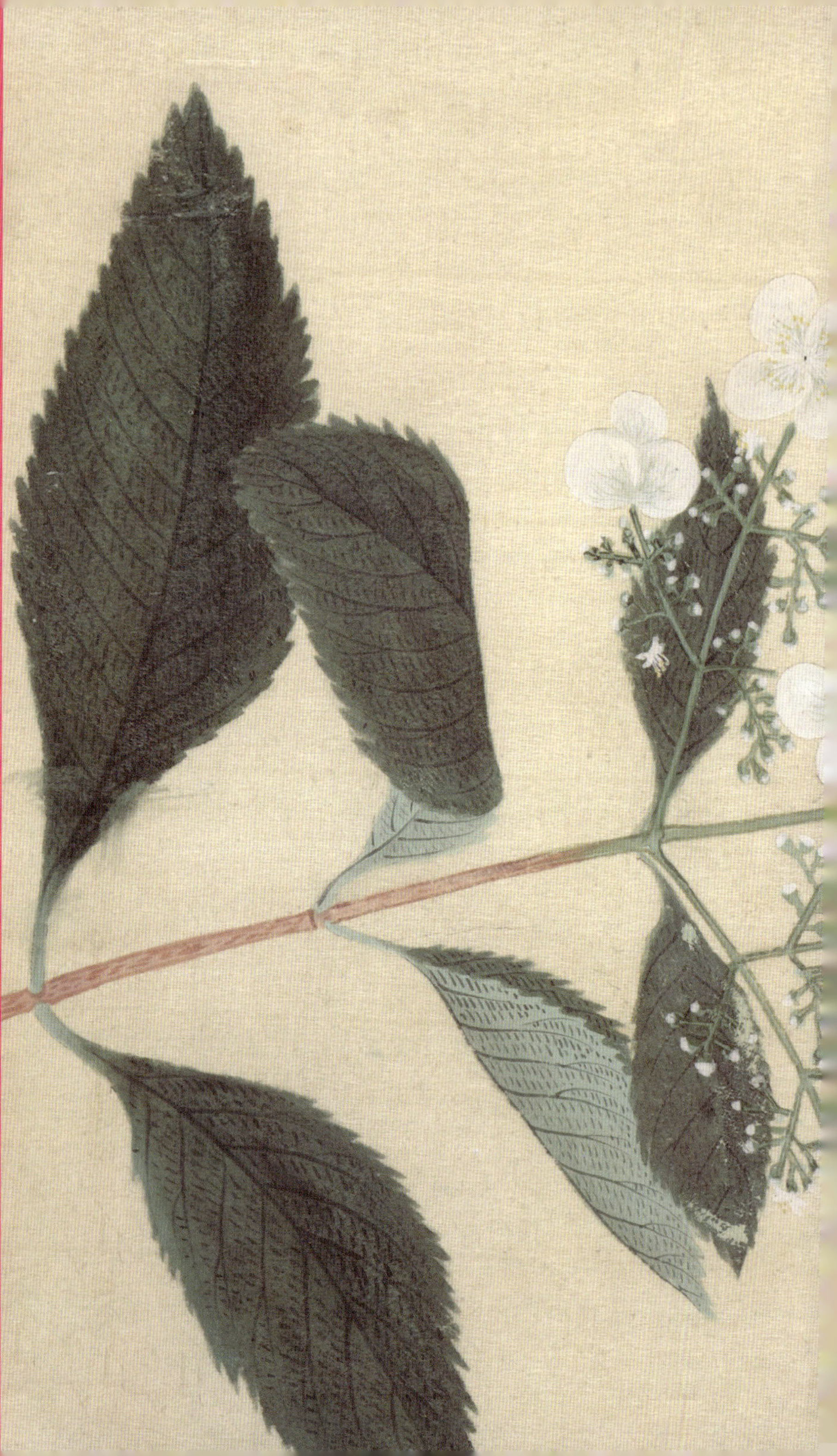

卷四

屋后花　神坂雪佳

相闻

难波天皇妹[1]奉上在山迹[2]皇兄御歌一首

484　如果只是一日
也许还能忍受
如此漫长的等待
让人怎么活啊

---

1. 难波天皇妹：即仁德天皇的异母妹八田皇女。难波天皇，即第十六代仁德天皇。将难波定为都城的还有第三十六代孝德天皇。但《万叶集》的编纂者将"难波天皇"拟定为仁德天皇。
2. 山迹："大和"的另一种表记，读音相同，都为 yamato。

艺妓　小原古邨

冈本天皇[1] 御歌一首并短歌

485 自从神代以来
　　 国中充满民众
　　 像鸭群来来往往
　　 不见我爱恋的人
　　 从白天等到日暮
　　 夜晚等到天明
　　 思念难以入眠
　　 不觉天色大亮

1.冈本天皇：卷四·487 的左注指出，在冈本宫的有两位天皇，一位是舒明天皇（高市冈本宫），一位是皇极天皇（再次即位时为齐明天皇），究竟是哪一位天皇的歌作不明。不过从歌意来看，女性作者，也就是齐明天皇的可能性较大。

反　歌

山下的鸭群　　　486
鸣叫着飞去
我寂寞难耐
你不在身边

近江的乌笼山[1]边　　　487
流淌着不知哉川[2]
不知日后如何
眼下苦苦思恋

此歌，今案，高市冈本宫[3]后冈本宫[4]二代二帝各有异焉。但称冈本天皇，未审其指。

1. 乌笼山：滋贺县彦根市的正法寺山。
2. 不知哉川：泽泻氏推断是在乌笼山南麓流淌的大堀川，或称芹川。
3. 高市冈本宫：舒明天皇的皇宫。
4. 后冈本宫：皇极（齐明）天皇的皇宫。

额田王[1] 思近江天皇[2] 作歌一首

488 等待大君苦思恋
　　秋风吹动家中垂帘

镜王女[3] 作歌一首

489 与清风相恋
　　也令人羡慕
　　能等来清风
　　会如此叹息吗

---

1. 额田王：前出，见卷一·7 注释。
2. 近江天皇：指天智天皇。
3. 镜王女：前出，见卷二·91 注释。

吹芡刀自[1]歌二首

真野浦[2]的河湾　　490
桥上木板相连
阿妹在想我吧
梦中见到了你[3]

河上的水藻　　491
不停地摇曳
你总是来访
不会为难吧

1. 吹芡刀自：前出，见卷一·22注释。
2. 真野浦：真野的名字见于日本许多地方。按照泽泻氏的说法，这里的真野浦可能是神户市长田区尻池町。
3. "阿妹在想我吧"二句：古代日本人相信，在梦中见到爱人，一定是对方在想念自己。

田部忌寸栎子[1]任大宰[2]时歌四首

492　扯袖啼哭的孩子
　　　更添离别的凄苦
　　　出发剩我一人
　　　该如何是好

　　舍人吉年[3]。

493　留下你出发
　　　会伤心思恋吧
　　　黑发散乱在床上
　　　度过漫漫长夜

　　田部忌寸栎子。

1. 田部忌寸栎子：所传不详。据泽泻氏的研究，田部忌寸之祖出自汉高祖的血脉，于应神天皇时代归化的第四代人阿素奈直。
2. 任大宰：在大宰府任职，但官职不明。
3. 舍人吉年：前出，见卷二·152 注释。

介绍你的人　　494
让我徒增思恋
想来令人怨恨

旭日照耀山冈　　495
如同天上残月
难舍难分的你
　留在山那边

柿本朝臣人麻吕歌四首

496 熊野湾的文殊兰
　　伸展层层枝叶
　　心中无限思念
　　可是无法相见

497 古人也和我一样
　　思念阿妹难入眠吧

498 不只是现在
　　古人更痴情
　　为爱放声大哭

499 是希望能常来吧
　　连你的使者
　　也让人看不够

花枝　石井柏亭

碁檀越[1]往伊势国时,留妻[2]作歌一首

500 折伊势湾的芦苇
是准备旅宿吗
在荒凉的海滨

1. 碁檀越:碁为氏名,檀越是名字还是普通名词(施主)不详。
2. 留妻:即被留在家中的妻。

柿本朝臣人麻吕歌三首

像少女挥舞衣袖　　501
　布留山的神垣
　我已思慕多年

夏天原野的雄鹿　　502
　新生出的鹿角
　即使片刻时间
　也难忘你的衷心

玉衣窸窣作响　　503
我沉浸在烦乱中
　和你默默分手
　思恋难以忍受

柿本朝臣人麻吕妻歌一首

504 我居住的住坂
　　通往你家的路
　　让我终生难忘

安倍女郎歌二首

505 如今不再犹豫
　　心全交给了你

506 我的心上人
　　不要为思恋烦恼
　　如果出了事情
　　即使投身水火
　　我也会紧相随

◎ 卷四·505 与卷十二·2989 为同型的歌。另外，在《歌经标式》中，此歌作为但马皇女给穗积皇子的答歌出现。

骏河采女歌一首

泪水浸透了枕头 507
浮在泪河上入眠
无尽的苦恋啊

三方沙弥歌一首

今夜分手后 508
你我将如何思恋
再也不能相见

丹比真人笠麻吕下筑紫国时作歌一首并短歌

509 如宫女的首饰盒
镶嵌的镜子
在御津的海岸
未解纽带而眠
阿妹令我思念
黎明的朝雾中
传来声声鹤鸣
我失声哭泣
苦苦的思恋
哪怕是千分之一
能得到慰藉
起身眺望故乡
青翠的葛城山
隐于白云中
走向遥远的国度
经过淡路岛
望身后的粟岛
清晨海上风平
能听见船夫的号子
傍晚海面浪静
传来阵阵桨声
船儿破浪前进
在礁矶间穿行
经过印南[1]的海湾

水鸟般奋力前行
家岛[2]的荒矶上
马尾藻随波摇曳
我不是马尾藻[3]
为何不同阿妹道别

1. 印南：兵库县加古川市的河口，高砂市附近。
2. 家岛：兵库县饰磨郡家岛町，今姬路市饰磨港西南的群岛。
3. 马尾藻：前出，见卷三·362注释。

反　歌

510　想穿白栲[1]衣裳
　　　二人相拥而眠
　　　数着路上的日子
　　　能回去该多好

---

1. 白栲：用栲树皮的纤维制成的布，因纤维是白色的，所以叫白栲。

幸伊势国时，当麻麻吕大夫妻[1]作歌一首

我的夫君啊 511
走到了什么地方
今日翻名张山吧

草娘[2]歌一首

在秋天的田野上 512
收割成熟的稻穗
我俩靠近一点儿
就有闲言碎语吧

---

1. 当麻麻吕大夫妻：前出，见卷一·43注释，此歌和卷一·43为同歌。
2. 草娘：乡村的姑娘，具体不详。

志贵皇子御歌一首

513 想何时能走进
　　大原的树林
　　我思恋的人儿
　　今夜终于相会

阿倍女郎歌一首

514 夫君身上的衣服
　　不落一个针码
　　丝丝牵动我心

中臣朝臣东人[1] 赠阿倍女郎歌一首

独宿的时候
弄断了纽带
这是不祥的征兆
不知该如何是好
禁不住放声哭泣

515

---

1. 中臣朝臣东人:和铜四年(711年)从五位下,后任式部少辅、右中弁。天平四年(732年),升任兵部大辅,天平五年,升至从四位下,刑部卿。殁年不详。

愿望之线　北野恒富

阿倍女郎答歌一首

我该用三股丝线　　516
　为你牢牢缝好
　如今追悔不已

大纳言兼大将军大伴卿[1]歌一首

　即使是神树　　517
　也可以用手触摸
　虽说是他人的妻子
　为何不能触摸

---

1. 大伴卿：大伴安麻吕。

石川郎女歌一首

（即佐保大伴大家[1]也。）

518　你勇敢地穿过
　　　春日野的山路
　　　向着我走来
　　　此刻未能相见

大伴女郎[2]歌一首

（今城王[3]之母也，今城王后赐大原真人氏也。）

519　你常借口有雨
　　　在家闭门不出
　　　昨天夜里的大雨
　　　是对你的惩罚吧

---

1. 佐保大伴大家：同卷三·461左注中出现的石川命妇为同一人。
2. 大伴女郎：即大伴坂上郎女，大伴旅人之妻。
3. 今城王：穗积皇子的后人，具体不详。

后人追问歌一首

老天为何不下雨 520
　如果借口有雨
　可以在你身边
　待上一整天

藤原宇合大夫迁任上京时，常陆娘子赠歌一首

割下园中的麻 521
　晾干织成布
　请不要忘记
　东国的姑娘[1]

---

1. "请不要忘记"二句：当时京城的人看不起东国的女子，所以才有此句。

京职藤原大夫[1] 赠大伴郎女歌三首
(卿讳曰麻吕也。)

522　像少女箱底的梳子
　　　我已经苍老了吧
　　　好久没见到你

523　能够忍耐的人
　　　也只能等待一年
　　　不知从何时起
　　　我开始如此思恋

524　被褥柔软温暖
　　　没有你同寝
　　　肌肤阵阵寒

---

1. 藤原大夫：藤原麻吕，即藤原不比等的四男，曾任京职大夫，其家系被称为京家。养老元年（717 年）从五位下，养老五年，升至从四位上，左京大夫。天平九年（737 年），参议兵部卿从三位时殁。《怀风藻》中有其诗歌入集。

赏樱　鸟文斋荣之

大伴郎女歌四首

525 踏佐保川的细石
　　深夜骑黑马而来
　　能全年如此吗

526 佐保川鸻鸟鸣叫
　　像不停的细浪
　　心中荡漾的思恋

说来又不来 527
说不来等不来
已经说了不来

鸽鸟在鸣叫 528
佐保的渡口
河湾太宽阔
架起一座木桥
想你应该来到

此四首歌，郎女者，佐保大纳言卿[1]之女也。初嫁一品穗积皇子，被宠无俦。而皇子薨之后时，藤原麻吕大夫娉之郎女焉。郎女，家于坂上里[2]。仍族氏号曰坂上郎女也。

1. 佐保大纳言卿：前出，即大伴安麻吕，见卷二·101 注释。
2. 坂上里：大致在佐保的西边，法华寺的北边。

又大伴坂上郎女歌一首

529　佐保川岸边的树
　　请不要任意砍伐
　　任其自由生长
　　等到春天来临
　　遮掩恋人的身影

天皇¹赐海上女王²御歌一首

（宁乐宫即位天皇也。）

枣红马跨越的栅栏　　530
　　被牢牢地扎紧
　　　你的深情
　　　毋庸置疑

此歌、今案，此歌拟古之作³也。但以时当，便赐斯歌欤。

---

1. 天皇：第四十五代圣武天皇，文武天皇之子，母亲为不比等的女儿宫子。神龟元年（724年）即位。圣武的治世在奈良时期可谓盛世，出现了天平文化的繁荣时期。天皇尊信佛教，建国分寺和东大寺，后入道号沙弥胜满。天平胜宝元年（749年）让位，同八年五月二日崩。
2. 海上女王：志贵皇子之女。养老七年（723年）从四位下，翌神龟元年，升至从三位。
3. 拟古之作：模仿古风所作的歌。奈良朝时出现过憧憬和模仿飞鸟白凤期歌风的倾向。正如左注所说的，因为适合某种情形场合，所以天皇赐了这首歌。

卧美人　田村水鸥

海上女王奉和歌一首

（志贵皇子之女也。）

弹拨弓弦的声音　　531
夜色中传向远方
听说大君驾临
心中无限欢喜

大伴宿奈麻吕宿祢歌二首

（佐保大纳言卿之第三子也。）

去宫中侍奉的姑娘　　532
让人心生爱怜
无法将她留下
又不忍让她离去

难波海滩退潮　　533
让人观赏不够
受人注目的姑娘
牵动着我的心

安贵王歌一首并短歌

534 远方的你
如今不在身边
相隔的路途遥远
思念令人不安
只有伤心叹息
想变成长空的流云
想变成高飞的鸟儿
明天去向你倾诉
为了我你要保重
为了你我要平安
脸庞浮现在眼前
想紧紧拥抱在一起

◎ 小学馆《新编日本古典文学全集》认为，这首歌可能是作者在任职国向朝廷进贡采女时的送行歌。安贵王在养老三年（719年）前后，任备后国守。在《古事记》和《日本书纪》中，常见送采女入宫的使者爱上采女的传说。

反　歌

不再交枕而眠　**535**
　离别已经年
　思念无法相见

此歌，安贵王娶因幡八上采女[1]，系念极甚，爱情尤盛。于时敕断不敬之罪，退却本乡[2]焉。于是王意悼怛[3]，聊作此歌也。

1. 因幡八上采女：因幡国八上郡（鸟取县八头郡西北部）出身的采女。小学馆《新编日本古典文学全集》认为左注的记述有误。这位八上采女与藤原麻吕生下了藤原浜成（《歌经标式》的编者），根据《尊卑分脉》的记录，八上采女的父亲为因幡国造（因幡国的首领），名叫气豆。
2. 退却本乡：敕令判安贵王犯了不敬之罪。后被遣返回乡，即飞鸟故都域内。
3. 王意悼怛：指安贵王悲伤痛苦。

曙色　横山大观

门部王恋歌一首

退潮的饫宇海[1]滩　　**536**
只能单相思吗
在漫长的旅途上

此歌,门部王任出云守时,娶部内娘子[2]也。未有几时,既绝往来。累月之后,更起爱心。仍作此歌赠致娘子。

1. 饫宇海:位于岛根县八束郡。
2. 部内娘子:管辖国中的娘子,非固有人名。

高田女王赠今城王歌六首

537　请不要断然拒绝
　　一日没有你
　　让人痛苦不堪

538　因为有风言风语
　　才未能相会
　　你不要猜疑
　　我会移情别恋

539　如果你说的是真情
　　即使有风言风语
　　也应该出来相会

还能和你相会吗　　540
　心中想着此事
今朝的离别缠绵

今世流言太多　　541
　来世和你相会
即使不在今生

不断来相会的人　　542
连使者也不再来
　如今不再相会
　好像已经变心

神龟元年甲子冬十月,幸纪伊国之时[1],为赠从驾人,所诮娘子[2]作歌一首并短歌
笠朝臣金村[3]

543 陪同大君行幸
文武百官之中
有我心爱的夫君
从轻开始上路
遥望亩傍山
踏上纪州路
翻越真土山的夫君
欣赏飞落的红叶
忘记了相爱的我
夫君旅途的快乐
我隐约能感觉到
不能默默等待
几度想追赶夫君
身为柔弱的女子
遇上官守盘问
不知该如何回答
迟迟不敢上路

1. 幸纪伊国之时：神龟元年（724年）二月，圣武天皇即位。《续日本纪》记载,圣武天皇一行于十月五日（阳历十月三十日）出发，八日到达玉津岛。滞十余日。在这期间施行了一系列开明的举措，如建造行宫，赐予百官俸禄，免除近乡农民的租税，赐予恩赏，改地名弱浜为明光浦等。同月二十三日返回都城。卷六·917以后的山部赤人的歌作都是这一时期的作品。
2. 所誂娘子：为娘子誂之意。誂，请求、劝诱。
3. 笠朝臣金村：在歌名后直接标注作者名，除这一首歌外，还有卷四·546，也是笠金村的歌。《万叶集》编纂者故意保留了原资料的书写形式。

河辺花樹　川端玉章

反　歌

留下苦思恋　544
不如去纪伊国
变成妹山背山[1]

前去追赶夫君　545
纪伊国的关守
会把我扣留吧

1. 妹山背山：纪伊国中有背山和妹山，纪川的右岸为背山，左岸是妹山，或叫妹背山。在《万叶集》歌中经常作为夫妇山被咏唱。

二年[1]乙丑春三月,幸三香原[2]离宫之时,
得娘子作歌一首并短歌
笠朝臣金村

546　在三香原旅宿
　　 路上邂逅你
　　 只是远远相望
　　 没有搭讪的机会
　　 心中暗自饮泣
　　 请天地神灵相助
　　 让你做我的妻子
　　 夫妻交袖成欢
　　 愿今夜短暂的春宵
　　 比百个秋夜更长

1. 二年:神龟二年(725年)。关于此次行幸未见于《续日本纪》。
2. 三香原:位于京都府相乐郡加茂町。

反　歌

自从远远相望　　**547**
身心便属于你

无奈今夜早早破晓　　**548**
愿能有上百个秋夜

五年[1]戊辰，大宰少贰石川足人[2]朝臣迁任，饯于筑前国芦城[3]驿家歌三首

549　天地神灵保佑
　　直到远行的你
　　平安回到家中

550　依恋的人走后
　　我会时刻思念
　　直到再相逢

551　去大和的路上
　　拍打海岛的波浪
　　在海湾层出不穷
　　正如同我的思恋

　　此三首，作者未详。

1. 五年：神龟五年（728年）。
2. 石川足人：和铜四年（711年），正六位升至从五位下。
3. 芦城：今福冈县筑紫郡筑紫野町阿志岐。

大伴宿祢三依[1] 歌一首

你想让在下死吗　　552
相会的夜晚
不相会的夜晚
为何交替变换

1. 大伴宿祢三依：或记作御依，天平二十年（748年）从五位下。历任主税头、三河守、仁部（民部）少辅、远江守、义部（刑部）大辅、出云守等职。宝龟元年（770年）从四位下，五年在散位时殁。

丹生女王[1]赠大宰帅大伴卿[2]歌二首

553　流云遥不可及
　　　心儿飞向远方
　　　会真诚相爱吧

554　长辈送的吉备酒
　　　喝醉了有失体统
　　　还望赐予竹箦[3]

1. 丹生女王：有研究者认为，丹生女王与卷三·420的作者丹生王为同一人。
2. 大宰帅大伴卿：大伴旅人。
3. 竹箦：筑紫地方的一种特产，用竹子编制而成，类似网状的器物，放在洗手桶的上面，防止污水飞溅出来。后两句丹生女王以戏谑的口吻对旅人说，如果喝不惯当地的酒，会醉酒呕吐的，所以借我一个竹箦。

茶具　柴田是真

大宰帅大伴卿赠大贰丹比县守[1]卿迁任民部卿歌一首

555　为你酿造的酒

　　在安之野独饮吗

　　身边没有朋友

贺茂女王[2]赠大伴宿祢三依歌一首

（故左大臣长屋王之女也。）

556　去筑紫的船

　　还没有到来

　　看你惆怅的面孔

　　令人感到悲伤

---

1. 丹比县守：姓丹比，县守为名，左大臣正二位岛的儿子。庆云二年（705年）从五位下，历任宫内卿、造宫卿、遣唐押使、按察使等职，后被任命为持节征夷将军平定虾夷。升任中务卿、大宰大贰、民部卿、参议、镇抚使、节度。天平九年（737年）三位时殁。
2. 贺茂女王：长屋王之女，母亲为阿倍朝臣。

土师宿祢水道[1]，从筑紫上京海路作歌二首

奋力划船前进 557
任其触礁倾覆
　只是为了你

神社里的神灵 558
返还我献的币帛
　没能和你相见

---

1. 土师宿祢水道：所传不详。卷十六·3845 的左注记载，水道名为志婢麻吕，大舍人。

大宰大监大伴宿祢百代恋歌四首

559　平安活到今天
　　　我已经年迈
　　　还能恋爱吗

560　为思恋而死
　　　还有什么意义
　　　活着的每一天
　　　都想见到你

561　并没在思恋
　　　却说在思恋
　　　大野的三笠神社
　　　神灵会惩罚

562　不住地搔弄眉毛[1]
　　　也没有看见你

1. 搔弄眉毛：按照当时的俗信，搔弄发痒的眉头会见到心上人。

鷺娘　北野恒富

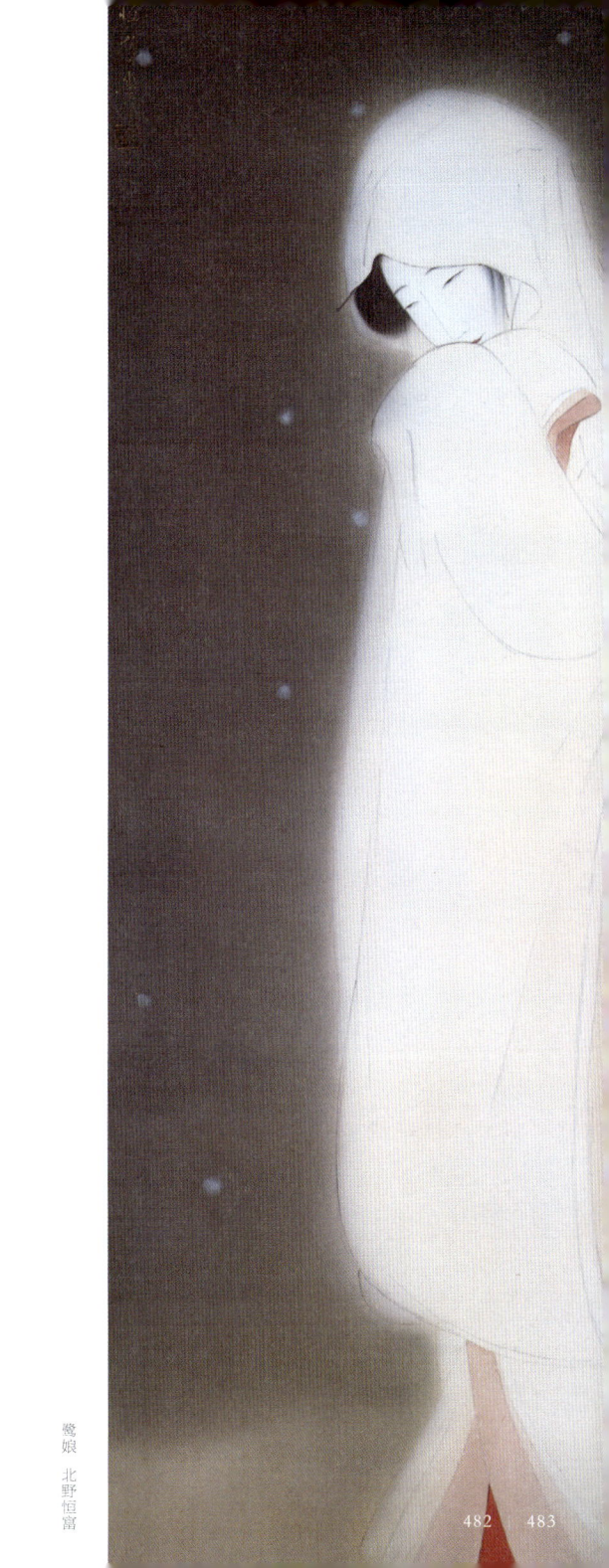

大伴坂上郎女歌二首

563 黑发夹杂白发
直到上了年纪
也没有遇到
这样的恋情

564 像山苔草不结籽
你这样指责我
是在和谁同居吧

贺茂女王歌一首

565 虽然没说去相会
橙红色的月夜
真的遇见了你

房陽 菱川友竹筆

大宰大监大伴宿袮百代等赠驿使歌二首

566 爱慕旅途中的你
追随到志贺的海滨

此首,大监大伴宿袮百代。

567 周防的磐国山
翻越山岭的那天
要虔诚求神保佑
那险峻的山路啊

此首,少典山口忌寸若麻吕。

以前天平二年庚午夏六月,帅大伴卿忽生疮脚,疾苦枕席。因此驰驿上奏,望请庶弟[1]稻公[2]侄[3]胡麻吕,欲语遗言者,敕右兵库助大伴宿袮稻公[4],治部少丞大伴宿袮胡麻吕[5]两人,给驿发遣,令省卿病。而经数旬,幸得平复。于时稻公等,以病既疗,发府上京。于是大监大伴宿袮百代、少典山口忌寸若麻吕及卿男家持等,相送驿使,共到夷守[6]驿家,聊饮悲别,乃作此歌。

1. 庶弟：异腹兄弟。
2. 稻公：即下文中的右兵库助大伴宿祢稻公。
3. 侄：即稻公之子，下文中的治部少丞大伴宿祢胡麻吕。
4. 大伴宿祢稻公：当时为右兵库助。天平十三年（741年）从五位下因幡守。天平胜宝元年（749年）正五位下兵部大辅，六年上总守。天平宝字元年（757年）正五位上。同年八月橘奈良麻吕事件后，获赏升至从四位下。宝字二年,任大和国守。可能和坂上郎女为同胞兄妹。
5. 大伴宿祢胡麻吕：当时为治部少丞。天平十七年从五位下，任左少弁。天平胜宝二年，任遣唐副使。天平宝六年，携鉴真和尚返回日本，升至左大弁正四位下。天平宝字元年，任陆奥镇守将军、按察使。橘奈良麻吕事件发生后，以知情人之罪名受拷问致死。
6. 夷守：位于今福冈县糟屋郡粕屋町。

大宰帅大伴卿被任大纳言,临入京之时,府官人等饯卿于筑前国芦城驿家歌四首

568 海岬周围的荒礁
经历了无数风浪
不论站立还是坐下
心里只想着你

此一首,筑前掾门部连石足[1]。

569 韩人漂染的衣服
染上了紫色情怀
令人难以忘记

---

[1] 筑前掾门部连石足:筑前为上国,设有一名掾。掾为国司的三等官,相当于从七位上。门部连石足,所传不详。

你将前往大和　　570
临近出发的日子
原野上的鹿
也在不断悲鸣

此二首，大典麻田连阳春[1]。

美好的月夜　　571
河边水声清澄
我们来到这里
不论归去或留下
请尽兴而回

此一首，防人佑大伴四纲[2]。

1. 大典麻田连阳春：大典，大宰府的四等官，正七位上。麻田连阳春，神龟元年（724年），答本阳春（当时为正八位上）被赐姓麻田连。天平十一年（739年）外从五位下。后任石见守。《怀风藻》中有其诗作。
2. 大伴四纲：前出，见卷三·329 注释。

大宰帅大伴卿上京之后，沙弥满誓赠卿歌二首

572 离开难舍难分的你
　　我朝夕都会寂寞

573 即使黑发变白发
　　如此深切的思念
　　会有相逢的时刻

大纳言大伴卿和歌二首

574
来到了此处
不知筑紫在何方
白云缭绕的山
好像在那一方吧

575
草香江[1]口的苇丛
蹒跚觅食的鹤
身边没有同伴

1. 草香江：大阪府枚冈市日下町，生驹山西麓，古时曾有很大的河湾。

仙台山寺　川瀬巴水

大宰帅大伴卿上京之后，
筑后守葛井连大成[1]悲叹作歌一首

从现在开始踏上 576
寂寞的城山[2]路
我竟一直盼望
能从这里走过

1. 葛井连大成：神龟五年（728年），正六位上升至外从五位下。
2. 城山：福冈县筑紫郡与佐贺县三养基郡交界处的山。

大纳言大伴卿,新袍赠摄津大夫高安王[1]歌一首

577 我的这件衣服
不要给别人穿
即使被难波海边
拉网的汉子摸过

大伴宿祢三依悲别歌一首

578 希望天长地久
永远在此居住
府上的庭园啊

---

1. 高安王:和铜六年(713年)正月,无位升至从五位下,养老元年(717年)正月从五位上,因私自娶多纪皇女被左迁为伊予守。后又兼任阿波、赞歧和土佐的按察使。任摄津大夫的时间是天平二年(730年)。天平十一年得赐姓大原真人。同十四年正四位下时殁。

余明军与大伴宿祢家持歌二首

（明军者大纳言卿之资人也。）

相识虽然短暂　579
如同相知多年

像山上的菅草根　580
总想与君相见

大伴坂上家之大娘报赠大伴宿祢家持歌四首

581　活着也许会相见
　　　为何总在梦中
　　　看见你说死别

582　大丈夫也思恋
　　　可怎能比得上
　　　弱女子的恋情

583　像鸭跖草那样
　　　容易变色吧
　　　我思恋的人
　　　不来传音信

584　春日山的朝雾
　　　没有消失的日子
　　　天天想见到你

大伴坂上郎女歌一首

随时都可以回去　　585
可是你不会
为思念妻子回去吧

大伴宿祢稻公赠田村大娘[1]歌一首
（大伴宿奈麻吕卿之女也。）

没相见不会相恋　　586
和你一见钟情
不知该如何是好

此一首，姊坂上郎女作。

1.田村大娘：大伴宿奈麻吕之女，因宿奈麻吕曾住在田村乡下，因此称田村大娘。是坂上大娘和坂上二娘的异母姐妹。

笠女郎赠大伴宿祢家持歌二十四首

587 看到了我的信物
　　请回想起从前
　　无论过多少年
　　我都深深思恋

588 天鹅飞过的飞羽山
　　松树在不断期盼
　　在这几个月中
　　我一直苦苦思恋

589 你还不知道
　　我身在打回乡里[1]
　　等你也不会来

---

1. 打回乡里：不详，但根据卷十一·2715中唱的"神名火的打回崎"来判断，可能位于雷丘附近。

一年又过去　590
你觉得没事了吧
决不能提我的名字

我心中的思恋　591
被别人知道了吧
我在梦里看见
打开的梳妆匣

夜里传来鹤鸣　592
只能远远倾听
无法去相会

道頓堀　北野恒富

500 | 501

593 想和你相会
　　 不知如何是好
　　 来到奈良山上
　　 在小松树下叹息

594 我家的庭园中
　　 夕阳下的青草
　　 白露将要消失
　　 令人眷恋不已

595 在我有生之年
　　 都不会忘记
　　 心中日益思恋

走八百天长的海岸　596
　海滩上的砂数
也比不上我的恋情
　看守海岛的人啊

世人众目睽睽　597
像桥墩那么接近
也只能暗暗思恋

人会思恋而死　598
如同水无濑川
　我默默消瘦
　追赶着日月

599　朝雾中依稀可见
　　　　却拼上性命思恋

600　伊势海的浪涛
　　　　撞击着礁矶
　　　　爱恋着敬畏的人

601　出乎我的意料
　　　　没有隔山隔水
　　　　竟会如此思恋

黄昏来临的时刻　　602
　更增添了思恋
　眼前不断浮现
恋人说话的面容

能为思恋而死　　603
我会死千百次

梦见身佩刀剑　　604
这是什么征兆
是想和你相会

605 　天地神灵的裁断
　　　如果不存在
　　　我心爱的人
　　　至死也不能相见

606 　我在倾心思恋
　　　请你也不要忘怀
　　　像吹向海岸的风
　　　永远也不停息

607 　钟声已经敲响
　　　提醒人们入寝
　　　我在思念你
　　　辗转难入眠

思恋不想我的人 608
　如同在大寺院
　饿鬼像的后面
　虔诚叩首礼拜

出乎我的意料 609
已回到我的故乡

如果你在近处 610
不见面也能忍受
你离我越来越远
　让我痛不欲生

此二首，相别后更来赠。

◎ 卷四·608 意为，无论怎么思恋都无用。佛说有三恶道，恶鬼道为第二道。寺中有恶鬼像，无论怎么叩拜祈愿也无效验，更何况在饿鬼像的后面。

大伴宿祢家持和歌二首

611 想到从今以后

也许见不到你

胸中充满哀伤

春去屏风(局部) 川合玉堂

当初不如沉默　　612

为何要相逢

难随人心愿

山口女王赠大伴宿祢家持歌五首

613 深深的思恋
不愿被人察觉
虽然举止如常
让人痛不欲生

614 为了不想我的人
泪水湿透了衣袖
忍不住失声哭泣

615 即使你不想我
哪怕能让我梦见
你就寝的枕头

我不再珍惜名声　616
已经多年没相见

芦丛涨满潮水　617
心中日益思恋
　无法忘记你

大神女郎[1] 赠大伴宿祢家持歌一首

618　　深夜中的鸧鸟
　　　　在呼唤伴侣
　　　　沉湎于思恋时
　　　　声声鸣叫不停

---

1. 大神女郎：所传不详。卷八·1505 也是她赠给家持的歌。

雨中白鷺　小原古邨

大伴坂上郎女怨恨歌一首并短歌

619　像难波的菅草根
　　你对我立下誓言
　　相爱直到永远
　　心像磨亮的铜镜
　　全部交给了你
　　海藻随波摇曳
　　我的衷心不变
　　完全托付于你
　　是神灵将我们分开
　　还是世人的阻挠
　　至今不见你再来
　　也不见你的使者
　　让我束手无策
　　从黑夜挨到天明
　　从天明等到日暮
　　叹息也没有用
　　只有空思恋
　　身为柔弱的女子
　　孩子般哭泣不已
　　整日心神不宁
　　等待你的使者

反　歌

如果开始不信　　**620**
永远相爱的誓言
我怎么会落入
苦苦的思恋中

西海道节度使[1]判官佐伯宿祢东人[2]妻，赠夫君歌一首

621　会不断思恋吧
　　　旅途上的你
　　　会在梦中看到

佐伯宿祢东人和歌一首

622　漫长的旅途上
　　　我只想着你
　　　不要苦苦思恋
　　　我的阿妹啊

1. 西海道节度使：天平四年（732年），模仿唐制在东海、东山、山阴和西海四道设立了节度使，各道设判官四人。最初的西海道节度使是藤原宇合。
2. 佐伯宿祢东人：所传不详，天平四年八月外从五位下。

池边王[1]宴诵歌一首

月亮落到松叶上　　623
　你像红叶飘去
　不来相会的夜多

天皇[2]思酒人女王[3]御制歌一首
（女王者，穗积皇子之孙女也。）

在路上相逢　　624
　你莞尔一笑
　像消融的飞雪
　说爱我的人儿啊

---

1. 池边王：弘文天皇子孙。父亲为葛野王，淡海三船的父亲。神龟四年（727年），无位升至从五位下。天平九年（737年），任内匠头。
2. 天皇：即圣武天皇。
3. 酒人女王：除了歌名旁注记外，其他所传不详。

高安王裹鲋[1]赠娘子歌一首

（高安王[2]者，后赐姓大原真人氏。）

625　一会儿到水边
　　　一会儿到岸边
　　　我正在为你捕捉
　　　藏在水藻下的小鲋

八代女王[3]献天皇歌一首

626　因为你引来流言
　　　我要去故乡
　　　在明日香川净身

---

1. 鲋：鲫鱼。
2. 高安王：前出，见卷四·577 注释。
3. 八代女王：天平九年（737 年），无位升至正五位上，后来升至从四位下。从这首歌内容看，可知女王和圣武天皇间是恋人关系。

归渔　菱田春草

娘子报赠佐伯宿祢赤麻吕歌一首

627 说想枕我的手臂
　　你这个大丈夫
　　去找还童的灵水吧
　　已经满头白发

佐伯宿祢赤麻吕和歌一首

628 我不在意头生白发
　　但是无论如何
　　得去寻找灵水

大伴四纲宴席歌一首

为何派来使者　　629
无论如何等你来

佐伯宿祢赤麻吕歌一首

初放的花蕾　　630
容易被吹落
风言风语太多
正让人踌躇

汤原王赠娘子歌二首

（志贵皇子之子也。）

631 多么冷酷的人
   就这样让人踏上
   遥远的回乡路

632 只能远远观赏
   无法用手触摸
   像月亮上的桂树
   不知该如何对你

娘子报赠歌二首

是怎样的思恋啊　　633
　　撤去了枕头
夜里依然梦见你

在家中看不够　　634
旅途上妻子相随
　令人羡慕不已

汤原王亦赠歌二首

635　虽然携妻旅行
　　可是我只惦念
　　匣中的宝玉

636　我送衣服留念
　　不要离开枕边
　　穿在身上入眠

娘子复报赠歌一首

637　你送的衣服
　　是定情的信物
　　不会离开我身边
　　即使你不叮嘱

汤原王亦赠歌一首

一夜没有相见　　638
如同离别数月
心中烦乱不安

娘子复报赠歌一首

你竟如此思恋　　639
夜里一直做梦
没能睡好吧

山村春色　川合玉堂

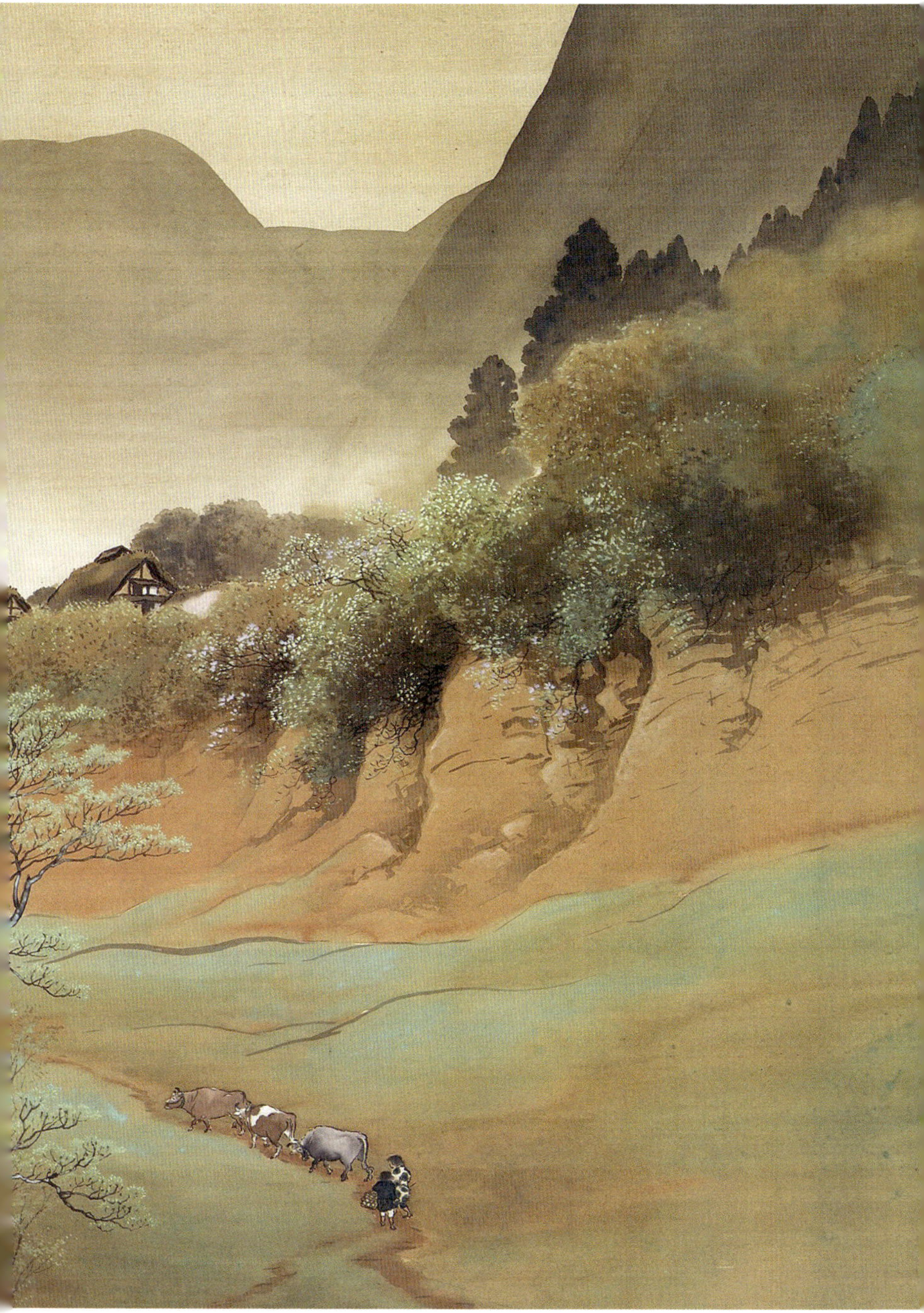

汤原王亦赠歌一首

640 你的家如此近
　　却像远在云天外
　　让我如此思念
　　还没过一个月

娘子复报赠歌一首

641 说离别让人心痛
　　你能回来该多好

汤原王歌一首

642 思恋我的人儿
　　心中烦乱不已
　　只盼像纺车那样
　　开始编织我的爱

纪女郎[1]怨恨歌三首

（鹿人大夫之女，名曰小鹿也，安贵王之妻也。）

我若是寻常女子　　643
那条叫痛背的河[2]
恐怕渡不过去吧

如今我心灰意冷　　644
我倾注生命爱你
已经想放弃

临近分别的日子　　645
心中充满悲伤
只有失声哭泣

---

1. 纪女郎：除歌名旁注记外，其他不详。
2. 那条叫痛背的河：原文为"痛背川"，与卷七·1087中的"痛足川"为同一条河（二词在日语中发音相同）。痛足川位于奈良县樱井市的东北部，在穴师山和三轮山之间流过，向西汇入初濑川后被称作卷向川。

大伴宿祢骏河麻吕歌一首

646 大丈夫为爱焦灼
　　几度叹息不已
　　我的别愁离恨
　　你没有感觉到吗

大伴坂上郎女歌一首

647 心中无日不想
　　虽然日日思念
　　可你的流言太多

大伴宿祢骏河麻吕歌一首

648 好久没相会
　　近来是否无恙
　　我惦念的人

大伴坂上郎女歌一首

频繁来访的使者　　649
如今不见踪影
是出了什么事吧
令人担心不已

此歌，坂上郎女者，佐保大纳言卿之女也。骏河麻吕，此高市大卿[1]子孙也。两卿兄弟之家[2]，女孙姑侄之族[3]。是以，题歌送答，相问起居。

1. 高市大卿：可能指的是大伴御行。御行为长德之子，安麻吕之兄。壬申之乱时为天武效力，天武四年（675年），任兵政官大辅。天武崩御后仍屡屡受封。持统八年为氏族之长，文武时升至大纳言正广参。大宝元年（701年）殁时，天皇哀恸，追赠正广贰右大臣。
2. 两卿兄弟之家：御行和安麻吕的兄弟亲缘。
3. 女孙姑侄之族：郎女和骏河麻吕之间为姑侄关系。

大伴宿祢三依,离复相欢歌一首

650 你如在仙境
好久没相见
比先前更年轻

大伴坂上郎女歌二首

天上降下寒霜　　**651**
家中思念的人
在等待我归来吧

已将宝玉[1]交给　　**652**
守护宝玉的人[2]
有枕头和我在一起
咱们来同寝吧

1. 宝玉：指孩子，具体说就是坂上大娘或二娘。
2. 守护宝玉的人：有骏河麻吕说和家持两种说法。

薊　小茂田青樹

大伴宿祢骏河麻吕歌三首

心中无法忘记　　653
不觉多日没相见
已经过了一个月

相识不到一个月　　654
　如果说我爱你
会觉得我轻率吗

如果没有爱　　655
　偏要说有爱
　被神灵察觉
　会设置界线[1]

---

1. 会设置界线：此句的表记是"邑礼左变"，没有定训，译者采用了间宫厚司《万叶难训歌的研究》的训读方法译出。

大伴坂上郎女歌六首

656 只有我爱你
　　你说你爱我
　　只是安慰我

657 已说过不再思恋
　　可是我的心
　　如唐棣容易变色

658 虽然心里知道
　　思恋毫无结果
　　还在苦苦思恋

659 流言蜚语太多
　　现在这种处境
　　今后该怎么办

660 人们要拆散你我
　　请千万别在意
　　风言风语中伤

661 深深思恋不已
　　迎来相会的时刻
　　说不尽千言万语
　　留作永久的回忆

蝴蝶美人　勝川春章

市原王歌一首

662　网儿山[1]被遮掩
　　思恋如佐堤崎
　　念念不忘的少女[2]
　　出现在我的梦里

安都宿祢年足歌一首

663　从佐保山飞来
　　落在我家屋顶
　　如清脆的鸟鸣
　　我心爱的人

---

1. 网儿山：位于志摩国英虞郡（今三重县志摩郡）。
2. "思恋如佐堤崎"二句：佐堤崎，所在不详，读作 satenosaki，与后一句"念念不忘的少女"satehaeshikoga 的头音相同，作为序引导出后面的句子。

大伴宿祢像见[1]歌一首

是下雨受阻吗　　664
约好与你相会

安倍朝臣虫麻吕[2]歌一首

相对看不够　　665
离开阿妹而去
不知如何是好

1. 大伴宿祢像见：天平胜宝二年（750年）为摄津国少进。天平宝字八年（764年）从五位下。神护景云三年（769年）左大舍人助。宝龟三年（772年）从五位上。
2. 安倍朝臣虫麻吕：安昙外命妇之子。天平九年（737年）外从五位下。历任皇后宫亮、中务少辅、播磨守、紫微大忠等职。天平胜宝四年，中务大辅从四位下殁。

夜晚赏梅　铃木春信

大伴坂上郎女歌二首

离别日子不长 **666**
为何我如此思恋

经历了长相思 **667**
如今终于相见
月照夜深人静
默默等待天明

此歌,大伴坂上郎女之母石川内命妇,与安倍朝臣虫满[1]之母安昙外命妇,同居姊妹,同气之亲焉。缘此郎女虫满,相见不疏,相谈既密。聊作戏歌以为问答也。

---

1. 虫满:虫麻吕的另一种表记。

厚见王[1]歌一首

668　色彩鲜艳的山上
　　朝朝飘浮的白云
　　无法把你忘记

春日王歌一首

（志贵皇子之子，母曰多纪皇女也。）

669　紫金牛的果实
　　透出鲜红的色彩[2]
　　让人们去传言
　　也许能相会吧

1. 厚见王：天平胜宝元年（749年）从五位下，天平胜宝七年，任少纳言并伊势神宫奉币使。天平宝字元年（757年）从四位上。作歌虽少，但代表了万叶后期的歌风。
2. 透出鲜红的色彩：此表达方式在《万叶集》中常见，意为将真心话表达出来，或是没有隐藏好自己的真实意愿，让别人有所发觉。

汤原王歌一首

　　请借月光前来　　670
　　虽然有山相隔
　　可是并不遥远

和歌一首（不审作者。）

　　月光清澈照耀　　671
　　我正心烦意乱
　　拿不定主意

安倍朝臣虫麻吕歌一首

　　命数这般菲薄　　672
　　恋情如此激烈

大伴坂上郎女歌二首

673　心如明镜相许
　　后悔也没用

674　嘴上海誓山盟
　　见面却说后悔

化妆　喜多川歌麿

中臣女郎赠大伴宿祢家持歌五首

675 佐纪泽[1] 的岸边
　　黄花龙芽盛开
　　从来都没想过
　　竟会如此思恋

676 海底深不可测
　　我思念的人
　　想和你相会
　　即使在多年以后

677 春日山的朝雾
　　为什么会思念
　　不相识的人

1.佐纪泽：平城京北郊的沼泽地。

直接相会同寝 **678**
拼上我的性命
才能抑制苦恋

如果你不情愿 **679**
　怎能去强求
　心头如乱草
只有默默思恋

树下等待　神坂雪佳

大伴宿祢家持与交游别歌三首

也许是听信了 680
别人的中伤
我苦苦等待
你还是不来

不如说分手 681
我还会如此
拼命相恋吗

没有人思恋我 682
我为何痴心思恋

大伴坂上郎女歌七首

683 忌讳言灵的国度
     不能露出红颜色[1]
     即使思恋而死

684 现在我想去死
     即使活在世上
     你也不会说
     能倾心于我

---

1. 不能露出红颜色：前出，见卷四·669 注释。

世上人言可畏 685
你我像双鞘刀[1]
彼此隔绝家中
只能默默思恋

眼下这段时间 686
如同过了千年
我有这样的感觉
是太想见到你吧

1. 双鞘刀：指两个鞘中的刀，彼此隔绝分离。古时日本使用一种双刀鞘，最好的刀鞘是木制的。两个单独的鞘盒并列相接，但刀身各自入鞘，即使离得很近，但还是分离隔绝的。

687 对心上人的思恋
　　如同奔腾的激流
　　无论怎样阻塞
　　都会决堤吧

688 横断青山的白云
　　你明朗的微笑
　　不要让人知道

689 没有隔山隔海
　　相逢的机会
　　为何这样少

大伴宿祢三依悲别歌一首

哭得天昏地暗　　690
看不清明月
泪水打湿了衣裳
没有人为我晾干

大伴宿祢家持赠娘子歌二首

虽有众多女官　　691
可是我的心里
　只思恋你

你太无情　　692
如此令人心碎

大伴宿祢千室[1]歌一首（未详。）

693　只能这样思恋吗
　　　像秋津野上的云雾
　　　无法从心中驱散

1. 大伴宿祢千室：歌名旁注已注明此歌是否是千室的作品不详，卷二十·4298 也是同一人的作品。

广河女王[1]歌二首

（穗积皇子之孙女，上道王[2]之女也。）

思恋的青草　　694
能装满七大车
由我心中而生

不再奢望有爱　　695
是哪里来的恋情
揪住了我的心

---

1. 广河女王：天平宝字七年（763年），无位升至从五位下。
2. 上道王：和铜五年（712年），无位升至从四位下。神龟四年（727年），散位从四位下时殁。

石川朝臣广成[1] 歌一首

（后赐姓高圆朝臣氏也。）

696　不思恋家人吗
　　　金袄子鸣叫的泉之里[2]
　　　又度过一年时光

1. 石川朝臣广成：天平宝字二年（758年）从五位下，四年二月，赐姓圆朝臣氏。卷八中作为内舍人有歌作。可能与《续日本纪》中天平宝字五年以后出现的高圆朝臣广世为同一人，历任摄津亮、播磨守、周访守、伊予守等职，宝龟元年（770年）之后，正五位下时殁。
2. 泉之里：在今京都府相乐郡木津町附近。

大伴宿祢像见歌三首

不要说给我听 697
思绪乱如菰草
心里只想着你

春日野的朝雾 698
我热恋的激情
随着岁月增长

千重万重障碍 699
无法阻挡激流
只要日后能重逢
即使今日不相见

大伴宿祢家持到娘子之门作歌一首

700 已经到了这里
让我返回去吗
路途不算近
历尽辛苦而来

河内百枝娘子赠大伴宿祢家持歌二首

701 只想看上一眼
不知要等到何时
能远远相望吗

702 那天夜里的月色
至今没有忘记
我不断回忆

泷之川　川瀬巴水

巫部麻苏娘子歌二首

703　见你的那天起
　　一直到今日
　　我衣袖上的泪水
　　没有干的时候

704　希望长命百岁
　　时刻想见到你

大伴宿祢家持赠童女歌一首

梦里看见阿妹　　705
　正在戴花冠
　心中不断思恋

童女来报歌一首

现在没人戴花冠　　706
　是何处的阿妹
　让你如此动情

粟田女赠大伴宿祢家持歌二首

707　心中的思恋
　　不知如何排遣
　　隐在土碗底下
　　暗自单相思
　　（注土垸[1]之中。）

708　还能相会吗
　　我穿白衣净身
　　祈求你能留下

---

1. 土垸：即陶碗。这首歌当时是写在陶碗中的。

丰前国娘子大宅女歌一首（未审姓氏。）

夜黑难上路　　709
等待月亮升起
我要在那一刻
端详你的面庞

安都扉娘子歌一首

月光下的一瞥　　710
映入眼帘的面庞
出现在我的梦里

丹波大女娘子歌三首

711 野鸭嬉戏的池塘
　　落叶漂浮在水面
　　我的心不轻浮

712 三轮的神官
　　祭祀的杉树
　　触摸会受罚吗
　　无法和你相见

713 被流言蜚语包围
　　你的心中迟疑
　　近日不来相会

大伴宿祢家持赠娘子歌七首

心中不断思恋 　714
却无法来相会
只能远远叹息

佐保的渡口 　715
鸻鸟在鸣叫
我策马横渡
清澈的河滩
何时能相逢

我不分昼夜思恋 　716
也许能梦见吧

不在意我的人 　717
让我单相思
心中痛苦不堪

718 没料想梦见你的笑容
　　我的心一直在燃烧

719 自认为是大丈夫
　　竟为相思憔悴

720 我的心肝欲裂
　　如此强烈的思恋
　　你还不知道吗

献天皇歌一首

（大伴坂上郎女在佐保宅作也。）

身居深山中 721
与风雅无缘
我的举止粗鲁
请不要怪罪

大伴宿祢家持歌一首

这样苦苦思恋 722
不如变成石木
抛开心中的忧虑

大伴坂上郎女从迹见庄[1]
赐留宅女子大娘[2]歌一首并短歌

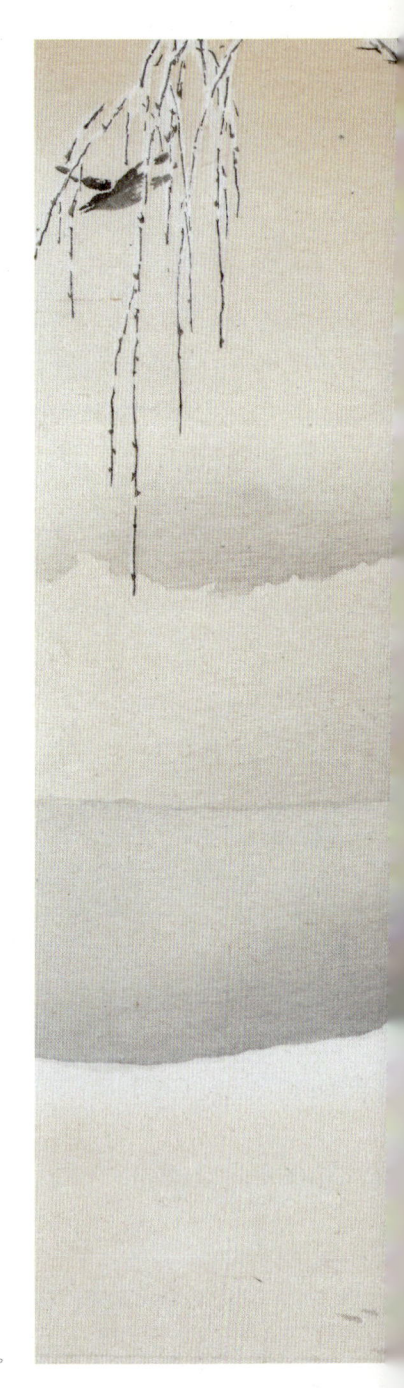

723　不是去常世
　　　我心爱的女儿
　　　站在门前哀伤
　　　昼夜都在思念
　　　我的身心憔悴
　　　为离别而叹息
　　　泪水沾湿衣袖
　　　如此深深思恋
　　　在故都的数月
　　　让人不堪忍受

1. 迹见庄：位于奈良县樱井市外山。
2. 女子大娘：即坂上大娘。前出，见卷三·403注释。

黎明之雪　水野年方

反　歌

724　像清晨的乱发
　　　心中烦乱不已
　　　我是如此思念
　　　梦中看见了你

　　　此歌，报赐大娘进歌也。

献天皇歌二首

（大伴坂上郎女在春日里作也。）

鸳鸯潜入的池水　　725
　如果你也有心
　请向大君表达
　我心中的思恋

不想在远处思恋　　726
　哪怕能变成野鸭
　在大君离宫的池中

大伴宿祢家持赠坂上家大娘歌二首

（离绝数年，复会相闻往来。）

727　将萱草[1]结在衣纽
　　这丑陋的乱草
　　只是徒有其名

728　有无人的国度吗
　　我想和你
　　携手前往那里

1. 萱草：日语为忘忧草。受汉文化的影响，古时日本人将萱草结在衣纽上，以求忘记忧伤。三国时期曹魏嵇康《养生论》有"萱草忘忧"的记载。

◎ 卷四·581—584 是坂上大娘赠给大伴家持的歌，时间大致在天平三年或四年。此后，与家持相互赠歌的女性有笠女郎、山口女王、大神女郎、中臣女郎等十余人，而唯独不见与坂上大娘的赠答歌。歌名旁注中的"离绝数年"一语表明二人之间曾断绝过往来。可能在天平十一年家持作了亡妾悲伤歌之后，二人才重修旧情。家持往竹田庄拜访了坂上大娘，并赠歌二首（卷八·1619—1620）。接着，二人间的赠答歌相继出现在《万叶集》中（卷八·1624—1626）。

萱草　神坂雪佳

大伴坂上大娘赠大伴宿祢家持歌三首

729 如果是宝玉
可以缠在手上
是个大活人
难握在手中

730 夜里想见面
什么时候都行
为何那夜相会
引来无数流言

731 世人对我的非议
有千百个也无妨
损毁你的名声
让人懊悔哭泣

又大伴宿祢家持和歌三首

如今不在意名声 732
　能和你在一起
　哪怕有千种流言

人生能有两次吗 733
　为何不能见你
　让我独自入眠

这样默默相思 734
　不如变成宝玉
　佩在你的手上

同坂上大娘赠家持歌一首

735　春日山云雾笼罩
　　 心中充满忧伤
　　 朦胧的月夜里
　　 只能一人独眠吧

又家持和坂上大娘歌一首

736　月夜里走出家门
　　 行夕占和足占[1]
　　 想到你的身边

---

1. 夕占和足占：古时日本人常用的占卜方法。夕占，是在十字路口，听过路行人的谈话来推测吉凶的方法。足占，是走路时看左脚还是右脚能先触及目标来判断吉凶的占法。

同坂上大娘赠家持歌二首

虽然有各种流言 737
若狭道[1]的后濑山[2]
此后也和你相会

生活充满痛苦 738
不堪忍受相思
活着不如死去

1. 若狭道：若狭（福井县）的道路。
2. 后濑山：位于福井县小滨市。

又家持和坂上大娘歌二首

739　像后濑山那样
　　期待日后相逢[1]
　　虽然痛不欲生
　　还是活到了今天

740　嘴上说日后相会
　　只是在安抚我吧
　　是不想相会吧

---

1. "像后濑山那样"二句：第一句是序，"后濑"读作 nochise，与"日后" nochi 读音相近，引导出第二句"期待日后相逢"。

雪中　铃木春信

更，大伴宿祢家持赠坂上大娘歌十五首

741 梦中相会凄苦
    醒来四下找寻
    没摸到你的手

◎ 日本万叶学者普遍认为此歌出自唐代张鷟《游仙窟》："少时坐睡，则梦见十娘。惊觉揽之，忽然空手，心中怅怏，复何可论。"《游仙窟》是中国初唐时的传奇小说，在中国已经失传。这本书由遣唐使臣带回日本，在当时引起相当的重视与厚爱，有几种古写本至今保存完好。故事讲的是官人张文成被遣往黄河上游地域的边塞。一夜偶遇仙窟求宿，得寡妇崔十娘及义姊五嫂的款待。最后文成与十娘结露水之欢，翌日清晨洒泪舍别。小说虽不出通俗之域，但文体特异，在四六骈俪体的基础上雅俗折衷，描写纤细巧致，语汇丰富，尤其是夹杂大量俗语的会话和诗歌充满机智和情趣。此外，随处散见的性描写也是该小说的特点之一。《万叶集》中有相当的和歌化用了《游仙窟》的语句。

你结的一重衣带　　742
已经能结为三重
我为思恋而消瘦

我沉重的思恋　　743
如同颈悬七块
千人难移的巨石
听凭神灵的发落[1]

1.听凭神灵的发落：此句原文"神之诸伏"是难解句，此按照小学馆《新编日本古典文学全集》的训读译出。

744　我夜里开门等待
　　　说来梦中相见的人[1]

745　同你朝夕相处
　　　和见不到时一样
　　　还是在思恋吧

746　我今生从未见过
　　　用语言难以形容
　　　缝制精美的锦囊

747　你赠送的衣服
　　　紧贴着我的肌肤
　　　不直接和你相会
　　　我会脱下来吗

---

1. "我夜里开门等待"二句：此二句的意趣来自唐代张鷟《游仙窟》："今宵莫闭户，梦里向渠边。"

衣着　神坂雪佳

748　活着不能相见
　　　如同思恋而死
　　　冷眼和流言
　　　为什么要在意

749　梦中相会也行
　　　迟迟不能相见
　　　要让我想死吗

750　本来已心灰意冷
　　　何苦又开始相会

751　相见没有几日
　　　竟如此疯狂思恋

只想着你的面容 752
不知该如何是好
处处有人的耳目

本想见面以后 753
　能缓解思恋
可恋情更加强烈

拂晓时走出门 754
　你眷恋的面孔
依然浮现在眼前

几度拂晓归来 755
　胸中如割如焚

大伴田村家之大娘[1] 赠妹坂上大娘歌四首

756　离别相思太苦
　　　请好好商议办法
　　　随时和妹妹相会

757　远离让人绝望
　　　得知你在近处
　　　不见面无法忍受

758　像冲破云层的高山
　　　翘首盼望妹妹
　　　有见面的机会吗

759　何时能将妹妹
　　　迎入简朴的草屋

　　　此歌，田村大娘、坂上大娘，并是右大办大伴宿奈麻吕卿之女也。卿居田村里，号曰田村大娘。但，妹坂上大娘者，母居坂上里，仍曰坂上大娘。于时姊妹咨问，以歌赠答。

---

1. 大伴田村家之大娘：大伴宿奈麻吕之女，坂上大娘的异母姊。

大伴坂上郎女从竹田庄[1]赠女子大娘[2]歌二首

远望竹田的原野　　760
　白鹤鸣叫不停
　正如我的思念

像湍急的河滩上　　761
　无依无靠的鸟儿
　我心爱的孩子啊

---

1. 竹田庄:今奈良县橿原市东竹田。
2. 大娘:即郎女的女儿坂上大娘。

纪女郎赠大伴宿祢家持歌二首
（女郎名曰小鹿也。）

762　过了热恋的年龄
　　　这并不是在推托
　　　如果回绝后
　　　会感到寂寞吧

763　搓捻穿玉的绳绪
　　　搓成沫绪[1]结[2]好
　　　日后怎会不相逢

大伴宿祢家持和歌一首

764　等你活到一百岁
　　　奔拉着舌头
　　　走路摇摇晃晃
　　　我也不会厌烦
　　　会更加爱你

1. 沫绪：各种注释书对"沫绪"的解释大致相同，推测可能是当时的一种搓绳法，搓成的绳绪比较结实耐用。
2. 结：日语读作 musubu，有结缘、结合的意思。

◎ 卷四·763 取结绳之意，暗喻男女之间将来一定会结合在一起。

在久迩京思留宁乐宅坂上大娘，大伴宿祢家持作歌一首

只相隔一重山　　765
月色如此美丽
你走出门
正在等待吧

藤原郎女闻之即和歌一首

知道路远不能来　　766
可还是在等待
盼望和你相会

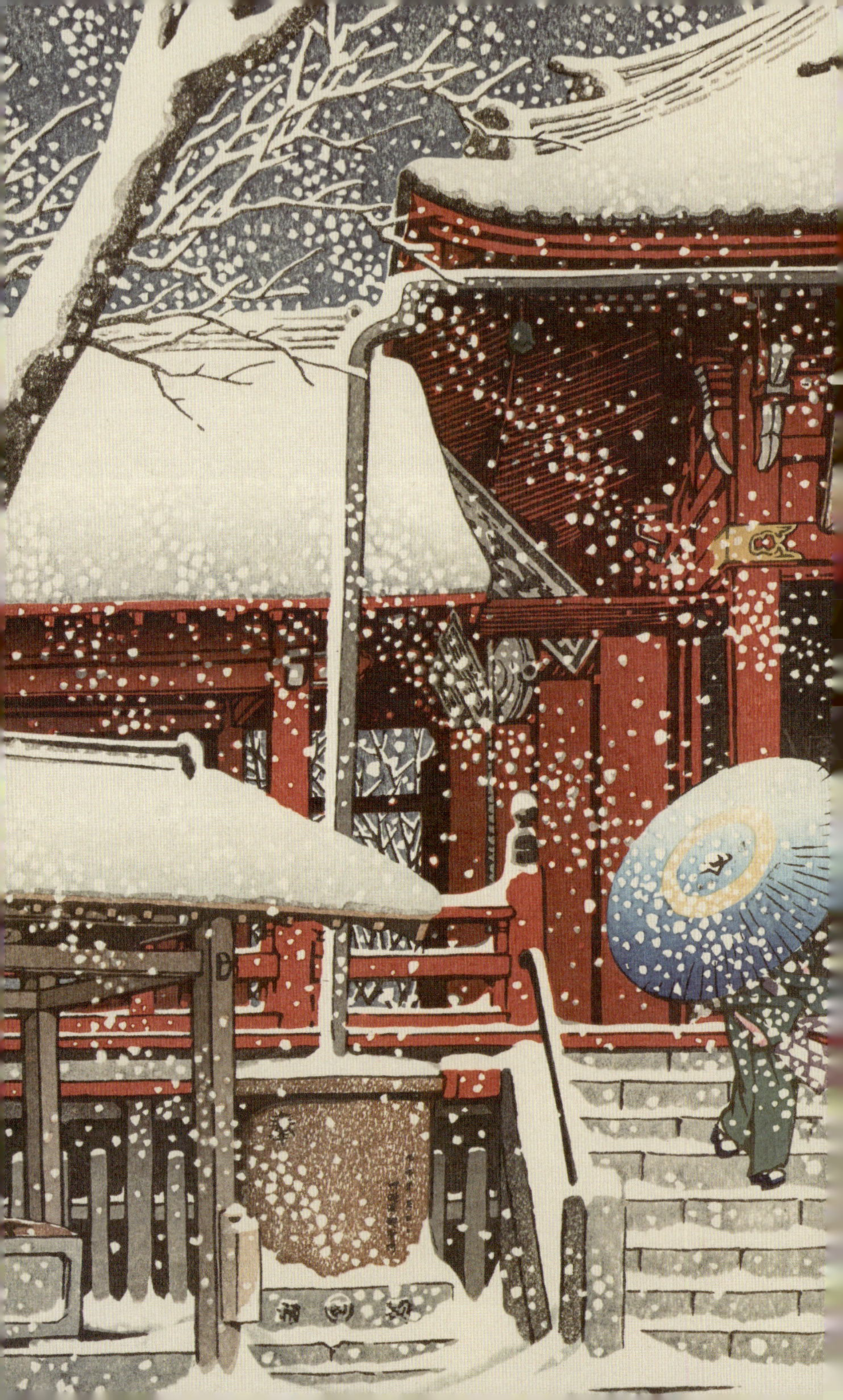

雪中的上野清水阁　川濑巴水

大伴宿祢家持更赠大娘歌二首

去都城的路远吗　767
近来渴望相会
不见你来梦中

在新都久迩京　768
好久没见到你
想快快去相会

大伴宿祢家持报赠纪女郎歌一首

雨中独自在山下　769
心中充满忧伤

大伴宿祢家持从久迩京赠坂上大娘歌五首

770 世人耳目太多
无法来相会
在我的心里
从未忘记你

771 有时候那些谎言
是真实的想法
你的真心
是在思恋我吧

772 能在梦中相见
解开衣纽入睡
我一厢情愿
没有梦见你

草木不会言语　773
绣球花多姿多彩
　可恶的诸弟
　花言巧语欺骗

说千百次思恋　774
　诸弟的谎言
　我不会相信

大伴宿祢家持赠纪女郎歌一首

775 鹤鹑鸣叫的故都
回想起往事
为何难与你相会

纪女郎报赠家持歌一首

776 是谁先来搭讪
又像灌田的渠水
中途停滞不前

大伴宿祢家持更赠纪女郎歌五首

去看你家的围垣　　777
会从门前赶走吧

说是去看围垣　　778
其实想看你一眼

修屋顶的原木板　　779
　请你不要着急
　我刚好离山很近
　明天就能取来

前川雨夜　川瀬巴水

又伐原木又割草　　780
　诚心诚意效劳
　不是图你夸奖

昨夜被你赶回　　781
　今夜别再赶我
　夜路那么漫长

纪女郎裹物赠友歌一首
（女郎名曰小鹿也。）

狂风吹向岸边　　782
　为你采海藻
　溅湿了衣袖

大伴宿祢家持赠娘子歌三首

783　从大前年到今年
　　经过漫长的思恋
　　为何见不到你

784　不奢望能相会
　　但愿能梦见
　　枕你的手臂而眠

785　我家的庭园中
　　草叶上挂着露珠
　　不再珍惜生命
　　无法和你相会

大伴宿祢家持报赠藤原朝臣久须麻吕[1]歌三首

春雨纷纷飘落　　786
可梅花还未开放
花蕾依然稚嫩

想来如同梦境　　787
　我仰慕的人
不断派来使者

如此幼小娇嫩　　788
尚未吐蕊开放
种梅引来流言
让我心生烦恼

1. 藤原朝臣久须麻吕：又记作训儒麻吕，藤原仲麻吕（押胜）的二男。天平宝字二年（758年），正六位下升至从五位下，天平宝字三年任美浓守，从四位下。光明皇后崩御后，历任装束司、大和守和左右京尹。天平宝字六年时任参议，天平宝字七年时兼任丹波守，同时仍为左右京尹。天平宝字八年，父押胜谋反之际受命取中宫院铃印时被射杀。

又家持赠藤原朝臣久须麻吕歌二首

789　心中充满焦虑
　　春雾升起的时候
　　才能听到回话

790　如果有流言蜚语
　　等一段时间也行
　　听从你的安排

藤原朝臣久须麻吕来报歌二首

像深山岩石下　791
菅草根那么坚定
我不是在思念吗

等待春雨降临　792
我园中的小梅树
正在含苞待放

新緑　速水御舟